書下ろし

秋しぐれ

風の市兵衛⑯

辻堂 魁

JN287348

祥伝社文庫

目次

吾妻橋（大川橋）
浅草
浅草寺
竹崎伊之助妾宅（福富町）
不忍池
市兵衛の長屋（雉子町）
札差「橋本屋」（天王町）
口入れ屋「宰領屋」（三河町）
両国橋
本所
竪川
武甲山部屋・又右衛門の一軒家（本所横網町）
回向院
観音吉五郎の店
水茶屋「白滝」
小料理屋「薄墨」（鎌倉河岸）
新大橋
大川
北町奉行所
日本橋
深川
一膳飯屋「喜楽亭」（深川油堀）
永代橋
八丁堀
柳井宗秀の診療所（柳町）
南町奉行所

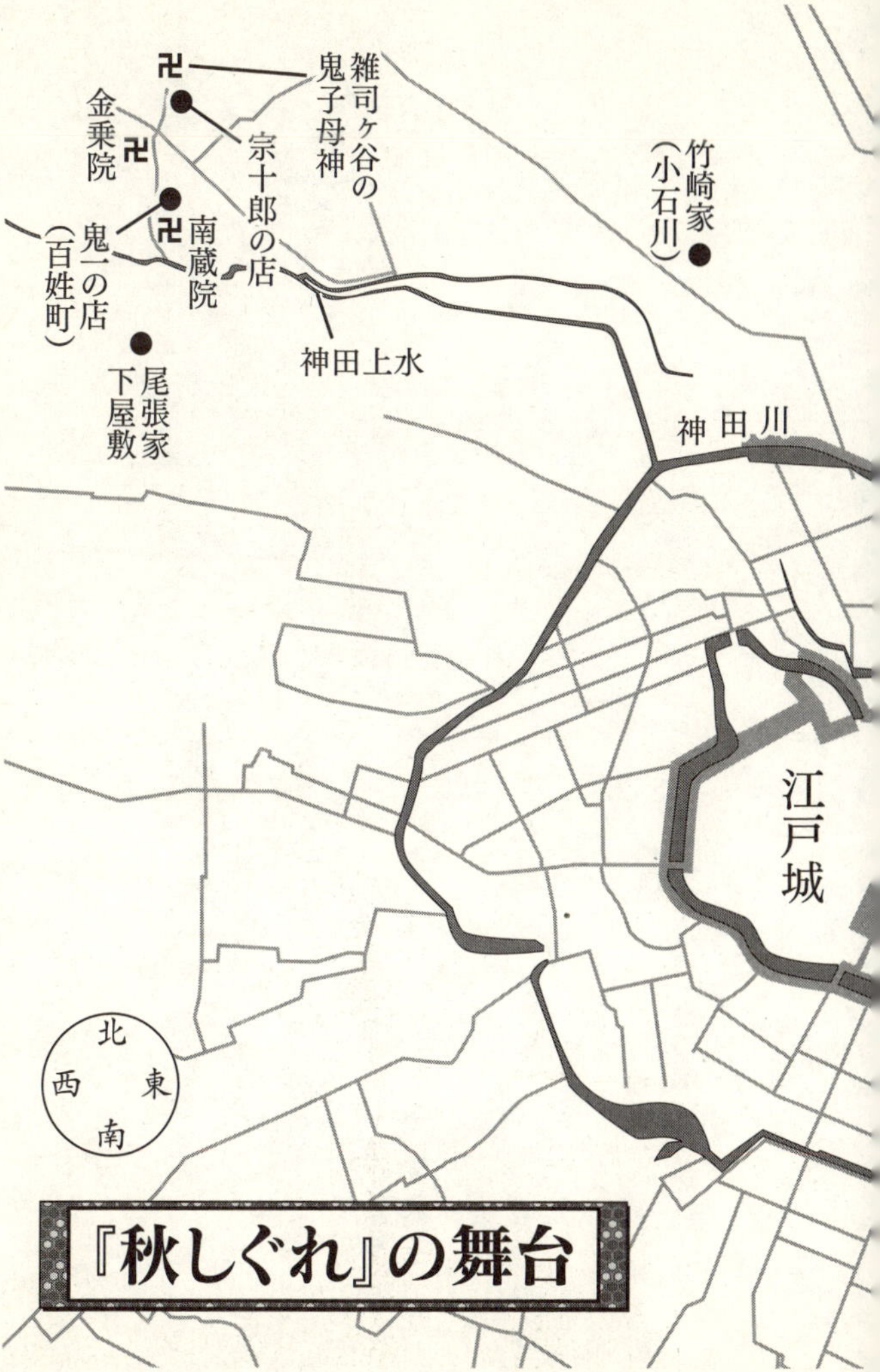
雑司ヶ谷の鬼子母神
金乗院
宗十郎の店
南蔵院
鬼一の店（百姓町）
尾張家下屋敷
竹崎家（小石川）
神田上水
神田川
江戸城
北
西
東
南

『秋しぐれ』の舞台

地図作成／三潮社

序章　土俵の鬼

その年の晩秋のある日、上州伊勢崎《じょうしゅういせさき》から数里離れた近在五箇村総鎮守《そうちんじゅ》の明神《みょうじん》さまで、勧進相撲《かんじんずもう》の興行があった。

明神さま社殿改築の勧進のため、五箇村の氏子衆《うじこしゅう》総代が元方《もとかた》になって、浪人相撲の一団を雇い、土地相撲をまじえて催《もよお》す相撲興行だった。

浪人相撲とは、諸大名に抱《かか》えられておらず、享保《きょうほう》（一七一六〜三六年）のころよりできた相撲部屋にも属さぬ相撲とりのことで、力自慢の無頼遊侠《ぶらいゆうきょう》の徒が多かった。

幕府は、浪人相撲の世渡りのために勧進相撲の興行を許していたから、寄方《よりかた》と呼ばれる親方に率《ひき》いられ、勧進相撲や奉納《ほうのう》相撲の行事目あてに、村から村へ、町から町へと巡業する、旅廻りの相撲渡世があった。

その親方の率いる浪人相撲の一団に、《鬼一磯之助《おにいちいそのすけ》》という名の、江戸相撲のは《鬼一》という呼び名を聞いた覚えのある江戸の相撲とりだった。
江戸から遠く離れた上州のこの在でも、相応の年配の者なら、若いころに一度
元関脇がいた。

その鬼一が、土地相撲の力持ちと知られている阿修羅《あしゅら》の国助《くにすけ》と相撲をとるというのが、興行の何日も前から大いに評判になっていた。

十七、八年前、江戸へ旅をした折りに回向院《えこういん》で本場所を観《み》たという長老が、あのころの鬼一の人気と強さは大そうなもので、鬼一が勝った取組は、客の歓呼と拍手が鳴り止まなかった、と話して聞かせた。そして、

「土俵の鬼というのが、鬼一の渾名《あだな》だったでな」

と、それを知っていることを誇らしげに語った。

関取のうちの強者《つわもの》に大の字をかぶせ、最高位の《大関》と呼称した。

鬼一はいずれ大関間違いなしと言われたが、大関には昇進できなかった。

「なんでも、お上の咎《とが》めを受けるようなふる舞いがあったとかで、相撲とりを廃業したと、噂《うわさ》を聞いただがな。噂を聞いてから十数年になる。とうに四十代の半《なか》ばをすぎているに違いねえ。旅廻りの相撲とりを渡世にしていたか。まさか、この歳《とし》になって、土俵の鬼を観られるとは思わなかった」

長老はすぎ去った年月を感慨深げに、言い添えた。

勧進相撲が行なわれた日は、朝から晩秋の青空が広がるいい天気だった。天地長久五穀豊穣《てんちちようきゆうごこくほうじよう》、と記《しる》した垂《た》れ幕《まく》が社殿の庇《ひさし》に翻《ひるがえ》り、相撲人の名をつらねた色とりどりの幟《のぼり》を瑞垣《みずがき》にたて廻し、やぐら太鼓《だいこ》の櫓《やぐら》はなかったが、境内《けいだい》で打ち鳴らされる太鼓が、晴れやかな相撲気分を、刈り入れの終わった田野《でんや》へ触れ廻った。

近在の村人たちは、早朝より明神さまにつめかけた。

境内の一画には、赤房白房青房黒房の四本柱に茅葺《かやぶき》屋根の土俵があった。相撲人気が高まった寛政《かんせい》（一七八九〜一八〇一年）のころに作られた土俵である。

土俵の四方を老若男女《ろうにやくなんによ》がとり囲み、境内の木々には、子供らが鳥のように群がった。鳥居を挟《はさ》んだ参道に物売り小屋が出て、香具師《やし》らの売り声も絶えず、その日の境内は、収穫を祝う村祭以上の賑わいだった。

相撲は、まだ村人が集まりきらぬ薄暗いうちより、子供相撲から始まった。子供相撲に続き、土地相撲と浪人相撲の若い衆が相まじっての前相撲が行なわれた。

相撲会所が設《もう》けられた江戸、大坂《おおさか》、京のみならず、どの国どの村であれ、相撲人気は今なお高かった。

村では力持ちが集《つど》って、野相撲がしばしば行なわれたし、浪人相撲の集団の巡業が勧進相撲の興行を打てば、この草深い在でも大勢の村人が相撲見物につめかけるのは、いつものことだった。

しかもこのたびの勧進相撲では、江戸相撲の関脇を張ったほどの相撲とりが見られるのである。江戸相撲の元関脇が、力自慢の阿修羅の国助相手にどんな相撲をとるのか、村人たちには見逃せない取組に違いなかった。

「強豪をことごとく破って関を取った力士が、関取だ。その関取の中でも、関脇は大関に次ぐ地位だから、ひとにぎりの関取しか、関脇の地位は張れねえ。鬼一は、江戸相撲の関脇を張った、本物の相撲とりだでな」

「けど、この在で阿修羅の国助に敵《かな》う相撲とりはいねえぞ。地鎮祭で四股《しこ》を踏むのも国助だ。歳は若いし、形《なり》はでかいし、力は百人力だ」

「そりゃあ、国助の力は並大抵じゃねえだども、江戸の関脇に歯がたつわけはねえ。手もなく撥《は》ねかえされるに違いねえ。格が違うだでな」

と、相撲とりが現われるのを待つ村人の相撲話はつきなかった。

前相撲が終わってだいぶたってから、明神さまの神主と、裃《かみしも》を着け軍配団扇《うちわ》を後ろ襟《えり》に差した男が、柝《き》（拍子木）を打ち鳴らしつつ現われた。

続いて、相撲とりが客の歓呼と拍手に迎えられてぞろぞろと登場し、土俵上に勢ぞろいした。

相撲とりの数は十四人だった。太った者、痩《や》せた者、色白、赤銅色、背の高い者、小柄な者、といろいろ入り混じっていた。

むろん、土地相撲や村から村へ巡業をして廻る浪人相撲に、部屋持ちの関取が着ける晴れやかな化粧廻しはなかった。みな締《し》めこみの廻しにさがりだけで、あまり強そうには見えなかった。

その中で、阿修羅の国助の、隆《りゅう》とした体軀《たいく》ばかりが目についた。

村人たちは国助の堂々とした風貌《ふうぼう》を誇らしく思い、土地相撲に声援を送る一方、浪人相撲の中に、「どれが鬼一だ」と姿を探した。

だが、誰も彼もが同じに見え、国助をしのぐ偉丈夫《いじょうふ》に違いないと思いこんでいる鬼一らしい相撲とりが見あたらないのを訝《いぶか》しんだ。

神主が北正面を向いて祝詞《のりと》を読み上げたあと、再び柝が打ち鳴らされた。

それを合図に、神主がお祓《はら》いをする中、十四人の相撲とりが土地相撲、浪人相撲に分かれて、地の邪気を払い土俵の神に安泰を願う四股を順々に踏んだ。

四股が済み、浪人相撲は土俵の東之方、土地相撲は西之方に控《ひか》えた。

裃の男が行司役を務めるらしく、軍配団扇をかざし、北正面に向いた。

いよいよ取組が始まるときがきた。長い間待った老若男女は、期せずして喚声《かんせい》を上げた。

相撲とりの名乗りを上げる前行司の呼び出しはおらず、裃の行司役が、軍配団扇ひとつで取組の進行を差配した。

「ひがあしぃぃぃ……」

行司が名乗りを上げ、最初の一番が始まった。

東之方七人、西之方七人のわずか七番では、取組はすぐに終わってしまうかというと、じつはそうではない。

江戸相撲の本場所でも、幕内の取組は、せいぜい九番か十番くらいである。仕きり線を挟んで睨《にら》み合う、仕きりが長い。

気合いが合うまで、両者はなかなか立たない。仕きり直しが延々と繰《く》りかえされ、両者の気迫が、見物客にもそれとわかるほどに漲《みなぎ》るまで我慢した挙句《あげく》に立ち上がって、肉を鳴らし、骨を軋《きし》ませ衝突するのである。

立ち上がった両者は、突っ張りにはおっつけ、頭突きにはかち上げ、喉輪《のどわ》、はず押しにはいなし、四つに組んだら廻しのとり合い、寄りには寄り、上手《うわて》投げには下手《したて》投げ、と応戦する。

最初の一番から、土俵の周りには見物人の熱い歓呼と声援が渦巻いた。

激しい突っ張りとおっつけの応酬のあと、がっぷり四つになる。一方が東へ力強く寄り、片方は足をつっかえ棒のように引き、身体《からだ》を撓《しな》らせ寄りに耐えつつ懸《けん》命《めい》に廻りこむ。そして身体をひねりながらのすくい投げ。

そうはさせぬと、腕を巻いて小手投げにかえす。

両者はもつれ合い足を大きく上げて、神主や氏子総代、村役人らが土俵下を占める北正面へと倒れこんでゆく。

見物人らの悲鳴が、沸《わ》き上がり、倒れこむと思われた瞬間、両者はぎりぎりのところで堪《こら》え、耐え、倒れまいと我慢する。二つの身体は真っ赤に燃え、互いの投げを必死に忍ぶ。

そして、かろうじて体勢をかえすと、押しては引き引いては押しつつ土を蹴《け》たて、一旦は、土俵場の中央へ戻って見せる。

四つに組んだ両者の力は、互角に見えた。

腰を低くして次の機をうかがう両者の腹が、激しい息で波打った。火照《ほて》った身体から、汗が湯気になってゆらゆらとゆらめきのぼる。

その様子に、見物人の惜《お》しみない拍手が再び沸き上がる。

と、そのとき、上手側が下手側の廻しを引きつけながら、下手側の内股へ膝《ひざ》を入れ強引に持ち上げ投げ落とす、やぐら投げの大技を仕かけた。

下手側は、咄嗟《とっさ》に足をじたばたさせたが間に合わなかった。抱え上げられた身体は、宙を一回転して土俵中央に横転した。一瞬の息を呑《の》んだあと、

「わあ……」

と、歓声が境内を包んだ。おひねりや、大根や葱《ねぎ》、芋《いも》や茄子《なす》や牛蒡《ごぼう》が投げこまれる中、行司が軍配団扇を差して、西之方に勝ち名乗りを上げた。

次の取組も、その次の取組も、そのまた次も……と熱戦は続いた。中には、大柄と小柄の取組もあり、小柄が径十五尺（約四・五メートル）の土俵をすばしこく逃げ廻り、大柄が追いかける、という滑稽《こっけい》な相撲に見物人は腹を抱えて笑った。

繰りかえされる長い仕きりの間に、弁当が開かれ、あの力士は、今の技は、とざわめきは収まらなかった。

むろん、どの取組もあらかじめ段どりを決めてある。こうくればこうかえし、こうなればこう応じ、と取組の流れを申し合わせたうえで、手に汗にぎる熱戦は続いているのである。

簡単に勝負がついては、つまらない。村人に楽しんでもらうため、見物人を退屈させないための、これも相撲の文《あや》である。

しかし、あらかじめ段どりを決めてあっても、激しい衝突や軋む骨、土俵を震わす力強い踏みこみ、飛び散る汗、華麗な投げ技、土俵に叩《たた》きつけられる派手な横転は、真《しん》に鍛《きた》えられた力士の武芸ならではである。

結びの一番のときがきたのは、午《ひる》を半刻《はんとき》（約一時間）ほど廻ったころだった。残る相撲とりは、土地相撲一の力持ち・阿修羅の国助と、江戸相撲の元関脇・鬼一しかいない。ついに、待ちに待った取組である。

西の土俵下に控える国助の堂々たる風貌を、村人はよく知っていた。

ところが、東の土俵下に控えた中のまだ土俵に上がっていない相撲とりは、どう見ても、年老いたひとりしか残っていなかった。

老いた相撲とりは腕組みをして、行司が名乗りを上げるのをじっと聞いていた。

そして、東西の土俵下から双方が同時に立ち、土俵へ上がると、見物人の間に拍手や歓声が上がったものの、これが江戸相撲で土俵の鬼と呼ばれた元関脇の鬼一か、という落胆の声もまじった。

両者蹲踞《そんきょ》をして向き合った。鬼一のちりをきる動作の腕はさほど太くはなく、胸の肉は薄く垂れ、背中も幾ぶん丸みをおび、白髪まじりの髷《まげ》は小さく、まるで隠居《いんきょ》間近いじいさんのような風貌に見えた。

背丈は、国助とさほど変わらなかった。けれど、身体は分厚さでも肌の色艶でも衰えは隠せなかったし、顔つきにも、頬《ほお》を赤らめ鼻息の荒い国助とは違い、勝ち負けなど捨てた穏やかな諦《あきら》めが浮かんでいた。

「こりゃあ、無理だ。勝負にならねえぞ」

仕きりを繰りかえすうち、見物人のため息は失笑に変わっていった。

二十年近く前、回向院の本場所で鬼一の相撲を観たという村の長老も、あれが鬼一だったかな、と首をかしげるあり様だった。

それでも両者の息が合い、最後の仕きりの一瞬がきた。

行司の軍配団扇がさっと引かれ、二つの身体が、どしん、と音をたててぶつかった即座、双方が上手下手十分のがっぷり四つになった。

このとき、国助にはとても敵うまいと思えた鬼一が、全身に激しさを漲らせたから、「おお、やるでねえか」と、多くの見物人は意外に感じた。

若い国助とがっぷり四つになった鬼一の、肩の肉は岩のように盛り上がり、肌は紅潮し、顔には気迫が満ち、隠居間近のじいさんとはまるで違う力強さにあふれていたからだ。

鬼一と国助は、互いに廻しを強烈に引き合い、相手を組み止めたまま、動かなくなった。どちらが先に、どんな技を仕かけ攻めるのか、息づまる緊迫がじりじりと高まった。見物人は、声もなく土俵を見つめている。

じっとして動かずとも、両者の肌は紅潮し、汗が土俵にしたたった。

「はっけよい、残った」

行司のかけ声が、緊迫をいっそうあおるかのようにかかる。

若い国助が、我慢しきれず先に動いたのは、がっぷり四つのその緊迫が高まった一瞬だった。

「うおお」

国助は吠《ほ》えた。強烈な力で鬼一の廻しを引きつけると、内掛けで攻めたてた。

堪える鬼一の身体がのびた。と見るや、右の下手を離し左は小手に巻き、身体

を大きく開きつつ、内掛けの足を撥ね上げた。そして、

「やあっ」

と、強引な掛け投げに転じた。

鬼一は、体勢が大きく傾くのを片足一本でけんけんをして、土俵際で堪えた。

「残った残った……」

行司のかけ声が上がる。

鬼一は懸命に堪えながら、逆に、内掛けを外掛けのように引き、国助に全身を浴びせかけた。一瞬の逆襲だった。

国助は、鬼一の身体を抱えこむような格好《かっこう》になり、均衡《きんこう》を失った。

「ああ?」

と、声を出し、身体を突っ張らせ、撓らせ、倒れるのを堪えた。だが、失った体勢を立て直す余裕はなかった。

鬼一と折り重なって浴びせ倒され、南の土俵下の見物人の中へ転《ころ》がり落ちていった。土俵下の見物人が逃げまどい、行司の軍配団扇は東之方を差し、歓声が境内にどっと沸き上がった。

　半刻後、社殿わきの木陰になった空《あ》き地では、巡業を渡世にする浪人相撲の力士らが、旅支度《たびじたく》に慌《あわ》ただしくかかっていた。明るいうちに次の巡業先の伊勢崎へ着けるよう、早々に旅だつ手はずだった。

　鬼一は相撲とりらから少し離れたところで、自分の荷物を仕舞《しま》った小さな柳行李《やなぎごうり》に腰かけ、胸の動悸が収まるのを待っていた。

　木々の間で小鳥がさえずり、晩秋の青空はのどかである。

　だいぶ具合は回復した。だが、首筋の冷や汗はまだ収まっていなかった。

　鬼一は、首筋の汗を手の甲でぬぐい、はるばると広がる青空の、南の方へ目を投げ、ぽつりと、呟《つぶや》いた。

「十五年か……」

　この上州の村から江戸へのひとり旅が、最後の旅になるだろう、と覚悟している。未練はない。ただ、どうせ野垂《のた》れ死にになら、江戸の用が済んでからという思いが、鬼一の身体を支えていた。

　そこへ、行司役の裃を尻端折《しりっぱしょ》りの着物と黒羽織の旅姿に替えた親方が、同じ尻端折りの、裾《すそ》からたくましい脛《すね》を出した阿修羅の国助を後ろに従え、空き地に現われた。

親方は、相撲とりらに「ご苦労だった」と、金を配って廻った。そして、国助をひとりひとりへ、引き合わせていた。

親方と国助は、最後に鬼一のそばへきた。

「鬼一、今日の分だ」

親方が稼《かせ》ぎを差し出した。

鬼一は柳行李から腰を上げ、頭《こうべ》を垂れて受けとった。

「やっぱり、いくかえ」

親方は、鬼一の青ざめた顔を見つめ、名残り惜しそうに言った。

「親方、長い間、お世話になりやした。もうこっちが、追いつきやせん。今日で綺麗《きれい》さっぱりと、廃業でやす」

指先で自分の胸を指し、鬼一は笑った。

「そうかい。仕方がねえな。おめえと組んで七年になる。こんなしがねえ渡世でも、土俵の鬼の鬼一に稼がせてもらったぜ。少ねえが、これは餞別《せんべつ》だ」

親方は、もうひとつの小さな包みを、羽織の袖《そで》からとり出した。

「お志《こころざし》、いただかしてもらいやす」

「鬼一の生まれは、江戸だったたな。江戸へ帰るのかい」

「そのつもりです。江戸を離れて、十五年がたちやした。江戸には、女房と娘がおりやす。今さら戻ったところで、会ってくれるかどうかもわかりやせんが」

「江戸相撲の関脇まで張った鬼一に、どんな事情があったかは知らねえが、女房と娘に、無事会えることを祈っているぜ」

「ありがとうございやす」

「関取、今日は、ご馳走さんでございやした」

親方の後ろの国助が、辞宜《じぎ》をした。

「国助さん、礼を言うのはこっちさ。相撲とり最後の一番を、国助さんと相撲がとれて心残りはねえ。あんたの引きつけは凄《すご》かった。膝をつきかけた。それに、さっきの浴びせ倒しは、十分残せた。なのに、国助さんは、老いぼれへの餞《はなむけ》に勝ちまで譲ってくれた。ありがとうよ」

「やめてくだせえ。あっしごときが関取に勝ちを譲るなんて、とんでもねえ。関取に浴びせ倒されて、てめえの未熟さを思い知らされやした。これからは、心を入れ替えて精進《しょうじん》いたしやす」

国助は、肉の盛り上がった大きな肩をすぼめていた。

浪人相撲と土地相撲の双方で、取組の筋書きと勝敗をあらかじめしめし合わせていたが、結びの一番だけは、がっぷり四つに組んだうえでの真っ向勝負、と決まっていた。

力の勝る国助は、力任《まか》せに勝負を仕かけ、仕かけどきを間違えた。技も強引にすぎた。鬼一を年寄りと見くびった。それが裏目に出て敗れた。

鬼一は、自分を恥じて顔を赤らめている国助の若さを、羨《うらや》ましく思った。そんな国助の肩に、親方は手をおいて言った。

「国助はな、しばらくおれが預かることになったんだ。鬼一の熟練の味わいはねえが、こいつの若い力は、十分売りになるだでな」

「そうかい。国助さん、巡業に出るかい」

国助は、照れ臭そうに笑った。

「諸国を巡業して、よその国の強い相撲とりと沢山《たくさん》相撲をとって、力をつけてえんでやす。巡業で力をつけたら、一度は江戸に出て、江戸相撲の幕内で相撲をとってみてえ。だから、親方の世話になることに、決めやした」

「国助はまだ二十歳前だ。二年か三年、おれの下で場数を踏み、それから江戸相撲に挑《いど》んでも遅くはねえ。まあ、悪いようにはしねえから、おれに任せろ」

「国助さん、しっかり力をつけて、江戸へいきなせえ。国助さんほどの力持ちなら、江戸でも評判の相撲とりになるだろう。そのときに、おれがまだ江戸にいたら、必ず国助さんの相撲を観にいくぜ」

「あ、あっしは、江戸の武甲山《ぶこうやま》部屋に入門しやす。武甲山部屋には、又右衛門《またえもん》という関脇がおりやす。大関を張る力は十分だが、又右衛門の強さにみな恐れをなして、相撲をとる相手が見つからず、そのため、なかなか大関に昇進できねえと聞きやした。又右衛門の相撲を観たことはねえ。けど、あっしは又右衛門みてえな、同じ相撲とりに恐れられるような相撲とりになりてえ」

国助は、童《わらべ》のように目を輝かせた。

「ああ、武甲山部屋の又右衛門か。知っているよ。確かに、力自慢の相撲とりで、人気は高かったな」

「やっぱり、関取は又右衛門をご存じなんでやすね。もしかしたら、又右衛門と相撲をとったことが、あるんでやすか？」

「又右衛門の初土俵は、おれが江戸を出てからだ。そんなに強い相撲とりと相撲をとらずに済んで、助かったよ」

と言った鬼一の脳裡《のうり》に、遠い昔の又右衛門との相撲が束の間《つかのま》よぎった。

「江戸に出るまでしっかり修行を積んで、鬼一に負けねえくらい強くならねばな。阿修羅の国助なら、江戸相撲の関脇どころか、大関だって夢じゃねえぞ。そうなりゃあ、金が稼げる。金が稼げりゃあ、酒も女も思うがままだ」

あはは……

親方が肩をゆすって笑い、鬼一は苦笑を浮かべた。

そのとき、旅支度をしていた浪人相撲らが、ぞろぞろと鬼一の周りに近づいてきた。

「お？ どうした、おめえら」

親方が、力士たちを見廻した。

ひとりが、鬼一に会釈《えしゃく》を投げて言った。

「鬼一さん、ここで、お別れでやすね」

「鬼一さん、お世話になりやした」

もうひとりが言うと、次々と「お世話になりやした」「ありがとうございやした」と、ほかの力士たちも続いた。

「わずかでやすが、おれたちの気持ちでやす。どうか、これも何かの足しにしてくだせえ」

みなで出し合ったらしい餞別の紙包みを、ひとりが差し出した。

「鬼一さんと一緒に相撲をとれるのが、おれは自慢だった。鬼一さんの相撲を見て、これが本物の相撲とりかと、思い知りやした」

鬼一は、ひとりひとりを見廻し、頷《うなず》きかけた。それから、

「志を、ありがたくいただくぜ。おれみてえな老いぼれを、みなが受け入れてくれたから、どうにか、この歳まで相撲とりをやってこられたんだ。お陰で、面白いときがすごせた。みなも、達者でな」

と言って、微笑《ほほえ》んだ。

木々の間では、小鳥がさえずっていた。晩秋の青空に高く昇った日が、少しずつ、ゆっくりと西へ傾いていった。

鬼一は、目が潤《うる》んでくるのを抑《おさ》えられなかった。

第一章　旗本やくざ

一

浅草《あさくさ》御蔵前《おくらまえ》の大通りから森田《もりた》町と元旅籠《もとはたご》町一丁目の境《さかい》の往来《おうらい》へ折れ、松平山西《さい》福寺《ふくじ》山門前までいった福富《ふくとみ》町に、その裏店《うらだな》は見つかった。

裏店は、福富町の往来から新道へ入った一角に建てられた、瀟洒《しょうしゃ》な二階家だった。朝鮮矢来《ちょうせんやらい》の竹垣《たけがき》が狭い庭を囲い、二階からは、秋の日射しと戯《たわむ》れるように爪《つま》びく三味線《しゃみせん》の音が、新道に流れてきた。

垣根に設けた引き違いの木戸を引くと、前庭の先に閉じられた腰高障子《こしだかしょうじ》が見えた。男は前庭へ踏み入り、表戸の障子ごしに、張りのある声をかけた。

「お頼みいたします」

声が聞こえたらしく、二階の三味線の音が止まった。

すぐに女の返事があった。土間に下駄《げた》が鳴り、腰高障子を開けたのは、雇いの下女らしい年配の女だった。

「どちらさまで、ございますか」

小柄な下女は、戸の前に佇《たたず》んだ背の高い男を見上げた。

菅笠《すげがさ》の影が男の目元にかかり、顔だちははっきりしなかった。すっとした佇まいに、黒鞘《くろざや》の差し料を帯《お》びた侍だった。あまり豊かではない、浪人風体《ふうてい》に思われた。

着古した紺《こん》羽織に火熨斗《ひのし》をかけ、細縞《ほそじま》の半袴《はんばかま》に白足袋《しろたび》と草履《ぞうり》をつけた扮装は、質素な身なりながら、精一杯に拵《こしら》えた様子がうかがえた。

細身の身体に帯びた二刀は、男の痩身《そうしん》にあまり似合っていなかった。黒光りのする重々しさが、かえって飾り物のように見えた。

菅笠の影にくるまれた眼差《まなざ》しが、途方にくれた童のように下女を見おろした。

それから、ようやく決心したかのように、かぶった菅笠を少し持ち上げ、物静かな辞宜を投げた。

下女は男を見上げ、訝り戸惑った。

「唐木市兵衛と申します」
菅笠の影がかかった奥二重の目に、やわらかな微笑みを浮かべた。
その笑みが、そよ風が吹いたかのように、下女の訝りと戸惑いを、ふっ、と解きほぐした。
「は、はい。唐木市兵衛さまで」
下女は、そよ風に誘われ、思わず微笑みかえした。
「神田三河町《かんだみかわ》の宰領屋《さいりようや》さんのご紹介により、まいりました。小石川《こいしかわ》のお旗本竹《たけ》
崎伊之助《ざきいのすけ》さまが、こちらの店《たな》におられると、うかがっております。竹崎伊之助さ
まにおとり次を、お願いいたします」
「ああ、神田三河町の宰領屋さんの、ご紹介でございましたか。旦那《だんな》さまは、お
見えでございます。ただ今うかがってまいりますので、ちょいと……」
言い終わらぬうちに、下女の後ろの土間続きの部屋に、鶸茶《ひわちゃ》に小紋《こもん》の着流しと
博多帯《はかた》へ脇差《わきざし》を差し、大刀を手に提《さ》げた男が現われた。
「お勝《かつ》、お客はおれに任せろ。おめえは、おぶうの支度を頼むぜ」
少々早口な町方ふうの口調と、さっきまで聞こえていた二階の三味線の粋《いき》な爪
びきの音が、男の洒脱《しゃだつ》を気どった様子と結びついた。

男は、お勝と呼んだ下女から、表戸の外に佇む市兵衛へ、一重《ひとえ》の尖《とが》った強い目つきを向け、楽々とした物腰を見せた。

「おれが、竹崎伊之助だ。宰領屋の矢藤太《やとうた》の、紹介だね」

「唐木市兵衛と申します。宰領屋の矢藤太さんより、こちらにうかがうようにと、お指図でございました」

「指図ってえわけじゃねえが、そうしてくれねえかと、矢藤太に頼んだのさ。屋敷は小石川だが、そっちにきてもらうのは、いささか障《さわ》りがあった。おれは、堅苦しいのは苦手《にがて》だ。餓鬼《がき》のころから、仲間は柄《がら》の悪い職人の倅《せがれ》や、町家のがさつなやつらばかりだった。普段は、こういう話し方なんだ。慣れているもんでね。だから、気にしねえでくれ。とも角《かく》、上がってくんな」

竹崎は、まだ四十前と思われる風貌を、もの憂《う》げにゆるませた。

狭い庭に面した、横六畳の部屋に通された。

引き違いの腰障子が、開いている。濡《ぬ》れ縁《えん》があり、朝鮮矢来の垣根のそばに薄桃色の小菊が咲いている。垣根の向こうの隣家の庇が、庭に影を落としていた。

「日あたりが、あまりよくねえんだ」

竹崎は庭を見やり、苦笑を浮かべた。壁ぎわの刀架に黒鞘の大刀を架《か》け、吸うなら勝手にやってくれ、というふうに煙草盆《たばこぼん》を市兵衛の前へおいた。煙草盆の柄《え》をつまんだ細い指先が、三味線の棹《さお》を巧《たく》みにすべる様が浮かんだ。

市兵衛は、菅笠と刀を右わきへ寝かせ、膝に手をそろえた。

竹崎は、何がおかしいのか、薄笑いを浮かべた。

一文字髷を乗せた黒髪の下に広い額《ひたい》があり、奥二重の強い眼差しを少し眉尻《まゆじり》のさがった濃い眉がなだめていた。ひと筋の鼻とやわらかく閉じた唇の形や、長い首の上の少々骨張った顎《あご》の線は、穏やかな容貌を醸《かも》している。

日焼けはしているが、色白を隠せない。竹崎は、そんな市兵衛の風貌を値踏みするかのように見て、

「ふん、ずいぶんいい男がきたじゃねえか。浪人にしておくには惜しいよ。あの矢藤太に、こういう知り合いがいたとはな」

と、皮肉な笑みを投げた。

「ここの女は、用があって出かけている。もうすぐ、戻ってくるだろう。と言っても、唐木さんに挨拶《あいさつ》させるほどの女じゃねえ。おれが面倒を見ている、まあ、そういう類《たぐい》の女さ。おわかりいただけるね」

はい——と、市兵衛は頷いた。

「矢藤太に、このたびの件を相談したら、うってつけの人物がいると教えられてね。ぜひ、仲介してほしいと頼んだ。それで、唐木さんが見えたってわけさ。矢藤太から聞いたが、唐木さんは、大坂の商家に何年も寄寓《きぐう》して、商《あきな》いと算盤《そろばん》の修業をなさったそうだね」

「十代のころ、三年ばかり大坂堂島《どうじま》の仲買問屋におりました。そこで、小僧さんらと共に算盤の技を身につけたお陰で、ただ今は、渡りの用人務めを生業《なりわい》にできております。ありがたいことです」

「二本差しが小僧らにまじって、ぱちりぱちりと算盤勘定《かんじょう》を身につけ、今は、渡りの用人務め、でござるか。まさに天下泰平だ。めでてえ話だね」

竹崎は、一重の目に嘲《あざけ》りをにじませた。

「大坂の商人どもは、さぞかし、あくどい損得勘定をやるんだろうね」

「損か得かの勘定は、ありのままの実事《じつじ》を詳《つまび》らかにしているだけですから、あくどい損得勘定というものはありません。大坂の商人も江戸の商人も、損得勘定をつけて商いをいたしているのは、同じです」

「そりゃあ、唐木さん、見方が甘いよ。天下泰平のこういうご時世だから、侍も商人と多少のつき合いを持たざるを得ねえ。江戸の商人は言うまでもねえが、先だって、大坂の商人とある寄合に同席したことがあった。その折りの大坂の商人どもの、わずかな金への執着には、辟易《へきえき》させられたぜ」

と、膝においた手を、三味線の調子をとるように軽く打たせた。

「金へのこだわり方に、品格がねえ。数千両、数万両の商いをしていながら、わずか数文《もん》の金にすらけちけちと物惜しみしやがる。数文得した損したと声高《こわだか》に喋《しゃべ》り散らし、傍《そば》で見ていて、大坂の商人どもの吝嗇《りんしょく》ぶりは、こんながさつなおれでさえ苛《いら》だたしかった。江戸の商人は、将軍さまのお膝元だけあってまだましだ。損得勘定にも節度がある。そう思わねえか、唐木さん」

「大坂の商家に寄寓していたとき、主人に聞いた覚えがあります。一文の客も千両の客も、同じ客だと。一文の客は、明日は千両どころか万両の客になる見こみがある。一文の客をおろそかにすることは、明日の千両、万両の商いの見こみをふいにすることになる。一文の客から儲《もう》けた利益で、どんな商いができるかと知恵を絞《しぼ》るのが商人だと」

「ふん、埒《らち》もねえ小理屈だ。それこそ、損得勘定の実事を詳らかにしていねえ言葉の戯れだぜ。一文の客が、明日は千両万両の客になる見こみなんぞ、あるわけがねえ。一文の客と千両の客の違いは、所詮《しょせん》、一文の客は千両の客になる力がなかった。これからもない。それが、実事さ」

「あくどい損得勘定とか、品格のない金へのこだわりとか、わずかな金を物惜しみする吝嗇とかは、人それぞれの性根によります。明日の見こみを信じるか信じぬかも、人の性根が決めると、申したいのです」

「あはは……さすがは、大坂商人の下で、損得勘定の技を身につけただけはあるよ。上手《うま》い言い逃れだ。よかろう。損得勘定が確かにできるかどうか、訊《き》いてみただけさ。できるなら、それでいい。頼みたい仕事は……」

言いかけたとき、下女のお勝が茶碗を運んできた。

竹崎は口を一文字に結んで、お勝が退《さが》るのを待った。朝鮮矢来の垣根の向こうと隣家の間の路地を、人が通った。

お勝が退ってから、竹崎は濡れ縁側へ立って引き違いの腰障子を閉めた。市兵衛と対座しなおし、指先で綺麗に剃《そ》った月代《さかやき》をかいた。

「町家は狭くて日あたりも悪いのに、人目だけはあちこちにあって、やっかいでね。こういうところで暮らしている貧しき者らの気性が、いびつになるのは無理もねえ。と言って、一々憐《あわ》れみをかけていては、きりはねえが」

市兵衛は、神田雉子《きじ》町の六畳一間と狭い板敷《いたじ》きだけの裏店住まいである。憐れみなどいらぬと思ったが、黙っていた。すると、竹崎が言った。

「唐木さん、念のために、もうひとつ訊いておきたいことがある。いいかい」

「どうぞ」

「唐木さんは、だいぶ、腕に覚えがおありだそうだね。矢藤太から、若《わけ》えころは奈良《なら》の興福寺《こうふくじ》とかで剣の修行をやったと聞いた。風の何とかという、よくは知らねえが、坊主の剣法を稽古《けいこ》したとか」

竹崎は、手刀で剣をふる仕種《しぐさ》をした。

「腕に覚えがあるかないかは、それなりに、とおこたえするしかできません。剣は、使う相手次第ですから。ただし、竹崎さまのご依頼が、剣の腕が要《い》り用の仕事ならば、わたくしはお引き受けいたしかねます。何とぞ、その仕事に相応《ふさわ》しい方にお頼みいただきますように」

「唐木さんは、理屈の多い人だね。そういう頼み事じゃあねえよ。こっちの事情も知らねえのに、小賢《こざか》しく先走るのは、感心できねえな。世間の事情をわかりもしねえ者が、小賢しい理屈を並べるのは、野良犬の遠吠えのようなもんだぜ。なんの役にもたたねえし、ただ耳障《みみざわ》りなだけでさ」

竹崎は、甲高《かんだか》い笑い声を上げた。茶碗の蓋《ふた》をとり、ずず、と一服した。

そして、茶碗をおき、真顔を市兵衛へ向けた。

「唐木さんは、おれの頼み事の中身を、どこまで知っている。矢藤太からは、どういう頼み事だと、聞かされた」

「昨日、矢藤太さんからこの一件をうかがいました。御徒組《おかちぐみ》の組頭役を務めるお旗本竹崎家の、お勝手のたてなおし、と聞きおよんでおります。用人の仕事かと確かめますと、まあ、そうだと、矢藤太さんの返答でした」

「まあ？　とは」

「小石川のお屋敷にうかがうのではなく、こちらの店に、主《あるじ》の竹崎伊之助さまがおられるので、竹崎さまから直《じか》に、務めの詳細を確かめ、お指図を受けるようにと言われました。それゆえ、少々訝しく思い、重ねて用人の務めかと確かめましたところ、竹崎家には代々仕《つか》える家宰がおり、用人ではないが、主の竹崎さまのお懐《ふところ》具合をお助けする役目だと」

「ふふん、主の懐具合かい。あたっていなくもねえ。と言ったたって、竹崎家の家禄と組頭の職禄をいただいているのは主だ。つまり、主の懐具合は竹崎家の懐具合と同じってわけさ。頼みてえのは、竹崎家の用人役じゃなく、おれの懐具合のために、ちょいとばかり損得勘定をつけてもらいてえんだ。それとも、唐木さんは用人役じゃなきゃあ、不満かい」

「ご依頼の詳細がわからぬ状態で、不満も満足も申せません。詳細をうかがいましても、できることとできぬこと、またできたとしてもお断りする場合がありますので、ご了承を願います」

「こっちの事情を知ったうえで、断るというのはねえだろう。そいつは困る」

「さようなご事情であれば、ご依頼はお受けいたしかねます。わたくしはこれにて、失礼いたします」

市兵衛は、刀と菅笠をとった。

「まあまあ、唐木さん。そんな尻の青い、融通《ゆうずう》の利《き》かねえことを言うもんじゃねえ。わかったから、待ってくれ。この仕事は、理屈で事を進めるあんたみてえな人物が、ちょうどよさそうだ。唐木さんが気に入った。唐木さんに頼みてえ。とに角、おれの話を聞いてくれねえか」

もとより、話を聞く間を惜しむ気はない。仕事は、請ける気できた。

「おうかがい、いたします」

腰を落ち着け、変わらぬ口調で市兵衛はこたえた。

「なるほど。うってつけのと、矢藤太があんたを薦《すす》めた魂胆《こんたん》がわかったぜ」

竹崎は、険《けわ》しい目つきの口元だけをゆがめた。話をどうきり出すか、考える間をおいた。表の新道を、附木《つけぎ》売りの売り声が通りすぎた。

「徒組の組頭の職禄が、百五十俵というのは、知っているかい」

気づまりな沈黙のあと、竹崎が言った。

「存じております」

「竹崎家の知行《ちぎょう》は？」

「矢藤太さんから、三百石《こく》ほど、と聞いております」

「そのとおりだ。ならば、竹崎家の年の実入りがどれくれえか、唐木さんは、わかるかい」

「知行所の夫金《ぶきん》は、ございますか」

「ぶきん？　なんだい、そりゃあ」

「知行所から、夫役《ぶやく》の代わりに納める金銭でございます」

「あるかもしれねえが、詳しくは知らねえ。田所《たどころ》が仕きっているが、どうせ、大《て》えした額《がく》じゃねえだろう」

「田所さんとは、竹崎家の家宰役をお務めの方ですね」

「そうだ。代々、竹崎家に仕えてきた」

「知行所は、四公六民でよろしいのですか」

「ああ、そのはずだ」

「それも、ご存じではないので？」

竹崎は、ふん、とばつが悪そうに顔をしかめた。

「そうしますと、二つ半物（四斗《と》入り俵で二俵半）で一石ですから、四公六民ならば一石あたり一俵の実入りになり、三百石では三百俵。職禄の百五十俵を合わせ、四百五十俵が竹崎家の一ヵ年の実入りです」

「四斗入りが四百五十俵か。まあ、そんなところだ」

「いえ。実情は、四斗入りの一俵ではありません。正規の俵入れは、一俵四斗ではなく三斗五升《しょう》に決められております」

「一俵が三斗五升？　なら、知行所一石あたりの年貢は、一俵と五升になるんじゃねえのかい？」

「一石あたりの年貢につき、五升分は、知行所の年貢を集めて納める手間代や、浅草の御蔵までの運送代金などに、認められているのです。ゆえに、四公六民であっても、三斗五升入りの一俵が竹崎家の実入りとなります。当然、田所さんはこの決まりをご承知です」

「ちぇ、そうだったのかい。知らなかったぜ。どうでもいいがな。だいたい、知行所なんぞいったことはねえし、どこにあるかも詳しくは知らねえ。秩父《ちちぶ》郡のどっかの村だと聞いた。田所が承知していりゃあ、それでいい。だとすりゃあ、竹崎家には、年にどれくらいの金が懐に入るんだい」

「お訊《たず》ねであれば……」

市兵衛は懐から、梁上一珠の懐中算盤をとり出した。

竹崎は、それをにやにやと見つめ、からかった。

「なるほど、上方《かみがた》で鍛えた損得勘定の腕の見せどころってわけだ」

「まずは、ご家族と奉公人の人数と、男子と女子の数をお教え願います」

市兵衛は気に留めず、掌《て》の上の算盤に指先をすべらせた。

二

市兵衛が算盤をはじいていると、出かけていた女が帰ってきたらしく、勝手の方で女と下女のお勝の話し声が聞こえた。

「お客さまかい」

「はい。先ほどから旦那さまとお部屋で……」

「どういうお客さまだい？　おひとり？」

「姿のいいお侍さまが、おひとりです。三河町の宰領屋さんのご紹介と、仰《おつしや》っていました」

「矢藤太さんとこだね。若い方？　年配の方？」

「若いお侍さまとは思います。けど、よくはわかりません」

「よくわからないって、どういうことさ」

「若いような、そうでもないような」

「何さ。じれったいね。お茶は、お茶菓子は……」

と、言葉を交わす女の声は、下女のお勝よりだいぶ若かった。

ほどなくして、畳がかすかに軋み、「ごめんなさい」と、湿り気のある女の声が、襖《ふすま》ごしにかかった。

「なんだい」

竹崎が無愛想にかえした。襖が開けられ、厚化粧に島田の女が、新しい茶碗と茶菓子を盆に載せて部屋に入ってきた。

「いらっしゃいませ」

と、畳に手をついたが、すぐに市兵衛を見上げて馴れ馴れしく笑いかけた。紅がてらてらと光る唇の隙間《すきま》から、お歯黒が見えた。

目鼻だちのはっきりした、艶っぽい女だった。ただ、声ほど若くはなく、三十を超えていると思われた。

「菓子を買ってきやしたので、どうぞ。おぶうも替えやす」

「そうかい。唐木さん、さっき言った、この店の住人のお梅《うめ》だ。お梅、宰領屋の矢藤太の紹介で見えた、唐木市兵衛さんだ」

「お梅でございやす。お見知りおきを。このたびは、お世話になりやす」

お梅が市兵衛の前に新しい茶碗と菓子をおくと、脂粉の香が流れた。

「唐木市兵衛です」

市兵衛は、懐中算盤の勘定の途中の珠を動かさずに傍らへそっとおき、お梅に辞宜をかえした。

「ずいぶんと優しいご様子の、お侍さまでやすこと。唐木さま、旦那さまは、金勘定が苦手なんですよ。うふふ……」

お梅は、竹崎に甘えかかるように笑った。

竹崎は顔をしかめて、舌を鳴らした。

「お梅、今、こみ入った話の途中だ。おめえは、引っこんでろ。用があったら呼ぶ。それまで顔を出すんじゃねえぞ」

お梅は、「あい」と、ねっとりとした愛嬌《あいきよう》をふりまき、退っていった。

お梅の足音が襖から離れると、ひそひそ声になって竹崎は言った。

「奥に、お梅のことがばれて、機嫌《きげん》が悪くてな。そっちのほうでも困っているのさ。上方仕こみの渡り用人は、そっちのほうの損得勘定はつけられねえかい。むろん、そっちのほうは別勘定でいいぜ」

竹崎は、冗談とも本気ともつかぬ真顔を寄こした。

「妾《めかけ》奉公に暇《ひま》を出さず、奥方の機嫌もとりたいのでは、得しかなく、損がありません。それでは、元手を出さずに金儲けを目論《もくろ》むようなものです。真っとうな勘定には、なりません。手を出さぬことを、お勧めいたします」

「いっひっひっひ……手を出さぬことをお勧めいたします、は笑えるじゃねえか。唐木さん、真面目《まじめ》だね。いっひっひ……」

市兵衛は、算盤の珠をはじいて言った。

「ご家族は、竹崎さまと奥方さま、ご長男とご息女、お母君の五人。奉公人は、大人侍、平侍、小侍の侍三人。中間《ちゆうげん》、門番、下男ら手廻りが五人。下女と小女《こおんな》の女四人。合わせて、男十人と女七人の十七口の飯米が、御公儀《ごこうぎ》お定めの扶持米《ふちまい》を男一日五合、女一日四合として、一年におよそ八十俵と八升。来客や祝い事などに備えて八十五俵とし、残りは三百六十五俵。これを当代の金銭の相場に換算いたしますと、およそ百十七両ほどでございます」

「百十七両？　そんなもんか」

こくりと頷き、言い添えた。

「両替の相場は、一両がおよそ六千四十四文、銀では七十三匁《もんめ》と半。米は一俵につき、一分《ぶ》と四百二十文から三十文ほどの値で勘定いたしました」

「そうかい。それが今の相場なら、しょうがねえ。百十七両でけっこうだ」

「このほかに札差手数料が、百俵につき一分、すなわち四百五十俵では一両と二朱《しゅ》かかりますので、残りはおよそ百十五両と三分二朱ほどになります」

「竹崎家の蔵宿《くらやど》は、天王《てんのう》町の橋本《はしもと》屋《や》だ。主人は茂吉《もきち》といってな、札差風情《ふぜい》が、通り者を気どった嫌味な野郎さ」

竹崎は、またひそひそと笑った。

「そこから、大人侍の田所さんの禄が、七両三人扶持《ぶち》。平侍の三両二分一人扶持。小侍三両二分。一人扶持は一日五合で、一ヵ年につき五俵とおよそ五升

「……」

けっこうです――と、市兵衛は頷いた。

「手廻り五人を合わせて十三両二分。下女小女合わせて四人が九両ですね」

「手廻りの五人は、東両国《ひがしりょうごく》の寄親《よりおや》の、観音吉五郎《かんのんきちごろう》に任せてある。女の四人は、宰領屋やほかの口入れ屋に頼んだ」

「そういたしますと、奉公人合わせて十二人が、四十三両一朱余。残りが七十二両三分と一朱ほどということになります」

「わかった。そっちはもういい。どうで変えようがねえんだ。それをもっと増やせと、頼みてえわけじゃねえ」

「ご依頼の子細を、お聞かせいただきます」

市兵衛は、算盤を懐中に仕舞った。

「借金があるんだ。それも十両や二十両じゃねえ」

竹崎が口を尖らせた。

「竹崎家の、一ヵ年の懐具合を、超えるのですか」

「まあ、そうだ。それも、だいぶな……」

「男の一人扶持ぐらい、知ってるさ」

「いかほどですか」

「だいぶだ。だいぶある」

竹崎は、面白くなさそうな顔つきを腰障子へ投げ、こたえるのをためらった。

「大きな声では申せませんが、お梅さんに暇を出せと、奥方さまに迫られているのですね。その借金のために」

「奥は、お梅のことを知って不機嫌だが、借金のことは何も知らねえ。じつは、竹崎家の勝手向きの勘定を仕きっている家宰の田所のじいさんも、与《あずか》り知らぬ借金だ。もっとも、たとえ借金があろうがなかろうが、お梅に暇を出すなんて言えねえ。その気もねえしよ」

「代々お仕えの家宰の田所さんが、与り知らぬ、のですか」

「だいたい、家禄三百石に職禄百五十俵ごときの旗本のくせに、家中みな偉そうだから、苛つくぜ」

と、竹崎は吐き捨てた。

そうか、と市兵衛は不意に思った。小石川の屋敷ではなく、このお梅の店に呼ばれた理由がわかった。

「竹崎さまは、竹崎家へ婿《むこい》入りなされたのですか」

「それがどうした。婿養子だからって、信用ならねえかい。ちゃんと、礼金は払うぜ。ほらよ。これがおれのあり金の全部だ。前払いだぜ」

竹崎がむき出しの三両を、市兵衛の前へ投げた。それから、重たげなため息をもらした。市兵衛は金に手を出さず、再び訊いた。

「いかほどの借金が、あるのですか」

「ざっと、百十二両ほどだ。冬の切米で借金の三分の一でもかえすか、でなければせめて、十二両をかえして借金をきりよく百両にし、百両分の利息を払え、それをしなければ切米はわたせねえと、手強《てごわ》く申し入れてきやがった」

「切米をわたせぬというのは、借金は札差から借り入れられたのですね。さきほど、竹崎家の蔵宿は天王町の橋本屋と言われましたね」

「橋本屋の主人の茂吉が、これまでは、利息さえ払えば、かえすのはいつでもかまわねえ、と言っていやがった。ところが、借金が百両を超えてから、急に、なんやかんやと難くせをつけ出した」

「利息以上の、新たな借金を重ねていかれたのですね。百十二両もの借金は、どのようなご要り用だったのですか」

「よくはわからねえ。細けえ要り用が、あっちに幾らこっちに幾らと重なって、利息がとき折り滞《とどこお》った。その分がふくらんで、気がついたら、百両を超えちまっていたわけさ」

「すると、新たな借金をしたのではなく、利息の不足分が借金に加算されて、百十二両になったのですね」

竹崎は腰障子のほうへ目を遊ばせ、ふむ、と頷いた。

「そもそもの借金は、幾らなのですか」

「元の借金は三十両さ。おととしの夏、柳橋《やなぎばし》の町芸者だったお梅を身請《みう》けした。この店に住まわせた。身請け金とお梅の支度金に、三十両だ」

勝手のほうで、お梅とお勝の話し声と下駄の音が聞こえている。

「おととしの夏の三十両が、この冬の切米の折りに百十二両とは、どれほどの利息だったのですか」

「どこでも行なわれている普通の利息だと、茂吉は言っていやがった。払米の時季に合わせた三ヵ月と四ヵ月の縛りの、利息一割二分と周旋《しゅうせん》料が一割の両方で、二割二分だ。三十両を借りたとき、二割二分の六両二分一朱と二百二十数文の利息のうち、二分一朱と二百二十数文だけを天引きにして、六両を借りにした。つまり、三十六両借りたことになる、六両の利息分の借りの利息は、おまけにいたします、と恩着せがましく言いやがった。そうなるのかい」

竹崎の遊ばせた目が、市兵衛をのぞくようにからみついてきた。

「でだ、払米の時季のたびに、何分以下の利息のはんぱ金《がね》だけを払い、何両かの利息分は借金に上乗せした。それが今まで続いて、先だって、橋本屋の茂吉に、この冬には百両を超えて百十二両になると言われた。利息も、一年目ぐらいまでは十両に満たなかったのが、二十四両と二分二朱何文だとさ。借金どころか、利息だって払えねえよ。そうだろう、唐木さん」

いひひ、とおかしくもないのにまた笑った。

市兵衛は、懐中算盤を再びとり出した。梁上の珠に指先をすべらせ、指先を算盤に躍《おど》らせた。珠が、小気味よい音をたてた。すぐに指先が止まり、市兵衛は算盤から顔を上げた。

「確かに、おととしの夏の三十両に、端金《はしたがね》を除いた利息分を上乗せし、利息分には利息をなしにするのであれば、この冬の払米のとき、借金は百十二両になります」

「だろう。はんぱ金とはいえ、少しは利息を払ってはきたんだから、そこまでになっているとは、思わなかったぜ。なんとかなるかい、唐木さん」

「なんとかなるか、とは、どうなることをお望みなのですか」

「だからさ、借金をなかったことにしてくれとは言わねえ。けどな、借金だろうと利息だろうと、払えねえものは払えねえ。だから、その道理を橋本屋の茂吉にわからせてほしいのさ。かえす気はある。だが金がねえ。金ができたら喜んでかえす。それを承知させてほしいのさ」

市兵衛は、短い沈黙ののち、膝の前に投げ捨てられた三両の小判を重ね、竹崎の膝の前へ戻した。

「大旨、ご依頼の内容はわかりました。しかし、これはわたくしの仕事ではありません。お引き受け、いたしかねます」

「わたくしの仕事じゃねえ？　どういうことだい」

竹崎は腕組みをし、顎の無精髭《ぶしょうひげ》をなでた。

「竹崎さまは、三十四年前の寛政の御改革で、棄捐令《きえんれい》が出されたことは、ご存じでしょうか」

「寛政の御改革の話は、聞いたことはある。岡場所のとり締まりと、武家の借金を帳消しにしたんだろう。今、そのなんとかがありゃあ、助かるんだがな」

「棄捐令です。御公儀が札差に対し、お旗本御家人の借金の破棄を命じられたのです。詳しく申しますと、天明《てんめい》四年（一七八四）以前の借金はすべて破棄し、それ以後の借金は、年利六分の年賦返済にすべしという命令です。今それがあれば助かると仰いましたが、その定めは今もあります。すなわち」

市兵衛は、上体をわずかに竹崎へ傾けた。

「寛政の御改革以後は、札差がお旗本御家人に金を貸す際の利息は、年に六分の年賦返済が、決まりなのです。また、一ヵ年ではなく三ヵ月縛りや四ヵ月縛りの貸借は、寛政の御改革以前、御蔵米の払米が春夏冬の三季ゆえ、その期間から算出され、慣習として行なわれてきたにすぎないのです」

「へえ。そうだったのかい。茂吉の野郎、いい加減なことを言って、騙《だま》しやがったな。迂闊《うかつ》だったぜ。しかし、返済を先のばしにするたびに、一々証文を拵えて、署名と捺印をさせられた。それに、証文を作るたびに手数料と奥印の礼金はいるが、そっちもおまけにしてやると親切ごかしに言われて、済まねえなと、礼まで言わされたぐらいだ。それでも大丈夫かい」

「貸借の証文があっても、お上の決めた法度《はっと》ですから、年利六分の年賦返済は覆《くつがえ》りません。竹崎さまがそれを確かめられれば、橋本屋の主人は、従わざるを得ないはずです」

「しかし、茂吉は口が達者だからよ。あいつら札差は、口から先に生まれてきたようなやつらだ。札差相手に、口じゃあ敵わねえ」

「竹崎さま、家宰の田所さんにご相談なさるべきです。竹崎家は橋本屋の顧客、つまり札旦那《ふだだんな》です。これは、竹崎家の勝手向きをとり仕きる立場の田所さんが、橋本屋とかけ合う筋のものです」

ううん、と竹崎は腕組みのままうなった。眉をひそめ、唇を尖らせた。大きなため息を吐《つ》いた。

では――と礼をし、立ちかけた市兵衛の膝の前に、ちゃりん、と三枚の小判が再び投げられた。

「いや、唐木さん。やっぱりあんたがやってくれ。田所のじいさんに相談するわけにはいかねえんだ。それができるなら、言われずともやっているさ。だから、矢藤太に相談した。あんたに頼みてえ」

竹崎は、険しい顔つきを市兵衛に寄こしている。

「お梅を抱えていることとぐれえなら、かまわねえ。だが、この借金は竹崎家に知られるわけには、いかねえんだ。田所のじいさんは、代々竹崎家に仕えてきた番犬だ。奥と姑《しゅうとめ》の言うことしか、聞く耳は持たねえ。それどころか、主のおれを、内心、馬鹿にしていやがる。奥も姑も、亭主をできの悪いぐうたらだとしか思っていねえし、このごろは倅や娘までが父親を白い目で見やがる」

市兵衛は、黙っているしかなかった。

「唐木さん、おれが竹崎家の婿養子だと、矢藤太から聞いていたのかい」

「いえ。矢藤太さんは、竹崎家のご当主としか言っておりません」

「そうかい。じゃあ、おれの口ぶりでわかったかい。おれの実家はな、新番組《しんばんぐみ》の千五百石の旗本さ。高々三百石の徒組ごときとは、比べ物にならねえ家柄だ。ただし、部屋住みの身さ。番方の家柄らしく、こっちを懸命に稽古した。算盤なんぞ、見たこともねえ。こう見えてもおれは、直心影流《じきしんかげりゅう》の免許皆伝だ。唐木さんの風の何とかの坊主剣法と、試合がしてみてえもんだ」

竹崎は、剣を荒々しく揮《ふる》う仕種をして見せた。

「由緒ある旗本一門の血筋が、竹崎家ごときへ婿入りしてやったんだ。ありがてえことだろう。とは言っても、部屋住みの身が、婿入り先が決まっただけでも運がよかったと思わなきゃならねえご時世だ。一生、部屋住みの身で老いぼれていく者は幾らもいる。そういうやつらよりは、まだましってわけさ。おれが言いてえことがわかるかい、唐木さん」

「借金を拵えたことが、奥方さまのお耳に入ると、お家の中で竹崎さまのお立場
は、気まずくなるのですね」
「気まずくなるどころじゃねえ。あやうくなる。奥と姑はそろって、顔も気性も
激しい女どもさ。とんでもねえ借金の証文を見せられ、こともあろうに、芸者を
身請けするため札差からこっそり借りたと知ったら、侍にあるまじきふる舞い、
不埒千万《ふらちせんばん》、許せません、と言うのは間違いねえ。叔父《おじ》やら叔母《おば》やらの縁者どもが
集まって、おれの日ごろの素行の悪さを数え上げ、家名に疵《きず》をつけたと責め、こ
れ以上竹崎家にいさせるわけにはいかぬ、という談合が始まるって寸法さ」
　竹崎は、薄ら笑いを浮かべた。
「おれは病気のため、十二歳の倅に家督を譲って隠居になる。倅は、叔父が後見
役について徒組の見習に上がり、そのあと、おれは離縁と決まり、ひっそりと竹
崎家を出ていくのさ。高々、三百石の徒組ごとき、離縁になったところで惜しく
もなんともねえ。ふざけんじゃねえ。こっちは千五百石の旗本の血筋だ。奥と姑
の不機嫌面《づら》にはうんざりだ。清々するくらいだぜ」
「ご実家に、戻られるのですか」
「そんなこと、できるわけがねえ。実家だって、養子先を追い出されたおれの扱

いに困るだろう。要するに、今は都合が悪い。今は、竹崎家を追い出されるわけにはいかねえんだ。もう少しときがいる」

「ときがあれば、どうなるのです？」

「いずれは、竹崎家を出るのは覚悟のうえさ。そのときがきたら、こっちからおさらばしてやるさ。あてがある。ただ、今すぐじゃねえ。支度が要る。それに、三百石のけちな旗本に、千五百石の由緒ある血筋の跡継《あとつ》ぎを残してやったんだ。竹崎家からそれなりの礼があって、しかるべきじゃねえか」

　薄笑いが続いている。

「つまり、田所のじいさんには、橋本屋の茂吉とのかけ合いを頼めねえ。わかるだろう。しかも、茂吉は、おれの抱えている事情に気づいていやがる。こっそりと頼んだ借金だ。抜け目のねえ茂吉が、気づかねえわけがねえ。茂吉は、おれが表沙汰にできねえと読んで、言いなりにさせる気だ。言うとおりにしなきゃあ、竹崎家を訪ね、奥に訴えるまでだと脅《おど》しやがる」

「橋本屋が、奥方さまに訴えることはありません。田所さんに話すことも、ないでしょう。竹崎さまは橋本屋にとって、都合のいいお客です。都合のいいお客を損《そこ》ねては、橋本屋の損になります」

「なるほど、そうか。けどな、茂吉にへそを曲げられてはあとあと面倒だし、万が一にも、話を表沙汰にされる恐れだってあるんじゃねえか」

「その恐れはあります。損得勘定は金勘定だけではありませんから、橋本屋を納得させる得になる何かがあれば……」

市兵衛は、首をかしげた。どんな手があるのだ、とつい思案した。

「さすが、仕事人。頼もしいぜ。矢藤太に相談して正解だった。橋本屋とのかけ合いは、唐木さんに頼むぜ」

「お待ちください。このかけ合いは、お引き受けいたしかねます。札差と札旦那とのかかわりを、よく知っている方に頼まれるべきです。例えば、勘定方のどなたかに、内々に引き受けてくれるような知己《ちき》はありませんか」

「そういうあてがねえから、唐木さんに頼んでいるんじゃねえか。三両の謝礼じゃ不足かい。幾らなら、引き受けてくれる」

竹崎は、しつこくからんできた。

「唐木さん、昼飯を食っていけ。お梅に鰻《うなぎ》をとらせるぜ。鰻を肴《さかな》に一杯やりながら、茂吉とのかけ合いの相談をしようじゃねえか」

三

三河町の請け人宿《宰領屋》の軒《のき》をくぐったのは、それから一刻半（約三時間）後だった。

「おう、市兵衛さん。上がれよ」

と、鳶《とび》色にとんぼの小紋模様を着流した矢藤太が、店の間続きの接客部屋と納戸部屋をかねた四畳半へ、市兵衛を手招いた。

矢藤太は、宰領屋の主人である。

京の生まれだが、江戸の宰領屋の先代に気に入られ、江戸へ下って娘婿となり、まるで生粋《きっすい》の神田っ子のように江戸に馴染《なじ》んでいる。

若いころの市兵衛が、奈良、大坂へと放浪の日々を送り、京の公家《くげ》に奉公していた二十代のときに知り合い、妙なつき合いを続けてきた友でもある。

江戸生まれの市兵衛が、京を出て諸国を旅し、三十四のときに江戸へ戻ってから、渡りの用人仕事を始めたのは、思いがけず、神田三河町の宰領屋の主人に納まっていた矢藤太の、斡旋《あっせん》仲介があったからである。

市兵衛が部屋へ上がり端座すると、矢藤太は小僧に茶を言いつけ、煙草盆の前に胡坐《あぐら》をかいた。

小僧がすぐに「市兵衛さん、おいでなさいまし」と、茶を運んできた。

市兵衛は一服した。竹崎の勧めを断りきれず、鰻を肴に酒を呑んだせいか、妙に喉が渇《かわ》いた。

「で、竹崎伊之助とは、会ってきたんだろう」

矢藤太が長煙管《ながギセル》に火をつけて、ふっ、と煙を吹かしてから訊いた。

ふむ、と市兵衛は曖昧《あいまい》に頷いた。

「そうか。あまり気に入らなかったようだな。仕事は請けなかったのかい」

「請けた。断りたかったが、断れなかった。鰻を馳走になり、酒まで呑んでしまった。少々後悔している」

と言いながら、なぜか、市兵衛は竹崎が憎めなかった。無頼を気どっているが、妙な愛嬌すら感じられた。

あの男、旗本やくざか、と思った。

「昼から鰻かい。豪勢だね。でも、いいじゃねえか。仕事を請けると決めて、では何ぶんよろしく、とふる舞われたんだろう」

「そうなんだが……仕事は、札差相手に拵えた借金の始末だ。こみ入った事情ではないし、複雑な金勘定も要らないだろう。ただ、札差に話を持っていく、とっかかりがむずかしい。わからないのだ」

「珍しいね。市兵衛さんが、わからないなんて言うのは」

「札差は札差なりに、金勘定をしている。金を借りるときには、形《かた》がいる。札差にとって旗本御家人の身分は、金を貸す形になる。しかし、身分の形にも限りがある。そうなったとき、次にどんな形があるのか。次のあてがない」

「借りた金をかえせねえから、その始末をつけてくれと、頼むほうがどだい無理な話さ。竹崎伊之助のだらしなさには、呆《あき》れる。それが旗本のやることかよ、と言いてえ。しかも、浅草御蔵前の札差相手にさ。けど、無理な頼みだからこそ、請けられるのは市兵衛さんしかいないと思ったんだぜ」

「それは、ありがたいことだ」

嫌味をにじませた返答に、矢藤太は眉を歪めて苦笑した。

「竹崎伊之助の、人物はどうだった」

「どうだったとは？」

「人柄は、市兵衛さんの性に合うかい」

「雇い人の人柄を、とやかく言う気はない。仕事を請けたからには、なすべきことをなすまでだ」

「いい心がけだ。それでこそ、市兵衛さんだ」

「だが、竹崎はおのれの都合のいいようにしか話さなかった。都合の悪いことを隠しているというより、おのれに都合よくしか物事を考えないのが、あの男の習い性に思われた。竹崎伊之助の人柄を、できるだけ承知しておきたい。竹崎について、矢藤太の知っていることを聞かせてくれ」

「たった一度会っただけで、そう思ったのかい。さすがだね」

矢藤太は、また煙管に煙草盆の刻みをつめた。火皿に火をつけ、気持ちよさそうに煙をくゆらした。

「昨日は言わなかったが、竹崎伊之助は、小石川の竹崎家の婿養子だ。実家は、表《おもて》番《ばん》町の新番組旗本の鳴山《なるやま》家で、家禄は千五百石。同じ旗本でも、家禄三百石の竹崎家とは比べ物にならない大身《たいしん》さ。むろん、伊之助は鳴山家の肩身の狭い部屋住みだった。三男か、あるいは四男だと思う」

「それは聞いた。千五百石の実家を、ずいぶん自慢にしていた。ただ、竹崎の話し方は武家らしくなかった。町方ふうというか、無頼を装《よそお》っているように感じられた。それが妙に……」

「ふむ。子供のころから直心影流の道場に通って、ゆくゆくは剣で身をたてることを考えるくらいの腕前に上達したそうだ。剣で身をたてなかったのは、生来が無頼な気性らしく、侍の堅苦しい生き方に向いていなかったと、それは以前、本人から直に聞いた覚えがある」

「わたしには、免許皆伝の腕前だと言っていた」

「免許皆伝は凄いじゃねえか。市兵衛さんのことも、奈良の興福寺で風の剣を修行した剣士だと、自慢しておいたぜ。それは、何か言ってなかったかい」

「矢藤太、風の剣の話をするのはやめろ。何度言えばわかる」

「いいじゃねえか。市兵衛さんの腕がたつことは、間違いねえんだし。奈良の興福寺で万巻の書を読み、修行を積んで風の剣を習得したと言えば、ほう、風の剣を、と風の剣を知ろうが知るまいが、みな感心するだろう。しかも、市兵衛さんは姿もいい。女に持てるかどうかは別にして、そういうわかりやすさが売りになるんだ」

「わかった。もう、いい。続きを話せ」

矢藤太は、灰吹きに煙管をあてて吸殻を落とし、

「旗本千五百石の血筋と言っても、剣術以外はとりたてて見どころがあるわけじゃねえ。気位は高いが、要するに人並の男さ。てめえがわかっていない分、血の廻《めぐ》りの悪さは人並以下かもな」

と、平然と続けた。

「ところで竹崎は、おぞう甚助《じんすけ》、という東両国の人宿《ひとやど》組合の寄親と、義兄弟の契りを結んでいた。旗本の倅がなんでそんなことをしたのか、詳しい事情は知らねえ。たぶん、おぞう甚助は寄子《よりこ》を鳴山家に周旋していたから、表番町のお屋敷に出入りしていたんだろう。甚助に伊之助坊っちゃんの腕前は大えしたもんだなんとかだとおだてられ、いい気持ちになって、親にも内緒でおぞう甚助と義兄弟の杯《さかずき》を交わした。そんなところさ」

武家を専《もっぱ》らに、徒士や若党《わかとう》、陸尺《ろくしゃく》、中間などを周旋する稼業があった。親方を寄親と言い、寄子という子方を武家に主どりさせながら、親分子分のつながりはそのままのやくざ稼業である。元文《げんぶん》（一七三六～四一年）のころ、人宿組合として定められた。おぞう甚助とは、草履とりの甚助という意味である。

「おぞう甚助は、今も寄親をしているのか」

「確か、十五年前、喧嘩《けんか》が元で、命を落とした。おぞう甚助亡きあとは、倅の観音吉五郎が寄親を継ぎ、東両国の人宿組合を仕きっている」

「竹崎は、観音吉五郎が竹崎家の手廻りを周旋していると言っていた。すると、竹崎とおぞう甚助の契りは、倅の観音吉五郎に引き継がれているのだな」

「じつは、おれと伊之助を引き合わせたのは、観音吉五郎さ。おれが江戸に出てきて間もないころ、先代があちこち挨拶廻りに連れ出し、その折りに観音吉五郎とも顔見知りになった。吉五郎は、おれらより五つほど若いから、親父の跡を継いだのは、まだ二十歳になっていねえころだ」

「おぞう甚助と義兄弟の契りを結んで以来、竹崎は、ああいう無頼な話しぶりをするようになったのだな」

「元々、無頼な気性もあったのさ。竹崎が十六歳から、おぞう甚助が命を落とす二十一の歳まで、東両国界隈《かいわい》で、甚助に従っている竹崎の姿がよく見かけられたそうだ。竹崎はおぞう甚助を、親方、と呼び、おぞう甚助は、伊之助、と子分のように呼び捨てだったと、観音吉五郎から聞いた覚えがある。武家の身分の手前、隠しているが、竹崎は甚助の倅の吉五郎とも、義兄弟の契りを結んでいるんじゃねえか。そうなら、弟は吉五郎だが。つまり……」

矢藤太は、ぬるくなった茶を含んだ。

「竹崎伊之助という男は、おぞう甚助の杯を受けた旗本やくざなのさ」

「竹崎が、《あて》があると言っていた《あて》が何か、今わかった。そういうことだったのか」

「あて？　なんのあてだい」

「竹崎は、札差の借金が、表沙汰になっては困ると言っていた。矢藤太に隠すことではないが、なんの《あて》かは言えない。当人に訊いてくれ。それで、旗本やくざがどういう事情で竹崎家に婿入りした」

「事情は知らねえ。たまたま、竹崎家の婿養子の話が飛びこんできた。運がよかったんだろう。おぞう甚助が、回向院界隈の相撲とりと喧嘩になり、命を落としたあとだと聞いた」

「相撲とり？　相撲とりと喧嘩をして、おぞう甚助は命を落としたのか」

「らしいね。おれが江戸へ下る前のことだ。だから、そっちのほうも詳しい事情は知らねえんだ。十五年も前のことだし、みんな忘れているしさ。もっとも、親分が喧嘩で命をとられて、あとの者は黙って見すごすわけにはいかねえ。親分の仇討《あだうち》だ仕かえしだと、大騒ぎになっただろう。倅の吉五郎や義兄弟の竹崎も、当然、その騒ぎの渦中にいたことは間違いねえ」

「旗本の倅が、やくざの義兄弟の仕かえしとは、御公儀に知れると、切腹ものだな。鳴山家だとて咎めをうける」

「それが知れたのさ。親分の仇討だ仕かえしだと物騒な噂の中に、竹崎も加わっているのが鳴山家の両親や兄弟の耳に入った。倅をこのまま放っておいては家門に疵がつきかねんと、厳重な監視の下、表番町の屋敷に謹慎になった。たぶん、鳴山家では伊之助に好き勝手にはさせぬように身のふり方を探り、運よく、小石川の竹崎家に婿入り先が見つかった、という事情なんじゃねえか」

「竹崎の素行は、武家の間では知られていたのか」

「噂ぐらいにはなるさ。鳴山家では一番下の倅の素行が悪く、手を焼いているとかさ。やくざと義兄弟の契りを結ぶほどとは、思わなかったろうが。旗本や御家人くずれが、悪さをするのは珍しくはねえ。それこそ、ご時世というものさ。それより、伊之助みてえな男が婿入りできたことのほうが武家の間の評判になったそうだ。新番組の立場を生かして、あれこれ手を廻したんだろうとかな」

そうか、十五年がたっても、竹崎は旗本やくざのままなのか、と市兵衛は思った。そしてすぐに、いや、そうではない、と思った。十五年がたっても、竹崎はまだ旗本の仮面をつけているだけなのだ、と考えなおした。

「おれが知っているのは、それぐらいだ。市兵衛さん、仕事の役にたつかい」

　矢藤太が、真顔を寄こした。

「役にたつ」

　と、こたえたが、とっかかりはなく、あてはなかった。

四

　三河町の宰領屋から本石町《ほんこく》の大通りへ向かい、日本橋《にほんばし》の魚河岸《うおがし》、堀に沿って北《きた》新堀《しんぼり》町から永代橋《えいたいばし》を渡ったのは夕刻の七ツ（午後四時頃）を廻った刻限だった。

　大川《おおかわ》の冷たい川風が、永代橋を渡る市兵衛の菅笠をなでた。

　人や荷物を乗せた茶船や二挺櫓《ちょうろ》の押し送り船、伝馬船《てんません》が、昼の明るさをまだ残す空の下の大川をさかのぼり、くだってゆく。川上には、三俣《みつまた》の洲《す》と新大橋、川下には、大川河口の海に石川島《いしかわじま》や佃島《つくだじま》の向島《むこうじま》が眺《なが》められた。

　永代橋を渡ると、深川浜《ふかがわはま》十三町《じゅうさん》のひとつ、佐賀《さが》町である。

　浜通りを北へとり、油堀《あぶらぼり》沿いの堤道を堀川《ほりかわ》町まできたあたりに、縄暖簾《なわのれん》と赤《あか》提灯《ちょうちん》を軒にかけた一膳飯屋が、早や店開きをしている。

沈みかける入り日が、油堀の川面に燃え、油会所《かいしよ》の川船が、燃える入り日の中を大川へと漕《こ》ぎ出てゆくのを、市兵衛は堤端に足を止めて見送った。

《飯酒処　喜楽亭《きらくてい》》

と記した表の油障子に、入り日が射している。

腰高障子を開けると、いつもの煮炊《にた》きの匂いが、店土間と板場を仕きる棚の奥から流れてくる。店土間は、醤油《しようゆ》の大樽《おおだる》に長板を渡し、周囲に同じ醤油の八升樽の腰掛をおいた卓が二台並び、客が十二、三人も入れば満席になる。

格子窓と表の腰高障子を透《すか》して射す入り日が、狭い店を茜《あかね》色にくるんでいた。

夕方、急速に日が落ちてゆくと、亭主が壁と天井の掛行灯《かけあんどん》に火を入れ、店土間は夜の明るみに包まれる。

客はまだいなかった。

仕きり棚の隙間に、板場で働いている亭主の様子がうかがえた。

仕きりの出入り口から、《居候《いそうろう》》が走り出てきた。市兵衛を見つけ、愛想よく尻尾をふりふり、そばにきた。景気よく吠えると、亭主に、「お客に吠えるでねえ」と叱られるから、小さく吠えた。

この居候は、芝《しば》から深川の喜楽亭まで流れてきた痩せ犬である。

去年の夏、町方同心の渋井鬼三次《しぶいきさじ》のあとを勝手についてきて、亭主が哀《あわ》れんで飯を食わせたら、勝手に居ついた。

亭主は、痩せ犬の勝手にさせていた。

大して可愛《かわい》がりはせず、と言って邪魔にもせず、飯を食わせた。

すると、一宿一飯の恩義を感じてか、無愛想な亭主に代わって客に愛嬌をふりまき始めた。店の奉公人のように客に愛想よくし、甲斐甲斐《かいがい》しく愛嬌をふりまくのが自分の務めと、心得ていた。

名前をつけないので、客がなぜだと訊ねると、「名前をつけると、食えなくなっちまうだでな」と、亭主は真顔で言うのだった。

それでも、いつのころからか、馴染みの客が、これも勝手に「いそうろう」と呼び出し、《居候》が痩せ犬の名前になった。

市兵衛が愛想よく尻尾をふる居候に、「やあ」と言ったとき、胡麻塩《ごましお》頭の髷に向こう鉢巻の亭主が、仕きり棚の出入り口から半身をのぞかせた。

「おう、市兵衛さん……」

大抵は、それだけしか言わない。

まれに、「いらっしゃいやし」と言うときはあるが、それはたぶん、こっちの名前が出てこないからだろう、と馴染みの客らは言い合っている。

無愛想な顔つきをかすかにゆるめるのが、唯一《ゆいいつ》の愛想である。

もうすぐ六十だと、言っている。本当の歳は、よくわからない。本当の歳など
どうでもいいと、亭主は思っている。髪に白いものがまじり、背中が丸くなり、
顔に年月の皺《しわ》が刻まれている。それが本当の歳である。

「渋井さんたちや宗秀《そうしゅう》先生がくるまで、先に呑んでいようと思ってね」

「ああ、うう……」

亭主が愛想よくこたえたから、市兵衛は、微笑んだ。

菅笠をとり、大刀をはずして、いつもの場所の腰掛にかけた。

居候が、市兵衛のそばに《お坐り》をし、尻尾で土間を叩いている。

ほどもなく、亭主は冷《ひや》の徳利《とっくり》とぐい飲み、ぱりぱりこりこり、と歯ぎれのいい
大根や人参、胡瓜《きゅうり》の浅漬け、さっと炙《あぶ》った香りのいい浅草海苔《のり》、湯気のたつ椎茸《しいたけ》
と牛蒡と青菜に、今日は鮪《まぐろ》のきり身の煮つけの鉢《はち》を運んできた。

「ちょうどいい。煮つけができ上がったところだ」

亭主が徳利とぐい飲み、鉢や皿を並べながら言った。

「ああ、いい匂いだ。おやじさんの煮つけが、喜楽亭の楽しみだよ」

市兵衛は早速、大根をほくほくと頰張《ほおば》った。煮汁が染《し》み出し、甘辛《あまから》さを抑えたこくのある味が、口の中に広がった。

「市兵衛さん、一杯つごう」

珍しく、亭主が徳利を差した。

「ありがとう」

ぐい飲みに受け、冷酒のさらさらした辛みで喉を洗った。ふっ、とため息が出た。「美味《うま》い」と言った。

傍らの居候が、「でしょう」と言うように、くう、とうなった。

「市兵衛さん、仕事は、忙しいのかい」

亭主がゆっくりした口調で、話しかけてきた。滅多《めった》にないことである。

「仕事ではないが、野暮な用が続いてね。こられなかった。久しぶりに、仕事が決まった。今日はその戻りだ。渋井さんに、ちょっと訊きたいこともあるんだ。おやじさんも、一杯つごう」

市兵衛は、徳利を差した。

亭主は、「そうかい。なら」と、ぐい飲みをとりにいって戻ってきた。

「昨日は、旦那も助弥《すけや》も、宗秀先生も見えなかった。たまたま、みな忙しかったらしい。誰もこねえと、ちょいとつまらねえな」

「そうか。渋井さんも忙しいのか」

亭主はぐい飲みを鳴らし、市兵衛へまた徳利を差した。

「ところが昨日、回向院裏の相撲部屋の相撲とりが二人きてな。まだ関取にもならねえ、あどけねえ顔つきの相撲とりで、関取の付人で門前仲町《もんぜんなかちょう》の料理屋にきたが、先に帰れと言われて部屋へ戻る途中、喜楽亭の明かりを見つけて寄ったそうだ。とに角、二人ともでけえんだ」

ははは……

声を上げて笑い、居候も浮かれて吠《たけ》えた。

「背丈は、市兵衛さんよりちょいと高えぐらいだった。けど、胸の分厚さと腕の太さ、それと肩の肉の盛り上がったのが凄かった。腰かけた醬油樽が潰《つぶ》れるんじゃねえかと、はらはらした」

「相撲とり、か」

「山のような身体の相撲とりを見ていると、めでてえ気分になるから、不思議なもんだ。横網《よこあみ》町の、武甲山部屋の相撲とりだと言っていた。二人とも、一年ほど前に入門したばかりらしい。関脇の又右衛門の、付人だそうだ。市兵衛さん、武

「知っているかい」
「甲山部屋の又右衛門という関脇を知っているかい」

「知っている。力は江戸相撲一と聞いた。とうに大関に昇進してもおかしくないのに、相撲が荒く、下位の力士にとりこぼしの多い関脇だとか」

「そうなんだ。六尺四寸（約百九十二センチ）の大男だが、力任せの相撲をとるもんだから、わきが甘くてな。負けちゃならねえ下位の力士に、両差《もろざ》しになられて、ころっと転ばされるのさ。左右のゆさぶりにも、ちょいと弱い。深川八幡と回向院の本場所の二度、又右衛門の相撲を観たことがある。深川八幡の場所では、張り手一発で巨漢の力士を土俵に転ばした。一発で勝負がついて、客もたまげたもんだった」

と、また声を上げて笑い、居候が吠えた。

亭主が相撲好きだとは、知らなかった。

「ところが、回向院の場所では、初日にいきなり、突き落としを食って土俵下に落とされた。落ちついてとりゃあ、負けやしねえものを。あの力任せの我武者羅《がむしゃら》なとり口がいいという好事家《こうずか》も多いらしいが、おらにはどうも、又右衛門の相撲は歯がゆくてならねえ」

市兵衛は「おやじさん、つごう」と、亭主に徳利を傾けた。

「昔、東両国のおぞう甚助という人宿組合の寄親が、相撲とりと喧嘩をして命を落とした一件を、おやじさん、覚えていないか」

「おぞう甚助？　関脇の鬼一との喧嘩のことかい」

「相撲とりの名は聞いていない。鬼一というのか。十五年ほど前らしい。おぞう甚助が回向院界隈の相撲とりと喧嘩をして命を落とした、と聞いただけなのだ。たぶん、その鬼一だと思う」

「覚えているとも。当時はずいぶんと、騒がれたもんだ。鬼一は、又右衛門のような怪力ではねえが、いい相撲をとる強い力士だった。大関間違いなしと、鬼一も言われていたのに、おぞう甚助と喧嘩の一件があって、不運なことに、相撲を廃業しなければならなくなったんだ。鬼一が悪いわけじゃなかった。ありゃあ気の毒な一件だった」

亭主は、ぐい飲みを一気にあおった。そして、

「市兵衛さん、ちょいと待ってくれ」

と腰を上げ、板場へ足早にいき、新しい冷の徳利を持って戻ってきた。

「これは、おらのおごりだ。呑んでくれ」

それから、店土間の行灯に明かりを灯《とも》した。

居候が、あとについて店土間を歩き廻った。いつの間にか、表戸の腰高障子や格子窓の障子戸に映っていた赤い入り日は消え、宵《よい》の暗がりが薄《うつす》らとした墨《すみ》色を刷《は》いていた。

店土間は、ぼんやりとして寂《さび》しげな明かりにくるまれた。

明かりを灯す刻限になっても、客はこない。

醤油樽の腰掛に戻った亭主は、ぐい飲みをなめながら鬼一の話を続けた。

「あのとき、鬼一はもう三十一か二の、相撲とりにしちゃあ、いい歳だった。確か、本所《ほんじょ》の貧乏浪人の倅で、食いつめて、二十歳を二つ三つ廻ったころに相撲とりになったんだ。それまでは、野相撲の土俵にも上がったことはねえらしい。本場所の初土俵を踏んだころは、背の高え、竹みてえに痩せた男だった」

亭主は、懐かしげに細めた目を薄明かりの中に流した。

「ただ、貧乏浪人でも、元は侍だから、剣術の稽古を積んで、下地ができていたんだろう。身体の芯に、力があった。性根も、相撲とりに向いていた。初土俵から二年で関取の十両に昇進し、夏の上方巡業と冬の回向院の本場所で好成績を残し、はれて前頭の幕内力士になった」

「人気は、あったのかい」

「そりゃあ、あった。いい相撲をとったし、姿も悪くなかった。芸者衆や町娘の間でも、ずいぶんと騒がれた。関脇に昇進したときは、土俵の鬼〝鬼一〟と錦絵が売り出されたぐらいにな。土俵の鬼、と呼ばれるようになったのは、前頭から小結に昇進したころだ。派手さはねえものの、外連《けれん》のねえ厳しいとり口に、相撲好きの間で広まった渾名だ」

「元侍の、土俵の鬼か……」

「そうだ。元侍の、土俵の鬼だ」

繰りかえし、ぐい飲みをあおった。

「鬼一が土俵に上がったとき、おお、とため息みてえなどよめきが相撲小屋に巻き起こったものさ。おらは、鬼一にずいぶんと夢中になった。喜楽亭を始めていたから、たびたびはいけなかったが、深川八幡と回向院が本場所のときは、十日興行の一日か二日は、鬼一目あてに相撲小屋に足を運んだよ」

徳利を市兵衛のぐい飲みに傾け、亭主は無精髭の顎をゆるめた。

「けど、鬼一は大関になれなかった。大関は間違いなしと言われていたのに、あの男はついてなかった。ついてねえおらが言うのも、なんだがな」

相撲は昔、風呂相撲芝居兵法男だて三味蕎麦切《そばきり》に博奕《ばくち》大酒、と悪性のひとつに数えられた。だが、寛政のころには、谷風梶之助《たにかぜかじのすけ》と小野川喜三郎《おのがわきさぶろう》が将軍の前で上《じょう》覧《らん》相撲をとった。与力相撲に火消しの頭《かしら》、と江戸の三男にも謳《うた》われた。

土俵の鬼と呼ばれた鬼一の人気が、推察できた。

おぞう甚助との喧嘩が十五年ほど前なら、鬼一が人気を博したのは、相撲の廃業からさかのぼること、せいぜいが五、六年ほどまでだったろう。

「おやじさん、鬼一とおぞう甚助の喧嘩の経緯《いきさつ》を聞かせてくれ」

市兵衛は、促した。

「鬼一は、回向院裏の、年寄荒馬源弥《あらうまげんや》の部屋の相撲とりだった。年が明けた春の本場所の、芝の神明《しんめい》で鬼一は大関に昇進するだろう、と言われていた師走《しわす》のことだ。同じ荒馬部屋に、宗十郎《そうじゅうろう》という相撲とりがいた。雑司ヶ谷《ぞうしがや》の野相撲から荒馬部屋に弟子入りした男だ。幕内にはなれず、十両で廃業したが……」

喧嘩のきっかけは、宗十郎とおぞう甚助とのもめ事だった。

宗十郎は、相撲とりを廃業したあとは、おぞう甚助が寄親の、人宿組合の寄子になることが決まっていた。十両に上がってから、甚助がひいきになり、だいぶ遊ばせてもらった。甚助の開く賭場に、借金も拵えていた。

「関取、出世払いでいいのさ。好きなだけ遊んでくれ」

と言われ、宗十郎は気楽に遊んだ。深くは考えなかった。

だが、宗十郎は十両から幕内に上がれなかった。出世できなかった。

鬼一が来春の芝神明の場所で大関に、と評判になっていたころ、雑司ヶ谷で百姓をしている父親の具合が悪い、という知らせが届いた。それを機に、宗十郎は相撲とりに見きりをつけて親元へ帰るため、廃業を決めた。

おぞう甚助にわけを話して詫《わ》びを入れ、博奕で拵えた借金も綺麗にした。

ところが、おぞう甚助は宗十郎の詫びを承知しなかった。

「冗談じゃねえぜ。博奕の借金をかえしゃあ、それで綺麗になったとでも、おめえ、都合よく考えていやがるのかい。これまで、おめえのためにどれだけ使ったと思っていやがる。いいかい、宗十郎。おめえみてえな田吾作《たごさく》の親がどうなろうと、こっちは知ったこっちゃねえんだ。おめえにゃあ、十年は年季奉公してもらわなきゃあ、勘定が合わねえんだよ」

宗十郎は、子供のときから力持ちで、相撲が好きだった。力はあったが、気性は相撲に向いていなかった。勝負を争う、荒々しい気だてに欠けていた。その気だてでは、十両から上にはいけなかった。

甚助に凄まれ、寄子と呼ばれる険しい顔つきの手下らにとり囲まれ、宗十郎は震え上がった。大きな身体を縮めて、言葉を失っていた。

どうしたらいいんだ、と思案に暮れる宗十郎から事情を聞き、鬼一は宗十郎に同情した。宗十郎に代わって、おぞう甚助に頭をさげ、「親分、どうか大目に見てやってくだせえ」と頼みこんだ。

だが、おぞう甚助は逆に頑《かたく》なになり、宗十郎にではなく鬼一へ、腹に一物を抱くようになった。

「……鬼一の野郎は、人気を鼻にかけやがって気に入らねえ。痛い目に遭《あ》わせ、大関になれねえようにしてやると、手下と助っ人を集め、部屋から相生《あいおい》町三丁目の住まいに戻る夜の竪川《たてかわ》堤で、鬼一を襲ったそうだ」

と、亭主は言った。

「あの喧嘩騒ぎのあとに、いろいろと噂が飛んだ。どれが本当かは、知らねえ。間違いねえのは、襲ったやつらはどすを持っていたが、素手の鬼一に歯がたたなかった。それと、おぞう甚助が鬼一の張り手を喰らって暗い竪川へ転げ落ち、行方がわからなくなった。明け方、大川端で亡骸《なきがら》が見つかった」

「大川で亡骸が……」

「そうだ。おぞう甚助が命を落としたのは、喧嘩というより、自ら招いた災難、自業自得だった。けど、自業自得にはならなかった。鬼一は、町内預けの身になり、町奉行所のお裁きを受けた。十五年前のことだが、渋井の旦那もお裁きの顚《てん》末《まつ》を覚えているはずだ。つまり、喧嘩両成敗のお裁きがくだされたのさ」

「おぞう甚助が徒党を組んで襲ったのに、喧嘩両成敗なのかい」

「おぞう甚助は人宿組合の寄親だで、いろいろと武家に伝《つて》があった。鬼一の一件についちゃあ、伝を使って、喧嘩両成敗になるように奉行所に裏から働きかけたと、これもずいぶん噂になった。渋井の旦那に言わせりゃあ、喧嘩両成敗にしなきゃあ、おぞう甚助の不届きなふる舞いということで人宿組合が許されず、倅の吉五郎が寄親を継げなくなる恐れがあったからだそうだ」

「それで喧嘩両成敗は、おかしい」

「おかしいが、お上の決めたことに、逆らえねえでな。鬼一は江戸払いになったんだ。喧嘩両成敗にするため、無理やり軽い裁きがくだされたが、鬼一にとっちゃあ打ち首も同然のお裁きだった。当然、部屋にはいられねえ。大関どころか、もう関脇でも相撲とりでもねえ、というわけだ」

「鬼一は、江戸を出たんだね」

「出た」

「江戸を出た鬼一は、どうなったんだい」

「どうなったかは、知らねえ。お上の咎めを受けた者が、江戸相撲に戻れることはねえ。浪人相撲であれ上方相撲であれ、本場所の土俵に上がる相撲とりに戻れることはねえ。浪人相撲に入って、旅廻りの渡世を送っているという噂を聞いたことはある。生きてりゃあ、四十代の半ばを超えた年ごろだ。遠い他国のどっかで、暮らしているだろう」

ぐい飲みを呑み乾《ほ》した亭主に、市兵衛は徳利を差した。

「そうだ、女房と幼い子を、江戸に残していると聞いたな。今じゃもう、幼い子じゃねえがな。そういうこともあったかな、と首をかしげるぐれえ遠い昔話になっちまった。市兵衛さんに訊かれるまで、土俵の鬼のことなんぞ、忘れていた。あんなに夢中になっていたのによ。あのころは、おらもまだ、娑婆気《しゃばっけ》がだいぶ残っていたんだな」

亭主は、気《け》だるげに言って、濁《にご》った笑い声をたてた。

そのとき、日が落ちて暗くなった堤道に人の話し声が聞こえた。

居候が、表戸へ小走りに近づいていき、尻尾をふった。

表戸が、ごとん、とくたびれた音をたてた。白衣に黒羽織の町方が背のひょろりと高い手先を従え、首を縮めて表戸をくぐってきた。

居候が「お待ちしておりやした」と、愛嬌をふりまくように吠えた。

「吠えるでねえ」

と、亭主がのどかに叱った。

「よう、市兵衛。きてたかい」

「渋井さん、お待ちしていました」

「おや、市兵衛さんとおやじさんの二人で、なんの相談事でやす？」

「おやじさんの相撲話を、聞いていたのさ」

「相撲話か。相撲話と言やあ、今年の冬場所で、武甲山部屋の又右衛門が、大関になれるかどうかだな、助弥」

「そうでやすね。又右衛門もいい歳だ。そろそろ大関にならなきゃあ」

「けど、又右衛門の相撲は、荒っぽくていけねえ。大関になるにゃあ、ちょいと品格に欠けるからよ。そうだな、おやじ」

亭主が、「ああ、そうだ」と腰掛を立つと、代わって町方と手先は市兵衛の前にかけた。町方は腰の大刀をはずし、

「とに角、冷てえのを頼むぜ。喉が渇いた」

と、亭主の丸い背中へさばさばした口調で言った。

背中が、「うう、ああ」と愛想よくこたえた。

町方は、北町奉行所定町《じょうまち》廻り方の渋井鬼三次である。

中背の瘦せたいかり肩へ、だらりと黒羽織を着けている。

町人ふうの小銀杏髷《こいちょう》と狭い額に刻んだ皺、その下の情けなさそうな八文字眉と左右ちぐはぐな一重の目は、疑《うたぐ》り深げで不気味だが、見ようによってはちょっと間が抜けている、と見えなくもなかった。

不景気なしぶ面《つら》で、渾名は《鬼しぶ》である。

「あの不景気面を見ていると、闇の鬼もしぶ面になるぜ」

と、盛り場の貸元か顔利きかが言い出し、鬼しぶの渾名が、浅草や本所深川のやくざと地廻りの間に広まった。

渋井は鬼しぶでけっこうさ、とその渾名を気にもかけていない。

ひょろりと六尺（約百八十センチ）は背丈のある助弥は、十年前から、渋井の手先を務めてきた。

市兵衛に、深川油堀端の喜楽亭で、渋井と助弥を引き合わせたのは、京橋《きょうばし》に近い柳《やなぎ》町で診療所を開いている蘭《らん》医・柳井《やない》宗秀である。

蘭医の柳井宗秀は、もう二十年以上前、市兵衛が大坂堂島の仲買問屋に寄寓していた折りに知り合った古い友である。

その蘭医・柳井宗秀を入れた四人それぞれが、なんやかやと縁があり、事情があって、この喜楽亭の定客《じょうきゃく》になった。

柳井宗秀は市兵衛の隣、渋井と助弥は卓の向かいに腰かけ、渋井の傍らへ「御用をうけたまわりやす」というふうに、居候が愛想よく畏《かしこ》まるのが、四人が喜楽亭で呑むときの形である。今夜は、蘭医の宗秀がまだ見えない。

「渋井さん、お訊ねしたいことがあります」

市兵衛は、卓を挟んで腰かけた渋井へ、早速きり出した。

「珍しいじゃねえか。市兵衛がおれに何を訊きてえ。女のことかい。市兵衛もそろそろ、嫁をもらわなきゃあな。おめえは、おれみてえに持てねえし、不器用だからよ。女のことなら任せろ。なんでも手ほどきしてやるぜ」

「浅草御蔵前の天王町の、札差を務める橋本屋茂吉について、渋井さんにおうかがいしたいことがあるのです」

「なんだい、仕事の話かよ。じゃあ、ちょいと待て。野暮な仕事の話なら、呑まなきゃあ、やってられねえぜ。野暮なお方の情あるよりも、粋で邪見がわしゃ可愛、てな。おやじ、酒だ酒だ」

渋井が板場の亭主に喚《わめ》き、居候が吠えた。

五

その日は、晩秋の冷たく静かな雨になった。

浅草御門から神田川を渡り、浅草の大通りを茅《かや》町一丁目から二丁目、瓦《かわら》町をすぎて、鳥越橋《とりごえばし》の手前、御蔵役人屋敷と大通りを隔《へだ》てて向き合った天王町に、札差の橋本屋の表店があった。

市兵衛は、火熨斗を利かせた古い紺羽織と細縞の袴に、白足袋を着け、足下は角丸の差歯《さしば》下駄にした。菅笠をかぶり、紙合羽《かみがっぱ》をまとった。

下駄を踏み鳴らし、橋本屋の軒庇《のきびさし》の下に雨をよけた。

菅笠と紙合羽をとって、雨の雫《しずく》を払った。

冬の御蔵米交付には、まだ日がある。まだ、札差の繁忙期ではないが、橋本屋の表店は、武家や商家の手代風体の出入りが目についた。

軒庇から忙《せわ》しなく雨垂れが落ち、荷物を積んだ荷車が、雨の大通りを、がらがら、と通りすぎてゆく。

暖簾をくぐると、表店の広い前土間と畳敷きの店の間があった。

人の出入りはあるが、物を売り買いする商家のような賑わいはない。

これが、冬の蔵米交付の時期になると、武家の台所を預かる侍や郎党、あるいは米問屋の手代などで、この表店にも店の前の大通りにも人があふれ、休みなくゆき交う。刻限は、昼の九ツ半（午後一時頃）を廻ったころだった。

市兵衛は応対に出た小僧に名乗り、主人の茂吉へとり次を頼んでから、

「本日午後、小石川のお旗本竹崎伊之助さまの代人として、ご主人の茂吉さんをお訪ねいたす約束に、なっております」

と、言い足した。

話は通っているらしく、さほど待たされることはなかった。濡れた紙合羽と菅笠を小僧が預かり、店裏の座敷へ市兵衛は通された。

座敷は、茶室を思わせる数寄屋《すきや》ふうの、襖絵、次の間との欄間、天井、漆《うるし》が光る明障子の桟《さん》、青い美濃《みの》畳、檜《ひのき》柱など、さり気なく贅《ぜい》をこらした一室だった。

雨空の薄明かりの射す明障子ごしに、庭の木々に鳴る雨の音が聞こえる。

女中が、二人分の茶菓と煙草盆を出した。

女中が退ると、入れ替わりに、縁側を歩んでくる人影が明障子に映った。人影

の歩み方に、のどかな余裕が感じられた。

「失礼、いたしますよ」

影が立ったまま、落ち着き払った声で言った。明障子の片側が開かれ、面長《おもなが》な赤ら顔の茂吉が、端座した市兵衛を縁側から見おろした。

市兵衛は膝に手をおき、茂吉のほうへわずかに向けた顔を、軽く伏せた。

「はい、どうも」

と、会釈を投げ、縁側から座敷に入った。

片方の手には、黒地に金箔の模様の入った煙草入れを提げていた。

「お客さま、わたしは煙草が手放せませんもので、こちらの障子は、開けたままにしておいて、よろしいですか」

「どうぞ。お気遣いなく」

市兵衛は、軽く微笑んだ。開けたままにした明障子の向こうで、枝ぶりのいい松の木が、灰色の雨に濡れている。

茂吉が対座し、橋本屋の茂吉です、唐木市兵衛です、と改めて名乗り合った。

五十すぎに、茂吉は見えた。赤ら顔の目元に、薄くしみが浮いていた。結んだ薄い唇を、不満げに歪めているのは、茂吉のくせと思われた。

踝《くるぶし》まである仕たてのいい媚茶《こびちゃ》の長羽織を、幅のある肩に引っかけるように羽織っていた。羽織は下着のよろけ縞の着流しと対尺になっており、だらりとした着こなしの裾から、職人が履《は》くような黒足袋の足先がのぞいていた。

どこか、わざとらしくちぐはぐな拵えに見え、通り者として評判の高い浅草蔵前の札差の、洒落《しゃれ》の裏がえしに思われた。

茂吉は、市兵衛の総髪に一文字髷の頭から膝においた手先までをまじまじと見廻し、背後に寝かせた刀を見やってから、面長な赤ら顔をゆるめた。

「生憎《あいにく》の雨になりました。ひと雨ごとに寒さがまします。そろそろ秋も、終わりですな。この雨の中、わざわざのおこし、お礼を申し上げます」

茂吉は早速、金箔の煙草入れから銀煙管をとり出し、火皿に刻みをつめた。煙草盆の柄を持ち、上体を丸め、銀煙管の吸口を咥《くわ》えたまま、火皿を煙草盆の火種に近づけた。

息に合わせて、煙が小さく上がった。

それから煙草盆を戻し、丸めた上体をのばして煙管を吹かした。

吹いた煙が消えると、やおら、灰吹きに吸殻を落とした。

銀煙管を煙草盆に、からん、とおき、これでやっとくつろいだ、というような息を吐いた。面長な赤ら顔は、ゆるんでいたが、一重の目は笑ってはいなかった。目の端で、市兵衛の様子を油断なくうかがっていた。

市兵衛は、青畳に目を落とし、庭の木を鳴らす雨の音を聞いていた。

「昨日、竹崎伊之助さまより届きました書状に、本日午後、唐木さまが竹崎さまの代人としてお見えになるとあって、早や冬の御蔵米交付の季節かと、ときの流れに驚いております。まさに、一寸の光陰軽《かろ》んずべからず、ですな」

はい、と市兵衛は奥二重の目を上げた。

「竹崎さまの書状には、唐木さまは若きころ、大坂堂島の仲買商の許に寄寓し、算盤と商いを修業なされ、今は上方の商人に学んだ算盤の技を生かし、渡りの用人を生業になさっておられると、ありました。また、奈良の興福寺で剣の修行を積まれ、剣術のほうも相当おできになると」

茂吉は薄い唇を不満げに歪め、おいたばかりの銀煙管をつまんだ。また火皿に刻みをつめながら、

「唐木さまのお国は、どちらなので？」

と、少々問い質《ただ》す口調になった。

煩《わずら》わしくとも、この仕事をするうえでは必ず質されることである。

「生まれは、江戸です」

「江戸のお生まれですか。唐木家は、どういうお家柄で？」

茂吉は刻みをつめた煙管に、火をつけた。ふうっ、と天井へ煙を吹かし、目だけを市兵衛に寄こした。

「祖父の代まで、赤坂《あかさか》御門に近いお旗本の、足軽奉公をいたしておりました」

「ほう、足軽奉公ですか。なぜ、お旗本の足軽奉公を、お継ぎにならなかったので？　足軽奉公では、ご不満だったのですか」

「わたしは十代のころに上方へ上り、江戸に戻ったのは、三十四歳のときです。以来、渡りの生業で暮らしをたてております。父母はすでにおらず、唐木の姓を継ぐ者は、わたしひとりです。このような身になるまでに、退屈きわまりない長い事情があるばかりです。どうか、それまでに」

「お侍さまは、よろしいですな。のどかで……」

茂吉は、灰吹きに吸殻を落とし、ぷっ、ぷっ、と煙管を吹いた。

「二本を差せば、お侍さまとたてられ、お旗本や御家人の旦那さま方は、手柄をたてずとも先祖代々の家禄を継ぎ、雨露をしのぐ屋敷があり、飢える心配をなさらず、みなさま、呑気に暮らしておられます。羨ましいご身分です」

吸殻を落とした銀煙管を指先につまみ、玩《もてあそ》んだ。

「竹崎さまも、小石川に徒組組頭の立派なお屋敷を拝領なされ、多くの奉公人にかしずかれるご身分です。由緒ある竹崎家のお血筋の、奥方さまやお子様方に囲まれながら、一方でそこの福富町に妾奉公まで抱えて、わたしども札差ごときを相手にするときは、唐木さまにすべてお任せになり、のどかで苦労知らずと申しますか、まさに泰平の世ならばこそです」

「竹崎さまが、のどかで苦労知らずにお暮らしゆえ、わたしのような家柄もない者にも、仕事がいただけます。ありがたいことです」

市兵衛は、穏やかさを失わず、さらりと躱《かわ》した。

「そうでしょうな。お侍さまにも、いろいろとご都合がおありでしょうから。まあ、しっかりとお働きなさいませ」

茂吉は、皮肉な笑い声を響かせた。

足軽ごときの末裔《まつえい》の市兵衛が、竹崎の代人として遣わされたことに、茂吉は不快を隠さなかった。この程度の者では、御蔵前の札差の相手は無理だと、言いたげだった。

「で、本日見えられたのは、竹崎伊之助さまが、わたしども橋本屋になされた借金のご返済の手順について、ご返答を唐木さまにお持ちいただいた、ということでよろしいのですね」

「ほぼ、それでよろしいのですが、返答ではありません。返答をするための、相談をいたしたい。話し合いをいたしたいのです」

うん？　と茂吉は、不快げに歪めている薄い唇を、さらに歪めた。片方の眉を吊り上げ、不機嫌そうな真顔になった。

「唐木さまはご存じと思いますが、竹崎さまのこのたびの借金は、竹崎家のどなたもご存じではありません。またどなたにも知られぬようにと、竹崎さまよりたってのお望みでしたので、いたし方なく、内密にお貸しいたしました。この両三年、返済を引きのばす折りに竹崎さまと直に話し合い、証文をそのたびにお作りし、今にいたっておるのです」

茂吉は、玩んでいた煙管に刻みをつめ、火をつけた。

一服し終わるまで、市兵衛は雨に煙る庭の松の木を眺めて待った。

「唐木さまは、これまでのわたしと竹崎さまのかかわりを、ご存じではありません。それで、何を相談いたし、話されるおつもりなのですか？　すでに、十分にご相談申し上げ、話し合った末に、双方が納得しておりますものを、これ以上何をお話しするのか、合点がまいりません」

「ごもっともです。ですが、竹崎伊之助さまは竹崎家の主です。竹崎家の奥方さまや家宰の田所さんのご存じではない内々の、竹崎伊之助さま一個の借金であっても、このたびの借金が、徳川《とくがわ》家旗本の竹崎家と御蔵前蔵宿の橋本屋の貸借である事態に、変わりはありません」

「主の借金の返済が滞れば、竹崎家は、御蔵米をすべて橋本屋に差し出してでも、それでも足りなければ家財道具を売り払ってでも、返済するのが世間の道理ではありませんかね。わたしはこれまで、繰りかえしご忠告申し上げ、念を押したのです。竹崎さまは、お金を借りるというふる舞いを、少し安易にお考えのようでした。わたしの忠告に、聞く耳をお持ちではありませんでした」

茂吉は、今さらつまらぬ話を、とでも言いたげに、銀煙管の雁首《がんくび》を灰吹きにあて、薄い唇を歪めた。

「同感です。わたしが竹崎さまの代人を果たす頼みを請けた折り、引き受けるかどうか、迷いました。仰ったように、竹崎さまには、ご自分の拵えた借金を、奥方さまや家宰の田所さんに知られる事態ばかりを憂慮《ゆうりょ》なされ、返済は橋本屋さんと協議をいたし、どうにかきり抜けられればいい、という魂胆が見えておりました。目先の事態を先のばしにできれば、それでいいとお考えなのです」

「ふむ、そうでしょうね。竹崎さまらしい」

「そんな魂胆では、橋本屋さんときちんとした相談が、できるはずがありません。話し合いになりません」

「きちんとした相談？　相談することなど、何もありませんよ。何もないのに、唐木さまは、お引き受けになられたのですか？　謝礼のために」

「実情を申せば、そのとおりです。稼がねば、米櫃《こめびつ》が空《から》になります。米櫃の底が見えてくるのは、恐いものです。これはむずかしいと知りつつ、米櫃の底が目に浮かんでまいりましたもので……」

「安請け合いも、いいところだ。どんな仕事でも、謝礼さえもらえればよし、というわけですか。お侍さまは、お気楽でよろしいですな」

「まことに、安請け合いと侮《あなど》られてもいたし方ありません。とは申せ、お引き受けした以上は、ありったけの力をつくして励《はげ》む所存です」

市兵衛は微笑みを向け、茂吉の不快をなだめた。

「お好きなように。唐木さまが、どんな話し合いをなさるおつもりなのか、見当もつきませんがね。ただし、わたしと竹崎さまの間で、話し合いのついたことを蒸《む》しかえされては困りますよ。同じことの繰りかえしは、ときのむだです」

「話し合いはついておりません。ついておらぬから、わたしが代人役を安請け合いいたしたのです。橋本屋さんは竹崎さまに、冬の御蔵米で借金の三分の一をかえすか、でなければ、借金の額をきりよく百両にし、百両分の利息を払い、払わなければ御蔵米はわたせせぬ、小石川のお屋敷を訪ね奥方さまに訴えるとも、手強く申し入れられたのではありませんか」

茂吉は、うむ？　と市兵衛を睨んだ。

「竹崎さまは後日、返答をすると申され、そのため橋本屋さんは、代人のわたしが本日、返答を持ってきたのだと思われた。つまり、話し合いがまだついていないから、返答を待っておられた」

「こういうことになるから、知りもせぬ者に口を挟まれるのは困るのです。よろしいですか、唐木さま。札差が札旦那のお武家さまに御蔵米をわたさぬなどと、そんなことはできないのです。札差は、お武家さまの禄を、つつがなくお武家さまにおわたしいたす役目を、お上より仰せつかっておるのです」

指先につまんだ銀煙管を、苛だたしげに玩んだ。

「奥方さまに、竹崎さまの内密の借金を訴えると申しましたのは、本心ではありません。長年おつき合いを願っております竹崎さまに、厳しいことをあえて申し、お諫《いさ》めいたしておるのです。竹崎さまが、以後は身を慎《つつし》み、できる手だてで返済すると、誠意をもってご返答いただければ、了承いたすつもりでおるのです。長年のおつき合いがあるからこそ、そのように申したのです」

「わたしには、竹崎さまと橋本屋さんの長年のおつき合いの情や義理、縁はわかりかねます。ゆえに、情や義理や縁には訴えず、ありのままの事情に沿った損得勘定をつける申し入れをいたすつもりでおります。何とぞ門前払いをなさらず、ただ損か得か、それのみを考慮していただきたいのです」

「損得勘定？」

茂吉は、玩んでいた煙管に刻みをつめ、火をつけた。ひと息、煙管を吹かし、

「損得勘定の申し入れが、竹崎さまのご意向なのですか。妙なご相談になりそうですね。手短にお願いしますよ。歳をとったせいか、近ごろ気が短くなりましてね。わたしどもはお武家さま方と違い、このあとに、終わらせなければならない仕事が、山のように控えておりますから」

と、嫌味をにじませた。

「ありがとうございます。申し入れの前に、竹崎さまの借金の額はこれで間違い

ないか、念のために、お確かめいただきます」

市兵衛は、懐より折り畳んだ一枚の半紙を抜き出した。それを開き、茂吉の膝の前にさらりとおいた。

茂吉は火の消えた煙管を咥えたまま、半紙に目を落とした。そこに記された文字を、目で追った。

文字は初めに、《竹崎伊之助様借り受け申す金子之事》と読めた。

市兵衛が、竹崎が橋本屋に作った借金額の詳細を、一枚の半紙に一覧にまとめたものである。文政《ぶんせい》四年（一八二一）の夏から、今年、文政六年の冬の御蔵米交付のときまでが書き記してある。

竹崎は三十両を、おととし文政四年の夏の御蔵米交付のころに茂吉から借り受けた。柳橋の町芸者のお梅を身請けし、福富町の裏店で妾奉公に抱えるためにかかった支度金である。

一、文政四年夏。一金三十両。利息一割二分、周旋料一割、計二割二分ノ金額六両二分一朱二百二十六文余。内、竹崎様二分一朱二百二十六文余支払。

一、同年冬。一金三十六両。利息及ビ周旋料計二割二分……

と、竹崎の三十両の借金が、春夏冬の三季御蔵米の交付に合わせてふくらんでゆく実情が詳らかになり、今年、文政六年の冬には、借金の額が百十二両、利息と周旋料の二割二分は、二十四両二分三朱九十文余になっていた。

茂吉が半紙より目を上げ、これが？　というふうに市兵衛へ眼差しを投げ、市兵衛の眼差しと交錯させた。

六

「わざわざこのようになさらずとも、言っていただければ、竹崎さまのご署名と捺印をいただいた証文を、お見せいたしましたのに。返済をのばされるたびに間違いのないよう、新たに証文を作っておりますから、全部、お見せできます。証文を作る手数料と奥印の礼金、また、利息分の未払分の利息は、竹崎さまとの長いおつき合いですから、おまけにいたしました」

茂吉は、灰吹きに吸殻を落とした。

「おととしに借りた三十両の元金が、この二年半のうちに百十二両にふくらんでいます。知行三百石、徒組組頭の職禄百五十俵の竹崎家の勝手向きが、奉公人の給金や飯米をのぞいて七十数両。もはや、尋常《じんじょう》な手だてで返済できる額ではありません。武家が蔵宿に借金をし、困窮に陥《おちい》るわけです」

「それは仕方がありませんよ。民に範《はん》を示すのがお武家なのですから、節度をもってお借りになればよろしいのです。借りるときは先を考えずに借り、返済が滞って困窮に陥るというのでは、ご自分のせいと申すしかありません。わたしどもは、お武家の方々のお求めどおりにご用だてしておるのですから」

「三ヵ月縛り、あるいは四ヵ月縛りの利息一割二分、それに周旋料一割を合わせて二割二分。縛りごとの天引きは、高すぎると思われませんか？」

「高いか高くないか、お借りになる方の腹ひとつ、ではありませんか」

「橋本屋さん、寛政の御改革で、蔵宿に対し、天明四年以前の武家への貸借は破棄、それ以後のものは一ヵ年の利息を六分とし、年賦返済と決められました。今もそのとり決めが、続いているのです。すなわち、橋本屋さんの利息は、御改革の意趣にそむいておられる」

「だから、なんだと仰るのです？　わたしは竹崎家ご当主の伊之助さまに、どうか頼むと申し入れられ、利息も期限もこれでよいと言われ、本当にこれでよいのですかと念押ししたうえで、お貸しいたしました。武士に二言はないはず。御蔵前の札差の性根にも偽《いつわ》りはありません。これは、天下の旗本と御蔵前の札差の約束なのです。お上が口を挟むことではないのです」

「しかし、先ほどは、主の借金の返済が滞れば、竹崎家は御蔵米をすべて橋本屋に差し出してでも、それでも足りなければ家財道具を売り払ってでも、返済するのが世間の道理だと仰られました」

「間違いなく、それが世間の道理ですよ」

「世間の道理にそむかぬよう、お上が口を挟んで御改革が行なわれたのです。武家が困窮に陥り潰れては蔵宿も潰れます。ゆえに、天明四年以前の借金を破棄し、それ以後は一ヵ年六分の利息で、年賦返済と決められた。武家が困窮に陥らぬよう、無理な利息をとってはならぬ、と蔵宿に命じられたのです。すなわち、お上が世間の道理を改められたのです」

「あの御改革で、御蔵前の札差は百二十万両におよぶ損をこうむりました。お武家に都合のよいだけの、寛政の御改革は、道理にはずれておりますな」

「寛政の御改革が正しい御改革であったか、間違った御改革かの判断は、おいておきましょう。寛政の御改革でお上の決めた法度によれば、竹崎さまの百十二両の借金の額は、大きくはずれていると申したいのです」

「ですから、これは、竹崎さまとわたしが交わした、貸借の約束なのです。一個の旗本と一個の札差が、腹を割ってとり決めたのです。傍《はた》からとやかく申す事柄では、ないのですよ」

「竹崎さまと橋本屋さんが、腹を割ってとり決めたとしても、この利息は御改革の意趣にそむいております。よって、竹崎さまの借金は、元金の三十両と年利六分の利息以外は、お支払いいたしません」

茂吉は、苛だたしげな甲高い笑い声を上げた。

「いやはや、いきなり横暴なことを仰るものですな」

と笑いつつ、銀煙管の吸口で白髪のまじった鬢《びん》をかいた。

「そちらがそうなら、こちらには明らかな証文があります。お上へ訴え出る手てを、とらざるを得ません」

「お上が口を挟むことでは、ないのでは？　それはそれとして、金公事《かねくじ》は相対《あいたい》で済ますべし、とお上は寛政九年（一七九七）にも相対済令《すましれい》を発布し、金公事の訴えを認めておりません。ましてや、竹崎さまの借金の証文は、御改革の趣意にそむいており、お上がおとり上げになるはずがないことを、橋本屋さんはご存じのうえで、仰っておられるのですね」

茂吉は眉をひそめ、銀煙管を咥え、がり、と鳴らした。

「いたし方ありませんね。不本意ですが、小石川の竹崎家のお屋敷にうかがい、奥方さまに直にかけ合うことにいたします」

「竹崎さまは、肩身の狭い養子婿です。お上に訴え出られるにせよ、奥方さまに直談判なさるにせよ、借金が表沙汰になってお屋敷を出ることになりそうだと、竹崎さまは憂慮なされておられます。内密の借金であった事情を、橋本屋さんもご承知でした。表沙汰になれば、借金返済のかけ合いは家宰の田所さんがなされ、竹崎家と橋本屋さんの間が、やっかいな事態になりはしませんか」

「札旦那ではありましても、約束を破っていいはずがありません。交わした約束は、きちんと守っていただきませんとね。とるに足らぬ札差ですが、仕事柄、御公儀の要職に就《つ》かれている方々に、多少の知己はあります。その方々の手助けを得たうえででも……」

「田所さんとて、同じ手だてをこうじられるでしょう。泥仕合に、なりかねません。結局、双方折れ合って落着することになり、得る物は少ないでしょう」

「だといたしましても、このまま泣き寝入りでは、御蔵前の札差の面目は丸潰れです。札差が顔を潰され、どの面さげて御蔵前の大通りを歩けますか。損得の勘定は、もうけっこう。道理は道理、理不尽は理不尽と、とるに足らぬ札差ごときが、お旗本を相手に筋を通してみせます」

「損得勘定の申し入れを、もう聞く気はないと？」

「けっこうです。借りた金をかえさぬとは、いけしゃあしゃあとよくも言えたものです。親父さまから橋本屋を継いで三十年、今日ほど不愉快な思いをしたことはなかった」

茂吉は、煙草盆に上体を傾け、銀煙管に火をつけた。

市兵衛は、冷めた茶を一服しながら、明障子の隙間から見える庭の松を眺め、茂吉が喫《す》い終わるのを待った。松は小雨に煙っている。

一服した煙管を灰吹きにあて、茂吉が吸殻を落とした。

「残念ですが、仕方がありません。こうなるかもしれぬとは、竹崎さまに申してはありましたが……」

市兵衛は言った。

「ぶしつけなことを申しますと、唐木さまでは無理だ。言を弄《ろう》し、脅しをかけ、わたしが折れるとお考えだったようですが、甘いですね。竹崎さまがご自分で見えられ、腹を割ってご相談していただけたなら、別の手だてをこうじて差し上げられたかもしれませんがね」

「脅したのではありません。損得勘定のために、起こりうること、考えられる事態を推量いたしただけです。失礼を申しました。とも角、竹崎さまは、早晩、小石川のお屋敷を出られることになります。そのときは、橋本屋さんの仕打ちを、恨《うら》みに思われるかもしれません」

「おやおや、脅しの続きですか。他人を恨んだとて、身から出た錆《さび》。わが身を戒《いまし》めることとです」

「竹崎さまのご実家は、新御番組頭千五百石の鳴山家です。この一件が明るみに出て、竹崎さまが離縁になれば、鳴山家は鳴山家で、内心は面白くないでしょう。竹崎さまの落ち度は明らかでも、一族の者に恥をかかせた、一門が恥をこうむったと、竹崎家や橋本屋さんへ、遺恨を抱かれるかもしれません」

「鳴山家のご両親は、倅のしつけを間違われたのですよ。所詮は逆恨みです。遺恨などと、お門違いもいいところです。あは……」

「しかし、新御番組の組頭ともなると気が荒く、そのうえ、錚々《そうそう》たる幕閣に顔が広いですからね。小さな落ち度をとり上げて、竹崎家への難くせ、橋本屋さんにも腹癒《はらい》せの咎めなどがあり得ます。御改革の命令にそむいたこのたびの利息は、報復の格好の的になりそうですからね」

「お好きなように。お武家だとて、同じ人です。受けてたちますよ」

「そうそう、竹崎さまは、小石川のお屋敷を出られても、鳴山家には戻られません。竹崎家を追われた事情がご自分の落ち度では、鳴山家に戻るどころか、顔向けすらできぬでしょう。面目は丸潰れです」

「竹崎さまは、小石川のお屋敷を出られて、どうなさるおつもりで？」

茂吉は、指先につまんだ銀煙管をゆらゆらと玩びつつ訊いた。

「ふむ？　竹崎さまと長いおつき合いで、ご存じではありませんか？　東両国の人宿組合を仕きる観音吉五郎という寄親と竹崎さまは、若いころからの仲間なのです。と申しますか、観音吉五郎の父親のおぞう甚助とは、竹崎さまはひそかに義兄弟の契りを結んでおられたのです。その縁で、竹崎さまは観音吉五郎の世話になるようです。むろん、ご本人は何も仰いませんが」

「義兄弟の契り？」

「旗本がやくざ稼業の寄親と義兄弟の契りなど、言語道断とお上より咎めを受けてもおかしくないふる舞いにもかかわらず、部屋住みの目だたないお立場だった事情もあって、竹崎さまと鳴山家に出入りしていた人宿組合のおぞう甚助との交わりは、竹崎さまが若衆だったころより始まったそうです。この話は、東両国界隈の盛り場では、今でもよく知られていることでした」

茂吉は薄い唇を少し尖らせ、市兵衛を見つめていた。

「おぞう甚助は十五年前に亡くなり、寄親を継いだ倅の観音吉五郎とも、竹崎さまはつき合いが深いのです。竹崎家の養子婿になってから、お屋敷奉公の手廻りは、観音吉五郎が周旋の寄子らです。竹崎さまは元々のご気性が、旗本やくざなのです。これまでは、旗本の縛りがあって大っぴらにはなさいませんでした。竹崎家を追われれば、それを機に、ご自分のやくざなご気性に合った生き方を、なさるのではありませんか」

茂吉は、玩んでいた銀煙管を、不快そうに歪めた唇に咥えた。そして、ふん、と軽く鼻を鳴らした。

「寄親と寄子は、やくざな親分子分のつながりです。寄子が武家奉公をしていても、寄親の手下は変わりません。寄親の命があれば、火の中水の底でも恐れず飛びこむ者らです。観音吉五郎も、そういう命知らずの寄子を、大勢抱えております。橋本屋さんは、それぐらいのことは、当然ご存じですね」

茂吉は何もかえさなかった。

「この一件で、竹崎さまが橋本屋さんの仕打ちに恨みを抱かれ、仕かえしを目論まれたら、観音吉五郎は、父親の義兄弟だった竹崎さまに、間違いなく助っ人するでしょう。命知らずの手下らが、橋本屋さんのお店の周辺に出没し、という事態もあり得ます。余計なことですが、ご家族の方が、おひとりで出かけられるのは、控えられたほうがよろしいかと……」

「脅しがお上手だ。大坂の商人から、上手な脅し方を学ばれましたか」

「お許しください。損得勘定は、損と得を明らかにしなければなりません。つい損ばかりを申してしまいました。この一件は、誰も得をせず、みなが損をこうむると推量できる顚末になりそうです。こういう成りゆきは珍しい」

茂吉は、眉をひそめて、顔を明障子のほうへそむけた。

「竹崎さまは離縁になって竹崎家を追われ、面目を失い、ご実家の鳴山家は、一件が表沙汰になり、一門の者が恥をかかされたと、竹崎家に逆恨みを抱くでしょう。鳴山家が働きかければ、竹崎家は主人の不始末を、お上よりお叱りを受けるのはまぬがれません。当然、この一件の当事者である橋本屋さんも、無事では済まないでしょうね」

すると茂吉は、そむけた顔を戻した。沈黙したまま、市兵衛との間の宙に不快げな眼差しを泳がせた。かまわず、市兵衛は続けた。

「橋本屋さんは、法を犯す利息をとりたてたとして、百十二両どころか、元金の三十両すら失いかねず、あまつさえ、観音吉五郎の手を借りた竹崎さまの仕かえしを受ける恐れすらある。そういう事態になって、一体誰が、どんな得をするのでしょう。確かに、このような顛末は、上方の商人なら受け入れません」

「けっこうです。損の話は十分わかりました」

茂吉は銀煙管を煙草盆へ、からん、と投げ捨てた。大きく吐いたため息が、迷っているふうに見えた。

市兵衛は一礼をして、背後に寝かせた刀をとり座を立った。

「唐木さま、損得勘定の得の話はまだうかがっておりません。腹は決まっておりますが、得の話をお聞かせいただきます。そのために見えられたのですから」

「ときの無駄かも、しれませんよ」

「済んだ話を蒸しかえすのでなければ、無駄ではありません」

茂吉は、煙草盆に捨てた煙管を、すぐに苛々とつまんだ。

市兵衛は茂吉の仕種を見やりつつ、やおら座に戻った。

「では、申し入れをいたします。よろしいのですね」

「どうぞ」

「先ほど申しましたように、この金額の借金は白紙にかえしていただき……」

と、茂吉の前の半紙を指した。

「三十両の借金は、お定めの利息が一ヵ年六分の年賦返済とさせていただきます。借金はおととし、文政四年の夏の御蔵米交付の折りに始まりましたので、おととしの夏の利息の天引き分、去年の夏と今年の夏に借金の返済ができずに引きのばした利息の天引き分、都合、三ヵ年分の利息をお支払いいたします」

茂吉は俯《うつむ》き、火皿に刻みをつめ始めた。火皿に刻みを指先で押しこみながら、上目遣いに市兵衛を一瞥《いちべつ》し、市兵衛は平然と、その一瞥にこたえた。

「三十両につき一ヵ年六分の利息は、ただ今の金貨と銭の相場で、一両三分と三百二文余。三ヵ年分では五両一分二朱に百五十一文余。ただし、竹崎さまは、文政四年の夏から今年文政六年の夏まで利息を払わず、借金に上乗せしてこられたのですが、三季御蔵米の縛りに合わせて七度、利息のうちの一両に満たない端《は》金《した》《がね》は払ってこられました。それをすべて合わせますと、四両三朱と三百十五文余になり、差額の一両二朱と二百十三文余は、この申し入れをお受けいただき次第、お支払いいたします」

茂吉は、煙草盆の柄をかかげ、幾ぶん前かがみに火皿へ火をつけた。ひと息吸うと、火皿の刻みが赤く光った。その間も、黙っている。

「次に、養子縁組の申し入れを、させていただきます」

ぶっ、と茂吉は噴き出した。そして、立ちのぼる煙の向こうから、目を丸くして市兵衛を見つめた。

「いきなり何を言い出すのか、ふざけているのかと、どうかお怒りになりませんように。竹崎さまに、ない袖はふれません。ですからこの申し入れは、金ではなく、橋本屋さんにどのような得を示せるかを考え、これを得として考慮していただけるのではないかと、判断いたした次第です」

市兵衛は、ゆっくりとひと呼吸して続けた。

「養子縁組は、人と人の縁です。人と人の縁を損と得の秤にかけるのは、不遜《ふそん》なふる舞いであり、養子縁組をするほうされるほう双方に、重荷を背負わせる事態になりかねません。とは言え、それを望まれる方がおられ、そうせざるを得ない事情が世間には様々にあります。心苦しいのですが、有り体《ありてい》に申しますと、世間の相場では、同心二百両、足軽三百両、徒士五百両、と言われております」

茂吉の火皿が、また赤く光った。

暮らしに困窮し、借金に苦しめられた下級の御家人が、富裕な町人より持参金づきで養子を迎えるのは、珍しいことではなかった。天下泰平の世ゆえに、御家人の身分が売り買いされたのである。

「竹崎さまのお知り合いに、御徒町《おかち》の徒衆の御家人で、四十代の半ばになられたご夫婦がおられます。家禄五十俵に徒衆の職禄が七十俵ですが、三番勤めゆえ、職禄は七十俵を三人で分け、二十数俵……」

煙管をつまむ茂吉の指先が、かすかに震えた。

「ご夫婦に、お子さまはおられません。ご夫婦は今、七十数両の借金を抱え、返済が進まず、苦しんでおられます。以前は、ぎりぎりの暮らしながら借金はなかったのですが、先年、老父が病に倒れ亡くなられた折り医師への薬礼《やくれい》がかかったことと、さらに去年より、老母が病に臥《ふ》され、それにも薬礼がかかり、いつの間にか借金がかさんだ、と聞いております」

刻みは燃えつき、もう赤く光らなかった。だが、茂吉は気がつかぬかのように煙管を吸い続けている。

「先日、竹崎さまが訊ねられましたところ、のちのち継ぐ者のいないこの家を、まことに継ぐ志を持つ方ならば、武士と町民を問わず、養子に迎え家督を譲ることはやぶさかではない、と申されたそうです。徒衆の勤めについては粗漏《そろう》なきよう手ほどきはするし、家督を譲り隠居となったあとは、屋敷の一隅で老母の看病をしてすごすゆえ、むずかしき気遣いも不要であるとのことです」

茂吉は、なおも沈黙を守っている。

「ただし、偽りの相続ならば、咎めを受ける。小禄の御家人であろうと、徒衆としてのあたり前の心がまえは身につけてもらわねば困る。その覚悟を持って望まれるなら、話し合いには応じられるゆえ、竹崎さまにお任せする、とも申されたそうです。ところで……」

と、市兵衛はひと呼吸をおいた。それから、

「橋本屋さんには、息子さんがお三方、おられますね」

と言い添えると、茂吉は険しい目をまた上目遣いに寄こした。

「北町奉行所の見廻り方に、知り合いがおります。見廻り方には世情に通じた手先が幾人もついており、様々な噂や評判、出来事などがもれなく耳に入るのは、当然、ご存じですね。見廻り方に、橋本屋さんの息子さんたちの身辺について、少々訊ねました」

ちっ、と茂吉が不快げに舌を鳴らした。

「ご心配なく。息子さんたちの素行を暴くのが、狙いではありません。身辺につ

いて、表沙汰になっている事柄を確かめただけです」

市兵衛はさり気なく弁解した。

「ご長男とご次男は、橋本屋さんの家業に就かれ、すでにおかみさんを迎え所帯を持たれていると、うかがいました。見廻り方の手先が、三男の方と顔見知りだそうです。お名前は順吉《じゅんきち》さん。二十一歳になられているが、なぜか、未だ橋本屋さんの家業にも就かず、両国界隈のその筋では、橋本屋の坊っちゃんとして、だいぶ顔が知られているそうですね」

茂吉は、火皿の吸殻を、ようやく灰吹きに落とした。

「噂では、賭場でも橋本屋の坊っちゃんはだいぶ金遣いが荒っぽいと、評判らしいですよ。それから、元柳橋《もとやなぎばし》の水茶屋に、馴染みの茶酌女《ちゃくみおんな》がいると聞いたことがあると、手先が言っておりました」

口をへの字に結び、むむむ、とかすれ声をもらした。

「橋本屋さんは、このまま放っておいては、と順吉さんの先行きを案じられ、どこかの奉公先に出そうか、嫁を無理やりにでもとらせ家業に就かせるか、いっそのこと、相応の持参金をつけてどこかの表店に養子縁組させせようか、などと頭を悩ませておられるとうかがいました」

茂吉は、腕組みをし、指先につまんだ銀煙管の吸口で、今度は月代に乗せた小銀杏を整えるような仕種をした。

「じつは、その話を竹崎さまに伝えましたところ、持参金つきの養子縁組の相手を、ひそかに探している徒衆の夫婦がいると、聞けたのです。気は引けるのですが、橋本屋さんが反対でなければ、順吉さんがそちらのご夫婦と養子縁組を結ぶ申し入れは、橋本屋さんの損にはならず、むしろ、損得勘定の得になるのではないかと考えました」

市兵衛は、束の間、茂吉の様子を見守った。

「順吉さんが心を入れ替え、悪所通いをやめ、二刀を差す侍になる気がまえは要りますし、肝心《かんじん》の順吉さんが不承知なら、この申し入れはそれまでです。もし、進めてよいなら、竹崎さまは喜んで両家の仲介の労をおとりになります。仲介の謝礼はいっさいいただかぬつもりだとも、仰っておられます」

茂吉は、小銀杏を整えていた吸口を口元へ近づけ、ふっ、と息を吹きかけた。

「ずいぶんと、生臭い申し入れですな。札差ごとき、御家人株という餌をぶらさげれば、尻尾をふって飛びつくと、見くびられましたか」

市兵衛は、こたえなかった。明障子の向こうの庭へ目を移した。庭の松に降りかかる雨が、静かな音をたてている。

「竹崎さまのご身分が安泰であれば、借金の額が百両を超えたとて、慌ててとりたてはしません。ただね、小石川の奥方さまが、竹崎さまのふる舞いに我慢ならず、離縁なさるおつもりだと、家宰の田所さんより事情が聞けましてね。それは大変だ、このままだと、貸し倒れになると思ったのです。唐木さまが間に入られて、妙な顚末になりそうな気配ですな」

「ご返事は、すぐにいただかなくてもけっこうです。両三日ほどのち、ご返事をうかがいにまいります」

市兵衛は、頭を垂れた。

「倅の順吉は、できが悪いのですよ。上の兄二人は、わたしに似て気が利き、そつがない。この家業に向いております。順吉は家業に見向きもせず、二十歳をすぎてまだ親の世話になりながら遊び呆けて、幾ら咎めても一向に改まりません。悪所通いはいい。男の甲斐性だ。だが、稼ぎもないのに悪所通いでは、ただの与太です。親の稼いだ金で水茶屋の茶酌女ごときと戯れおって、それでも男かと言いたい。お話になりません。本当に、困ったものだ」

茂吉は、薄い唇を不満げに歪めたが、すぐに続けた。

「ですがね、どういうわけかあの男、妙に可愛げなところがあるのです。気が利かず、そつだらけですが、親のひいき目でしょうか、気だてがね、なんとも言えずいいのです。末っ子で母親が可愛がるもんですから、そんなんじゃあ札差稼業は無理だ、もっとしっかりしなさいと、子供のころによく叱りました。べそをかいて、すぐ母親のところへ逃げるのです」

茂吉は、何かを思い出したらしく、小さく笑った。

「十をすぎたころ、どこかの先生の私塾に通いたい、などと言い出しましてね。わたしはあの子の将来のことを思って、私塾より商いの修業に励みなさいと、許さなかった。今にして思えば、あれが拙《まず》かったかな、と後悔しております。とに角、順吉は札差には向いておりません。見どころがない。しかし、見どころのなさが、見どころではないかと、このごろわたしは思っておるのです」

茂吉は、またしても煙管に刻みをつめ始め、背を丸めて火皿に火をつけ、気持ちよさそうに一服した。

「唐木さま、損得勘定の損と得、確かに、うけたまわりました。よろしいでしょう。考慮させて、いただきます」

かん、と灰吹きに銀煙管を、茂吉は高らかに打ちあてた。

着物の下は、冷や汗でびっしょりだった。

市兵衛は、小僧が差し出した紙合羽を着け、菅笠をかぶった。

「お客さま、お気をつけて」

小僧に見送られ、軒庇の下から小雨に煙る御蔵前の大通りに出た。砂利《じゃり》道を差歯下駄が重たく嚙《か》み、ぱらぱら、と雨が菅笠と紙合羽を鳴らした。

そのとき、後ろの橋本屋のほうで、見送りの小僧の声がした。

「あ、順吉さま、お出かけですか」

ふりかえると、橋本屋の暖簾を分け、着流しの若い男が菅笠を手にして軒庇の下に出てきたところだった。鳶色の着流しと独鈷《とっこ》模様の帯は上等そうだが、前襟をくつろげ、殊《こと》さらにだらしなく装っていた。

月代を剃らずに、薄らとのばしているのが不良染みていた。細長く白い素足に着けた雪駄を鳴らし、庇から雨垂れごしに雨空を見上げた。

痩せて背が高く、色白に目鼻がはっきりしていて、顔だちは悪くなかった。ちえ、よく降りやがるな、という顔つきを、雨空へ投げていた。

あの男が順吉か……

市兵衛は雨の中に立ち止まり、それとなく順吉の様子をうかがった。

「順吉さま、傘をお持ちください」

小僧が、表の暖簾の下から蛇《じゃ》の目《め》傘を持って走り出てきた。

「いらねえ。これぐらいの雨なんか、なんともねえ。ひとっ走りさ」

順吉は、雨空を見上げつつ、菅笠をかぶり、顎紐《あごひも》をくった。そして、着流しを尻端折りにした。

「親父に訊かれたら、友だちのところへいったと、適当に言っといてくれ」

雨の中に飛び出した順吉の背中に、「いってらっしゃいませ」「いってらっしゃいませ」と、小僧のほかにも使用人らの声がかかった。

順吉は、通りに立ち止まった市兵衛に近づいてきて、愛嬌のある顔つきの会釈を投げ、市兵衛の傍らを走りすぎていった。通りは真っすぐに、浅草橋のほうへ続いている。

橋本屋の軒庇の下には、小僧がまだ佇み、順吉を見送っていた。

市兵衛は順吉の後ろ姿へ見かえり、砂利道に下駄を鳴らした。

すると、数間《けん》先を小走りにゆく順吉の前に、突然、男が立ちはだかった。

順吉が驚いて立ち止まった。

第二章　水茶屋の女

一

お秀《ひで》は、困っていたが、そうするしかないと、思っていた。

自分のせいなのだから、自分を責めるしかなかった。

出格子窓の手すりに肘《ひじ》を乗せ、小雨が薬研堀《やげんぼり》の水面に落とす小花のような波紋を、ぼんやりと眺めていた。

水茶屋《白滝《しらたき》》の二階の出格子窓からは、薬研堀と大川への出口に架かった元柳橋が見えた。堀の対岸の堤道を隔て、米沢《よねざわ》町の町家がつらなっている。瓦屋根の向こうに、自身番の物見の梯子《はしご》と半鐘《はんしょう》が雨空へのびていた。

空は、薄墨色の雲に、果てしなく覆《おお》われていた。

薬研堀も、元柳橋も、橋詰の夫婦柳も、元柳河岸の船寄場も、橋の向こうの大川も、そして向こう両国につらなる家々も、灰色の寂しい雨に煙っていた。

雨垂れが、ぽつり、ぽつり、と軒端から落ちていた。

朝からの雨のせいで、乙ヶ渕を往来する人の姿はなかった。元柳橋を渡る人も見えなかった。ただ、大川端の柳だけが、雨に濡れてしおれている。

階下に、姉さんたちのお喋りと笑い声が聞こえる。

客は、昼の店開きから、まだひとりもきていない。客がこないのは、稼ぎにならないので困る。でも、姉さんたちの屈託のないお喋りが、お秀の悩みを気だるくなだめていた。

表には暖簾《のれん》と《白滝》と屋号を記した軒提灯《のきぢようちん》を吊るし、掛行灯《かけあんどん》には《御休処》と出ている。田舎の掛茶屋みたいに、店先に葭簀《よしず》をたてかけたりはしない。

小茶屋でも落ち間があって、落ち間の奥に座敷がある。落ち間の真ん中に、朱塗りの竈《かまど》が据えられ、竈に真鍮《しんちゆう》の鑵子《かんす》がかけてある。鑵子は、いつでも湯気を、ゆらゆらとのぼらせている。

竈の周りに、長床几《ながしようぎ》の腰掛が数台並んでいる。床几に絵筵《えむしろ》を敷いて、客には座布団《ざぶとん》を出す。だけど、腰かけて茶を呑むだけの客を、下等、とみんなこっそり呼んでいる。

昔ふうに、洒落《しやれ》で《一ぷく一銭《せん》》と出ている水茶屋もある。

でも、ここら辺の水茶屋は、暖簾をくぐれば、どんなに少なくても、五十文か百文ぐらいはかかると思っていなければいけない。

茶酌女は、客のお酒の相手をする。上手く相手をすれば、一朱や二朱もおいていく客だっている。

お酒の相手だけでなく、二階の部屋で、「ちょいと転べば三分」である。月囲いなら五両で済む。吉原《よしわら》の一番上等の花魁《おいらん》が一両一分で、その次が三分ほどだから、水茶屋の女は、正札《しようふだ》のない売笑《ばいしよう》、と言われている。

前掛が、水茶屋の女のお晴《はれ》である。派手で目につく模様を染め出し、紐は前掛に縫いつけず、縮緬《ちりめん》などの伊達《だて》な紐を幅広に結ぶのがおめかしだった。

お秀は、そっと縮緬の幅広の紐をなでた。紐の下のお腹が、震えている気がした。なんだか、恐かった。

お秀は、新子《しんこ》ではない。と言って、姉さんたちほど古くもなかった。

客がくると、今でもちょっとどきどきした。いつまでも客の相手に慣れないので、冷たい魚みたいな目をした主人に小言をよく言われた。

「しょうがないね。こんな稼ぎなんだから、もっと気を利かさないと、おまえが損をするだけだぞ」

でも、客を前にすると、お秀はどうしても上手くできなかった。

気を利かせて、上手にふる舞うんだよ、と自分に言い聞かせる。けれど、上手にふる舞おうとすると、いつも空廻りをする。子供のときから、そうだった。ときどき、そんな自分がひどくいやになる。

お秀は困っていたが、どうにもならないのだった。

馬鹿なのさ、とまた自分を責めた。

荷をおろした船が、元柳河岸から元柳橋をくぐって大川へ出ていくのを、見送った。船が大川に消えて、橋の下の水面に小さな波が残った。

そのとき、両国広小路のほうより、小雨に煙る元柳橋へ歩んでくる男に気づいた。お秀は男を見やり、

「あら……」

と、なぜか呟いた。

男は、菅笠に渋茶色の引き廻しの合羽を羽織っていた。元柳橋に差しかかり、ゆっくりと橋板を踏み締めた。

だが、反り橋の半ばあたりまでくると、薬研堀端の水茶屋の、二階の出格子窓に腰かけているお秀に気づいたかのように、歩みを止めた。男は、菅笠をわずかに持ち上げ、お秀のほうへ目を向けたのだった。

男の目とお秀の目が、合った。というより、すれ違った。お秀がすぐに、目を伏せたからだ。

なぜ、あら、と声が出たのか、わからなかった。元柳橋と出格子窓はずいぶん離れているし、菅笠の陰になって、男の顔つきや年ごろは、見分けがつかなかった。見知らぬ男だった。

なのに、お秀は見てはいけない何かを見た気がした。胸が急に高鳴り、ちょっと恐くなった。我慢できなくなって、伏せた目を上げた。

元柳橋から、男の姿は早や消えていた。灰色の雨に煙り、橋の下の薬研堀の波は静まっていた。

お秀は、白粉《おしろい》を薄く塗った広い額に指先をあて、これから、どうなってしまうのだろう、と考えた。いくら考えたって、どうにもならないことは、わかっているのに。胸の高鳴りだけが、残っていた。

そのとき、階下が少し騒がしくなった。客が、きたらしい。

「お秀ちゃん、お客さんよ。お秀ちゃん……」

お三重《みえ》姉さんの呼び声がした。

「はあい」

お秀は、出格子の敷居から腰を上げた。片引きの一枚襖を開けて、階段をおりた。

狭い階段は、落ち間に続く座敷へおりている。

座敷の上がり端に、三人の姉さんが腰かけ、主人が落ち間に佇む客と向かい合っているのが、階段をおりる途中に見えた。上がり端の姉さんたちがふりかえり、お三重姉さんが、

「お秀ちゃんに、会いにきたんだって」

と、真っ赤な口紅をゆるませた。

「お秀、お客さんがおまえをお名指しだ。どうです、お客さん、なかなかの器量よしでしょう」

主人が、階段のお秀を見かえって、愛想のよい声を寄こした。

客は、ついさっき、元柳橋に佇んでお秀と目を合わせた男だった。主人より、ずいぶん大柄だった。

菅笠をとり、渋茶の引き廻しの合羽を脱いでいて、あせた黒の上着を尻端折りに、手甲《てっこう》脚絆と草鞋《わらじ》履きの旅姿だった。月代《さかやき》ののびた髷《まげ》と、ごつごつした鼻筋の下に濃い無精 髭《ぶしょうひげ》が見えた。

高い頬骨と広い額の間の眼窩《がんか》に、険しい目が光っていた。

手甲に股引《ももひき》と脚絆を着けた手足は、丸太のように太かった。大きな足に履いた黒足袋と草鞋が、雨の中、長い道のりをきたらしく、泥で汚れていた。ただ、背中が少し丸くなり、だいぶ年配に見えた。

お秀の足がすくみ、胸は高鳴った。

「お客さん、ずいぶん大きいわね」

お三重姉さんが、上がり端から声をかけた。

客は険しい目をなごませ、穏やかに微笑みかけた。その笑顔が、優しかったので、お秀はすくむ足をはげまし、階段をおりた。

座敷から落ち間におり、客の前に出た。

お秀は背が高かった。けれど、おっ母《か》さんが言っていたように、やっぱりこの人は大きいんだと、辻褄《つじつま》の合わぬことを、つい考えた。

「お客さん、ただ今、お茶を……」

わざと、口慣れた調子で言った。

「あんたが、お秀さんか」

客は笑みを消し、お秀を険しい目で見つめた。

お秀は少し、たじろいだ。すると、お秀のたじろぎがわかったらしく、また、ふっ、と優しい笑顔に戻った。

「部屋が空いているなら、ちょいとゆっくりしてえ。茶じゃなく、酒を頼む」

「はいはい、さようですか。では、ただ今、すすぎを持ってまいります。お秀、すすぎの支度だよ」

主人が愛想よく言った。

お秀は折れ曲がりの土間を抜けて台所へ廻り、桶《おけ》にすすぎの水を汲《く》んだ。すると「お秀」と、いきなり主人がそばへ寄ってきた。

「あのお客、うちは初めてだが、おまえの顔見知りかい」

「いいえ」

と、水を汲みながらこたえた。

「顔見知りじゃなくて、おまえを名指ししたのかい。ふうむ、どう見ても江戸の者じゃないね。田舎で、おまえの噂でも聞いたのかね。じいさんだが、形《なり》はずいぶんとでかいな。けどあの顔、どっかで見たような気がするな」

　主人は首をかしげた。

「旦那さん、お膳の用意を、お願いします」

「わかっているよ。すぐに、支度させる。お秀、田舎者の百姓は性根がけちだから、上手くおつとめするんだよ。お秀の器量があれば、あれぐらいのじいさんを手なずけるのは、簡単なんだからさ。ああいうじいさんが、案外、たっぷりと持っているもんなんだ」

　主人は、真顔をしかめて見せた。

　お秀は、さっきの二階の座敷へ客を案内した。客の重みで、安普請《やすぶしん》の板階段が悲鳴を上げ、座敷の畳が苦しそうに撓《たわ》んだ。

　障子戸を開けたままにした出格子窓のそばに、客は胡坐《あぐら》をかいた。片膝を立て、日に焼けて節くれだった大きな手を、膝の上にだらりと乗せた。

「ごめんなさい。おつとめを先に、いただかして」

　お秀は、出格子窓から灰色の薬研堀を見おろしている客の前に端座し、掌を合わせた。

「おう、そうだったな。江戸の水茶屋は、これぐらいと聞いたもんでね。これでいいかい」

客は、二朱銀をお秀の膝の前の畳においた。

「ありがとうございます」

お秀は両掌の中に、二朱銀を包んだ。水茶屋で二朱をおいてくれれば、相当いい客である。もしかしたら、それ以上のおつとめになるかもしれないけれど、仕方がなかった。

お膳をとりに、階下の台所へいった。

内証《ないしょう》で主人に二朱をわたすと、途端に機嫌がよくなった。

落ち間の姉さんたちから、「お秀ちゃん、大丈夫」と、声をかけられた。

「なんだか、馬鹿でかくて、おっかなそうなお客だね」

「恐い目に遭いそうだったら、大声をお出しよ」

お三重姉さんが、気にかけて言った。

「大丈夫」

と、姉さんたちに笑みを向け、階段をのぼっていった。

客は、さっきと同じ格好で、窓の外の雨の景色を眺めていた。

「どうぞ、お客さん……」

お秀は、客の立てた片膝のそばに、お膳をおいた。

客は、胡坐をかいた格好のままお膳に向き、お秀を見つめた。

差し出した杯を、節くれだった長い指でつまみ、お秀がお酌をすると、ひと息に呑み乾した。それから、お酌をするたびにひと息に呑み乾し、ただ黙って、お秀を険しい目で見つめているだけだった。

「お客さん、お国はどちらなんですか」

ちろりを差しながら、そんなことから話しかけた。

「国？　そうか。江戸じゃねえと、思ったかい」

「江戸の水茶屋はこれぐらいと、仰ったから、そうじゃないかと、思って」

「生まれは江戸さ。本所で育った」

「本所、ですか」

わたしも同じ、と言いかけたが、お秀は口を閉ざした。

「わけがあって、長いこと、江戸を離れていた。三日前、戻ってきたばかりだ。江戸のことは、何もわからなくなっちまった」

「長いことって、どれぐらい江戸を離れていたんですか」

「十五年だ。十五年ずうっと、村から村、町から町の旅暮らしを、続けた」

「そんなに、旅暮らしを？」

「十五年など短《みじけ》えが、つらくみじめな十五年は、長すぎる。旅暮らしは、もういやになったのさ」

客は、そのとき初めて、お秀に向けた目をそらした。透《す》きとおった酒に目を落とし、もの憂げな様子になった。

「お客さん、稼業は……」

「旅から旅の、相撲とりだ。もう老いぼれて、廃業したが」

客は、そらしたもの憂げな眼差しを、再びお秀に向けた。そして、いきなり、訊いた。

「お秀さん、幾つになった」

「十八になりました」

「ここで働き始めたのは、いつだね？」

「去年の冬から、もう十ヵ月になります」

「この稼業には、慣れたかい」

「気が利かなくて、ご主人に叱られてばかりです」

「そうか。十八になったか。女房と、年老いたお袋と、三歳の娘を残して、相生町の裏店《うらだな》を出たとき、おれは三十二歳だった」

客は、お秀から目をそらさなかった。しみじみと言って、自分にこたえるように頷いた。

「お秀さん、昔、鬼一磯之助という江戸相撲の関脇がいたことを、覚えていないか。そう、あんたがまだ、小っちゃくて可愛い、三歳のときだ」

お秀は、胸が一杯になった。

息苦しくなり、何もこたえられなかった。

けれど、さっき、両国広小路のほうより小雨に煙る元柳橋へ歩んでくるこの人を見たとき、お秀は気づいていたのだった。だから、あら、と声が出た。

お秀は、やっと客をちゃんと見た。

無精髭やのびた月代に、白いものがまじっていた。骨太の、頑丈そうに見えていた顔つきや身体つきが、長い年月の間に、ひどく痛めつけられ、衰えているのがわかった。この人が、と思った。

けれども、お秀の脳裡に残っているこの人の姿は、こんなではなかった。

もっと力強く、逞《たくま》しく、大きくて、優しくて……

遠くかすかに見覚えている面影を探すかのように、お秀は、客に見惚《みと》れた。そして、悲しい、と思い、許さない、と思った。

二

鬼一は、杯をあおった。

お膳ごしに長い腕をのばし、お秀の掌の中のちろりをとって自分でつぐと、同じようにひと息で呑み乾した。

鬼一の後ろの出格子窓に、雨の景色が広がっている。

「江戸へ戻って、三年前にお清《きよ》が亡くなっていたと知った。お清には、苦労をかけとおした。本当に可哀想《かわいそう》なことをした。詫びる言葉もねえ。祖母《ばあ》ちゃんも、だいぶ前に亡くなっていたんだな。おまえは、おっ母さんが亡くなってから、ずっとひとり暮らしだったのか」

お秀は、黙っていた。なんでそんなこと、あんたにこたえなきゃいけないの、と言ってやりたかった。だが、お秀は黙っていた。

「おれは、祖母ちゃんにはでき損ないの倅だった。おっ母さんには身勝手な亭主だった。おまえにはひどい父親だった。お袋にも女房にも娘にも、おれは合わせる顔がなかった。どんだけ詫びたって、許されるなんて、これっぱかりも思っちゃいねえし、詫びを入れるために、江戸へ戻ってきたんじゃねえ」

ちろりを傾けるごつい手が、叱られた童《わらべ》のようにか細く震えていた。

「十五年も放っておいて、何を今さらと思うだろうが、おまえたちのことを思わねえ日はなかった。祖母ちゃんは達者だろうか、女房はどうしているだろうか、お秀は大きくなっただろうかってな。江戸へ戻ってきたのは、ひと目、会いたかったからだ。どうしても、会いたかったからだ。それだけだ。もし、幸せに暮らしていたら、邪魔する気は、なかったし……」

言いかけた言葉がつまった。ごくり、と太い喉を鳴らし、酒を呑んだ。

「けど、遅すぎた。あまりにも遅すぎた。手遅れだった。す、済まねえ」

「祖母ちゃんが亡くなっても、おっ母さんが亡くなっても、どこにいるのかわからないんだから、知らせようが、なかったんじゃないの」

お秀は、ずっとこたえてやらないつもりだったのに、つい、なじるように言ってしまい、後悔した。後悔を覚えた途端、いっそう激しく胸が高鳴った。

悲しくて堪《たま》らず、急にあふれ出た涙が、止めどなく頬を伝ったのだった。

鬼一の孤独な目がお秀を見つめ、黙って頷いた。

十五年も前、祖母ちゃんとおっ母さんと三歳の娘を捨て、顔もよく覚えていない人なのに、とあふれる涙を肌着の袖でぬぐいながら思った。

お秀は、もっと言わずにいられなかった。

「おっ母さんは、竪川の河岸場で人足仕事をしていたわ。女じゃ無理だと言われても、相撲とりの女房だから力は並大抵の男に負けませんと、無理に頼んで人足になったって、祖母ちゃんから聞いた。綺麗な、自慢のおっ母さんだったのに、真っ黒になって。でも、人足仕事のほうが下女奉公より稼ぎになったんです」

鬼一は、杯を口へ運んだ。

「それに、住みこみなら下女奉公は給金の割はよかったけれど、おっ母さんは、子供のわたしと祖母ちゃんを残して、住みこみ奉公に出るのが、きっと忍びなかったのよ。お父《と》っつあんが必ず迎えにくるから、それまで、離れ離れにならないように暮らすんだよって、よく言ってたもの」

「五年、待っていてくれと、言ったんだ。五年の間に、きっと身がたつようにして、おめえたちを迎えにくる。それまで、お袋と娘を頼むとな」

「おっ母さんは、その言葉を信じて、ずっと待っていたわ。人足をしていても、おっ母さんは綺麗な人だから、河岸場人足の親方にわたしと祖母ちゃんも一緒に面倒を見ようと言われたけれど、亭主がいますから、と断ったんだよ」

お秀は、息苦しさを懸命に堪えて言った。

「十五年も、行方知れずで、どこで、何をしていたの。お父っつあんを恨んじゃいけない。お父っつあんは、こうするしかなかったんだって、おっ母さんは死ぬまでお父っつあんを信じていたのに……」

「上手くいかなかった。焦ったが、どうにもならなかった」

鬼一は、虚《むな》しくこたえた。

お秀の頬を、またあふれる涙が伝った。

「祖母ちゃんが亡くなったのは、わたしが十歳のときだった。その一年くらい前から、わたしとおっ母さんのことがわからなくなっていたの。でも、磯之助が、ああしたとかこうしたとかと、それだけは何度も言ってた。磯之助って誰って訊いたら、磯之助を知らないのかい、あの人はお侍のくせに、相撲とりになっちゃったんだよって。祖母ちゃんは、わたしたち二人で看《み》とったわ」

「そうか。ありがてえ、ありがてえ……」

と、鬼一は繰りかえした。それから言った。

「おっ母さんの亡くなったのが三年前なら、まだ、三十代の半ばをすぎた歳だ。おっ母さんに、何があった」

「三年前、河岸場に荷を運んできた船の積み荷を河岸場に上げていたとき、荷がくずれて、人足が何人も命を落とす災難があったの。その災難で、おっ母さんは大きな荷の下敷きになって。三月《みつき》ほど眠ったままになって、それから、目覚めることなく、静かに逝《い》ってしまった」

「おお、可哀想に。なんてことだ。済まない。済まない……」

鬼一は頭を垂れ、獣《けもの》のようにうめいた。

お秀は、鬼一の大きな肩が震えるのを、黙って見ていた。言いたいことがもっと沢山あるはずなのに、なぜか、もう何も思いつかなかった。

どうしてなの、おっ母さん。絶対許せない人なのに、ただ悲しくて寂しいとしか、思いつかないのは、なぜなの……

客がきたらしく、階下で姉さんたちの賑やかな声がした。お秀は袖で涙をぬぐい、

「お客さん、お酒どうしますか。もう空いているでしょう」

と、膳の上の空になったちろりを手にとった。

すると鬼一は、布の端ぎれの小さな包みを、懐からとり出した。それを、お膳ごしにお秀の膝においた。お秀は、小さな重みを膝に感じた。

「これは、十五年、旅廻りをして、おっ母さんやおめえや祖母ちゃんのために、ようやく貯《た》めた金だ。十八両とちょっとある。おれの十五年の、稼ぎだ。いや、おれの一生の稼ぎかもしれねえな。おめえたちのために貯めた金だから、今はおめえのもんだ。これをわたしに、ここへきた」

「お客さん、水茶屋の女だからって、馬鹿にしないでくださいな。茶酌女は、物乞いじゃないんです。赤の他人からお金を恵んでもらういわれは、ありません。要らないお金なら、使いつくすまで、遊んでいってくださいな」

掌の中で、かちゃ、と音をたてた包みを、お秀はお膳ごしに戻した。

「借金があるなら、これで少しでも……」

鬼一は言いかけ、言葉を失った。

眼窩の光る目に、怒りと戸惑いを浮かべた。それは、これで許されるはずはないにしても、せめてささやかな償いになると思っていたふる舞いを、厳しく拒《こば》まれた戸惑いと、自分へ覚えた怒りに違いなかった。

そのとき、不意にお秀は、吐き気を覚えた。

う、と息をつめ、口を掌で覆った。

「お酒を、持ってきます」

お秀は口を覆ったまま、片手にちろりの柄をつかみ、急いで座を立った。

「どうした」

声がかかったが、ふりかえる余裕がなかった。

部屋を出て、階段をおりた。階下では、落ち間の竈の傍らで、三人の姉さんたちがひとりの客をとり巻き、賑やかなお喋りをしていた。

お秀は、折れ曲がりの土間を抜けて勝手へ廻った。勝手口から隣家と白滝の境の路地を伝い、薬研堀端へかがんだ。

わずかな嘔吐で、吐き気は収まった。けれど、思案にくれてお秀は立ち上がれなかった。汚れた唇を、指先でぬぐった。どうしたらいいの、とどうにもならない自問を繰りかえすばかりだった。

小雨が薬研堀の水面に波紋を描き、路地にも降りこんで、島田を濡らした。

戻らなきゃあ、と思ったときだった。

「お秀……」

濡れるのを庇《かば》うように、背後から菅笠が差し出された。

お秀は、かがんだままふりかえった。鬼一と目を合わせ、童女のように思わずその目を伏せていた。

気だるさを堪えて、立ち上がった。「ごめんなさい。ちょっと、酔ったみたいで……」と、目を伏せ、言い逃れを言った。

鬼一は、険しい目をお秀からそらさなかった。

「おめえは、呑んじゃいねえだろう」

「前のお客さんの相手をして、調子に乗って呑みすぎたんです」

「嘘吐け。客なんか、いねえじゃねえか」

「すぐお酒をお持ちしますから、部屋で待っていてくださいな」

いきかけたお秀の細い肩を、鬼一のごつい手がつかんだ。お秀は動けなくなったが、鬼一を見られなかった。顔をそむけ、戸惑いを隠した。

「おめえ、子が、できたんじゃねえのか」

「お客さん、手をどけてください。痛いじゃありませんか」

「相手は誰だ。そいつは、客か」

鬼一は、手をどけなかった。

「早く戻らなきゃ、ご主人に叱られるんです」

「おめえに子ができたことを、そいつは承知しているんだろうな」

「よしてくださいよ。お客さんに関係ないことなんですから。どいてください」

お秀は険しい口調になり、鬼一をやっと睨み上げた。

鬼一には、お秀の青ざめた顔が、逆に艶やかな光を放っているかのように見えた。お秀の深い悩みと苦しみが、しくしくと感じられた。

ああ、可哀想に……。

思わず手をどけた。

お秀は鬼一の傍らをすり抜け、勝手口へ戻った。建てつけの悪い引戸が、がたんと閉じられ、鬼一は小雨の降りこむ路地に残された。

鬼一の中に、遠い昔に捨てたはずの情がこみ上げた。憐れみのような、愛おしさのような、怒りのような何かが、こみ上げた。

せつなさに、鬼一の胸はつまった。

勝手口の引戸が、建てつけの悪い音を、今度は遠慮気味にたてた。店の女のひとりが、路地に白粉顔をのぞかせた。

「お客さん、お秀ちゃんと所縁《ゆかり》のある人？」

女は、訝しげな目を鬼一へ寄こした。

「遠い昔の、知り合いでやす」

「遠い昔って、お秀ちゃんが子供のころの？」

「ええ、まあ……」

女は、店の中へ一度ふりかえってから、雨の路地に出てきた。手拭を島田の上から吹き流しにかぶった。数歩下駄を鳴らし、

「お客さん、元は相撲とり？」

と訊いた。

「わかりやすか」

「やっぱりね。元関脇の鬼一でしょう」

「姉さん、鬼一をご存じで」

「あっしは知らないけどさ。ご主人が、さっき、あれは元関脇の鬼一じゃないかって言ってた。お秀ちゃんは、相撲とりの娘らしいし」

鬼一は、ふむ、と頷いただけだった。女は察しているのか、それ以上は訊ねてこず、別のことを言った。

「お秀ちゃん、具合が悪いみたいだね。あの子、こういう稼ぎに向いてないんだよね。あっしらみたいに、いい加減じゃないから。お客さんに生真面目《きまじめ》につくし

て、かえって損してる」

「お秀さんに、馴染みの客か、懇《ねんご》ろになった男が、いるんでやすか」

「お客さん、気になるの」

「ええ、ちょっと」

「いるよ。たぶんあいつだと思う。お金持ちの倅かなんか、知らないけどさ。ここら辺の盛り場を遊び廻って、妙に悪ぶってる与太でさ。お秀ちゃんが優しいもんだから、あいつ、お秀ちゃんを気に入っちゃって、よく通ってくるよ。こんな雨の日でも、たぶん……」

女は、屋根の隙間に見える雨空へ、ちらり、と白粉顔を向けた。

「お秀ちゃんもお秀ちゃんだよ。お客さんはお客さん、稼ぎは稼ぎと、割りきってつき合えばいいのに、あんな性質《たち》の悪い与太に親身になっちゃって、あとで馬鹿を見るのはわかっているのに」

「お秀さんは、ここのご主人に、借金を抱えているんでやすか」

「あるわ。三年前、おっ母さんが災難に遭って亡くなった折り、薬礼がずいぶんかさんで、そのうえ、介抱をしなければならないので、仕事はできないし質屋通いだけじゃ間に合わないしで、借金ができたらしいの。本所のお屋敷の小女に雇われていたけど、借金がかえせないから白滝に替わって、かれこれ十ヵ月になるわね。でも、お秀ちゃん、慣れなくて。向いてないのよ、この商売に」

「ご主人に、叱られてばかりだと、言っておりやした」

「そうね。お秀ちゃんは、あっしらみたいに、お金のために転ばないから。お金を稼ぐために白滝に替えたのに、あれはいや、これは駄目、とか言ってたら、借金なんて一生かえせないよ。そんなことしてるから、与太の順吉なんかに引っかかっちゃうのさ」

「どちらの、順吉さんで」

「浅草御蔵前の橋本屋とかいう札差の、でき損ないの倅みたいよ。だいたい、札差なんて、お侍にたかって儲けているけど、性根がいけ好かないし、お金の使い方に品がなくてね」

と、女はあけすけに言った。

そのとき、また勝手口が開けられ、別の女が路地に顔をのぞかせた。

「お三重姉さん、お客さんよ」

「あいよ。すぐいく」

お三重は女に返事をかえすと、下駄を鳴らして勝手口へ戻った。そこで、吹き流しの手拭をなびかせ、鬼一へふりかえった。

「でも、お秀ちゃんは本当に心の優しい、いい娘なの。何も言わないけど、お秀ちゃん、きっと困っているのよ。お客さん、お秀ちゃんの子供のころからの所縁なら、力になってあげてよ。あっしら、何もしてやれないからさ。所詮、茶酌女だからさ」

お三重は、そう言い残して勝手口に消えた。

三

お清と母親の墓は、本所一ツ目の回向院の墓地の片隅に、並んでいた。墓石はなく、古い卒塔婆《そとば》をたてただけの盛り土が、降り止まぬ小雨に濡れて黒ずんでいた。

晩菊が、粗末な竹筒の花たてに供えてあるのは、お秀が欠かさず供養しているのに違いなかった。晩菊は、雨に打たれてうな垂れていた。

鬼一は掌を合わせ、勘弁してくれ勘弁してくれ……と、心の中で無心に繰りかえした。幾ら詫び続けても、気が済むわけはなかった。だが、ひたすら詫び続けるしか、鬼一にできることはなかった。

菅笠と引き廻し合羽に、小雨がさらさらと降りかかっていた。

そのとき、回向院の小堀を渡って、本堂の裏手の墓地への石段を、三下ふうの若い衆を従えた焦げ茶の看板（法被《はっぴ》）の男がのぼってきた。

男は、東両国の竪川河岸の物揚場から竪川通りを越えた元町《もと》に人宿組合の店をかまえる寄親観音吉五郎の寄子で、弁治郎《べんじろう》という賭場の代貸だった。

弁治郎は、雨に煙る墓地の一隅にじっと掌を合わせる鬼一を見つけ、あっ、とたまげるぐらい驚いた。十五年の年月がすぎていたが、鬼一の風貌は、すぐに思い出した。あの相撲とりの姿は、弁治郎の目に焼きついていた。

間違いねえ。江戸に帰ってきやがったのか、と弁治郎は呟いた。引き連れていた三下が、

「代貸、何かありやしたか」

と訊いた。弁治郎は、「こいつあ、捨てちゃあ、おけねえぜ」と、急いで元町の観音吉五郎の店に戻った。

その四半刻（約三十分）後、鬼一は回向院を出て、元町から東両国の大通りを両国橋へとった。晩秋の冷たい雨が、両国橋を霧のように覆っていた。両国橋を

くぐる船も、大川も、灰色にくすんでいた。

雨の両国橋には、通る人影も少なかった。ゆるやかな大きな反りの天辺《てっぺん》の上には、雨雲が低く垂れこめていた。

濡れた橋板を、ひたひた、と踏んで、橋の半ばに差しかかったときだった。

両国のほうの橋詰から、焦げ茶の看板に下は尻端折りの一団が、雨に濡れるのもかまわず、雪駄をけたたましく鳴らしつつ橋をのぼってくるのが見えた。

男らの中には、中間ふうに腰に木刀を差している者もいた。

そして、後方の東両国の橋詰からも、同じような一団が、足早に鬼一のあとを追ってくるのが認められた。

鬼一は、橋の半ばまできてゆっくりした歩みに変えた。もしや、と思った。前後からくる男らの中に、見覚えのある顔を認めたからである。

菅笠を持ち上げ、橋の中央の擬宝珠《ぎぼし》を背に、立ち止まった。

前と後ろ、合わせて十数人の男らが、鬼一に険悪な目を向けて近づいてきた。

東両国のほうの一団を率いてきた男の面影を、鬼一は覚えていた。

おぞう甚助の倅で、確か、吉五郎だった。十五年前は、十代の半ばをひとつ二つすぎたぐらいの、若い衆だった。それなりの歳になって、手下らを率いる親分らしい貫禄が、身についていた。

のっぺりとした浅黒い顔だちに、眉尻の撥《は》ねた一重の目が、雨に濡れた吉五郎の人相を、不気味に尖らせていた。

通りがかりが、一団のただならぬ気配に、かかわりにならぬようにと、急ぎ足でさけて通っていった。

「もしかしたら、吉五郎さんじゃ、ありませんか」

鬼一は、先に声をかけた。

吉五郎は表情を少しも変えず、みなに止まれというふうに、手で制した。そして、雨で濡れた浅黒い額を掌でぬぐった。

「おう、間違《まちげ》えなく、鬼一だな。その面《つら》、忘れたことはなかったぜ。てめえ、江戸払いになった身だろう。いつ、江戸に戻ってきた」

「三日前でやす。ちょいと江戸に用があり、戻ってきやした。たった今、お袋と女房の墓参りを、済ませたところでやす」

「ふん、てめえの女房の噂は聞いてるぜ。女だてらに、河岸場人足で稼いでいたそうじゃねえか。真っ黒になって働いた挙句が、災難に遭って、てめえが誰かもわからず、おっ死《ち》んじまったんだってな。可哀想によ。ありゃあ、罰《ばち》あたりな亭主の代わりに、罰があたったんだぜ」

「吉五郎さん、おれは罰を受けたが、女房にかかわりはありやせん。女房は、災難に遭って亡くなりやした。それが定めだったなら、仕方がありやせん。死ねばみな仏でやす。仏を悪《あ》しざまに言うのは、やめてくだせえ」

「死ねばみな仏だと？　小賢しいことを、ぬかしやがるぜ。亭主の尻ぬぐいを、女房がやらされたってことさ。その道理を教えてやっただけだ」

「吉五郎さん、それ以上言うのは、やめてくれ……」

お清のことを言われ、言葉に思わず怒気がこもった。

「てめえ、やる気かい」

吉五郎が声を荒らげた。前後の男たちの間に、険悪な気配が走った。

　こみ上げる怒りを、鬼一は懸命に抑えた。

「鬼一、十五年ぶりだな。とっくにくたばったろうと思っていたのに、まだ生きていたかい。老いぼれても、しぶとい野郎だぜ。江戸に戻ってきたからには、覚悟はできているんだろうな」

　両国のほうの男らの中の、ひとりが甲走《かんばし》った声を投げつけた。

　鬼一は、その男を見つめ、束の間をおいてかえした。

「あんた、確か、弁治郎さんだったな。あのころ、弁治郎さんはおぞう甚助親分の若頭で、威勢のいい兄さんだった。覚えているよ。今は、吉五郎さんの人宿組合の寄子をやっていなさるんで？」

「観音吉五郎親分の杯を受け、今は親分の代貸だ。鬼一、おれはもうあのころのおれじゃねえぜ。おめえが江戸に戻ってきたからには、昔の借りをかえさなきゃあな。これも、先代のお導きに違いねえ」

「弁治郎さん、あんたとおれには、何も貸し借りはねえ。昼間の両国橋のど真ん中で、妙な因縁をつけるのはやめてくれ。おれは、これから出かけるところがある。もう、いかなきゃならねえんだ。久しぶりに会えて、懐かしかった。吉五郎さんも、お達者で」

　吉五郎へ見かえり、会釈を投げた。

「冗談じゃねえ。こっちの用は、済んじゃいねえんだ。鬼一、おやじの墓参りがある。おめえに、きてもらわなきゃあならねえ」

「吉五郎さんは、先代を継いで、観音吉五郎という親分さんに、なられたんでやすね。大《て》えしたもんだ。それほどの親分さんが、十五年も江戸を離れていたおれに、今さらなんの用があるんです。十五年前の恨みをはらそうと言うのなら、それはお門違いですぜ」

「十五年前だろうが、百年前だろうが、恨みは恨みだ。ここで会ったからには、恨みをはらすしかねえぜ」

「あのとき、お上のお裁きでおれは江戸払いになった。そのために、多くのものを失った。濡れ衣《ぎぬ》だとしても、自分の招いたことだからと、無念を仕舞って生きてきた。吉五郎さん、それをここで蒸しかえそうって、言うんですかい」

「お上の裁きはついても、こっちの始末はついちゃいねえのさ。やくざにはやくざの掟がある。てめえが幾ら老いぼれようと、てめえはおやじの仇だ。このまま見逃しゃあ、観音吉五郎の顔がたたねえんだ」

男らの囲みが、次第に縮まっていた。中には、腰の木刀を抜いた者もいた。

橋の真ん中の剣呑《けんのん》な気配に、通りがかりが足を止め、橋の前後に群れ始めていた。両国広小路側の橋番所からも、人だかりを訝しんだ番人が、こちらへ足早にくるのが見えた。

「吉五郎さん、十五年前、おぞう甚助親分は、相生町の堤道でおれを闇討ちにした。それで命を落としたのは、自業自得じゃありやせんか。あれは夜の暗がりだったから、甚助親分とおれの喧嘩両成敗を言いたて、寄親の処罰はまぬがれて人宿組合は残った。だが、真っ昼間の両国橋のこの人前じゃあ、前みたいなごまかしは、利きやせんぜ」

「この野郎、ごまかしだと」

しかしそのとき、弁治郎が、いきりたった吉五郎へ声をかけた。

「親分、ここじゃあ、まずいですぜ」

鬼一を囲んだ男らも、橋番所の番人がやってくるのに気づいていて、やるのかやらないのか、戸惑いを見せた。

ちっ、と吉五郎が舌を鳴らした。

「吉五郎さん、おれはやくざな暮らしをしてきたが、やくざじゃねえ。ただの相撲とりだ。やくざの掟なんぞ知らねえ。けどね、相撲とりにも意地がありやす。人の世話で、今は高田馬場《たかだのばば》から雑司ヶ谷へ抜ける街道沿いの、南蔵院《なんぞういん》という寺に近い百姓町で店《たな》を借り、寝泊まりしておりやす。どうしても決着をつけてえなら、そこへきなせえ。逃げも隠れもしやせん」

「よかろう。南蔵院だな。必ずいくぜ」

「それが定めなら、仕方がありやせんね。相手になりやすぜ」

と、鬼一は吉五郎から弁治郎へふりかえった。

弁治郎は鬼一の鋭い眼差しに、たじろいだ。

引き廻し合羽を翻すと、男たちは鬼一のゆく手を左右に開いた。男たちの間を抜け、橋をくだる途中、「でかいな」「相撲とりじゃないのかい」「けど、浪人だよ。だいぶ歳だね」と、通りがかりが鬼一を見上げてささやき合った。

鬼一は、天王町の橋本屋の、広い軒庇の片隅に、雨をさけるふりをして、もう四半刻も佇んでいた。

店に人の出入りは絶えずあって、みな鬼一をちらちらとのぞき見たが、大きな身体に無精髭の旅姿を薄気味悪がってか、誰ひとり問い質してはこなかった。

一度、橋本屋の小僧が暖簾の間から顔をのぞかせ、「そこの人」と、鬼一に声をかけてきた。小僧は近づいてはこず、

「そこで、雨宿りでございますか」

と、暖簾の間から恐る恐る質した。

鬼一は小僧へ一瞥を投げ、「雨が小止みになれば、退散しやす」とかえすと、小僧は逃げるように引っこんだ。それからは、何も言ってこなかった。

また、少々ときがたち、鬼一はなおも雨宿りを続けていた。

通りの先に、三味線堀より大川へつながる川に架かった橋が、見えていた。橋は二本架かっていて、鳥越橋とも天王橋とも呼ばれていた。

通りの向かいは、御蔵役人屋敷や大名屋敷の土塀や門がつらなり、降り続ける雨の中でくすんでいた。

鬼一は、今日は駄目でも、しばらく界隈をうろついて、なんとしてでも順吉に会ってみるつもりだった。お三重姉さんと呼ばれていた白滝の女は、あんな性質の悪い与太、と順吉のことを言っていた。

まだ十八のこれからの娘なのに、たぶんおれは、お秀の一生も台なしにしたんだろうと、気が咎めてならなかった。

今日は戻るか、といきかけたときだった。

「あ、順吉さま、お出かけでございますか」

と、橋本屋の店の中から、小僧の甲高い声が聞こえた。

暖簾を開き、鳶色に小紋模様を抜いた着流しの若い男が、軽々と軒庇の下に出てきた。すぐに小僧が、傘を持って追いかけてきた。

「ちぇ、よく降りやがるな」

順吉は庇から落ちる雨垂れごしに空を見上げつつ、菅笠を着け、着流しを尻端折りにした。

尻端折りにしてから、ちら、と軒庇の下の片隅に佇んでいる鬼一へ、訝しげな目を向けた。背は高かったが、痩せた白い素足が見え、草履も履き古していて、確かに、実直な商売人にはとうてい見えなかった。

「順吉さま、傘を……」

「いらねえよ。大した雨じゃねえ」

順吉は、雨の通りに飛び出した。

しかし、鬼一はそれより少し先、橋本屋の軒庇の下を出ていた。菅笠で顔を覆って雨をよけながら、浅草御門のほうへ大股に歩んでいった。

順吉も、菅笠を押さえ、浅草御門のほうへ軽々と駆けていく。順吉が、先をゆく鬼一のあとを追う形になった。

通りに敷きつめた砂利を鳴らし、足音が鬼一に近づいた。天王社の境内の前だった。追い抜く数歩手前で、鬼一は引き廻し合羽の雨飛沫《しぶき》を散らし、順吉の前にいきなり立ちふさがった。

「おっと、あぶねえ」

と、慌てて足を止めたので、かろうじてぶつかるのはまぬがれた。

「おっさんよう……」

言いかけた言葉が、鬼一の鋭い目に射すくめられ、途ぎれた。

分厚い体軀《たいく》の鬼一と向き合うと、順吉の肉の薄い身体つきは、大木の前の竹のようにほっそりとして見えた。相貌も、目の大きな色白で、利かん気で生意気そうだが、まだ童子《どうじ》の面影を残していた。

餓鬼じゃねえか、と鬼一は意外に思った。

順吉は眉をひそめ、しぶしぶの素ぶりを見せ、鬼一をさけて通りすぎようとした。鬼一は、なおも順吉の前に立ち、通せん坊をした。

順吉は、なんでい、と上目遣いに髭面の鬼一を睨んだ。だが、怒りよりも戸惑いを浮かべている顔つきだった。

「橋本屋の、順吉さんか」

恐がらせるつもりはなかったし、腹もたっていなかったのに、鬼一の声に怒気がこもった。

「そ、そうだ。あんた、誰だ。なんか、用かい」

「薬研堀の白滝の、お秀を知ってるな」

「お秀？　知ってらあ。あんた、お秀のなんだい」

「ちょいとした、所縁のもんだ」

「ちょいとした、所縁？」

と、順吉は唇を尖らせ、不審を露わにした。

「ちぇ、所縁がどうした。用はなんだ。さっさと言え」

「順吉さん、お秀は身籠《みごも》っている。知っているのか」

えっ——と、順吉は大きな目を瞠《みは》った。

「順吉さんの子だろう。お秀と腹の子を、どうするつもりだ」

「ど、どうするたって、おれの子だと、なんでわかる。お秀は、水茶屋の女だ。そそ、そういう商売じゃねえか」

「そういう、商売だと。お秀は、そういう客をとらなかった。順吉さん以外にはな。知らなかったのかい」

「そ、そんなこと、知らねえよ。第一、そうだとしても、お秀とは、遊びと割りきった間柄だし……」

「てめえ、お秀をそんなつもりで……」

鬼一は、急にこみあげてくる怒りを抑えられなかった。順吉の胸ぐらを、大きなごつい手で鷲《わし》づかみにした。順吉の前襟ごと、顎を突き上げた。

「あ、くそ。は、放せ。く、くるし……」

順吉の細い身体が、のび上がった。仰《の》け反り、男の手を放そうともがいた。足をじたばたさせたが、片手一本の鬼一の怪力に、歯がたたなかった。

そこへ、菅笠に紙合羽の侍が、差歯下駄を砂利道に鳴らして近づいてきた。侍は通りがかりで、鬼一が順吉に乱暴を働くのを止めに入ろうとしている気配がうかがえた。鬼一は、口出しするな、というふうに侍を睨みつけた。

すると侍は歩みを止め、菅笠の下から物問いたげに鬼一を見つめた。

だが、その侍の後ろのほうより、「順吉さまあ」と喚き、お仕着せの手代風体らが、砂利を蹴散らして駆けつけてきた。

屈強な手代が、真っ先に鬼一へ飛びかかった。

「おまえ、なんてことをする」

「物乞いが。とんでもないやつだ」

「懲らしめてやれ」

わあ、と次々と手代らは鬼一に組みつき、羽交《はが》い締めにしたり拳を浴びせたりした。鬼一の菅笠が叩き飛ばされたが、鬼一は片手一本で吊るし上げた順吉の胸ぐらを放さず、片方の掌で拳を揮う手代のひとりをひと叩《はた》きした。

手代は悲鳴を上げ、砂利道にひっくりかえった。

続いて、羽交い締めの腕をねじり上げるようにはずしたから、手代は「痛《いて》てて……」と悶《もだ》えながら、たちまちひねり倒された。

しかし、もうひとりの屈強な手代の拳が、鬼一の顔面をえぐった。

鬼一は顔を歪め、仕方なく順吉の胸ぐらを放し、拳を顔面に続けて浴びせられても怯まず、左右の平手を手代へ繰り出した。

どすん、どすん、と屈強な手代の胸が音をたてた。突き飛ばされた手代は、武家屋敷の土塀に叩きつけられ、土塀の下へくずれ落ちた。

橋本屋から、加勢の手代らが駆け集まってくる。通りがかりは足を止め、わあわあ、鬼一と手代らの乱闘をとり囲んだ。

ところが、鬼一は、急に胸を押さえ、砂利道に片膝を落とした。胸に強い痛みが走り、身体の力を奪われ、息ができなくなっていた。

朦朧《もうろう》となり、ぜいぜい、と繰りかえす息が遠くで聞こえた。

駆けつけた加勢の手代らは、片膝を落とした鬼一をとり囲み、罵声を浴びせ、頭を小突き、蹴りを見舞い、盛り上がった肩をつかんで乱暴にゆさぶった。

鬼一は、されるがままに、何もできなかった。すると、

「やめろ、乱暴はやめろ」

と、加勢の手代らに割って入ってきたのは、順吉だった。

順吉が止めたので、加勢はうな垂れた鬼一から手を放した。

「おい、ずいぶん具合が悪そうじゃねえか。うちで休んでいくかい。うちは、すぐそこだ」

順吉はそばにかがみ、心配そうに話しかけた。

鬼一は、呼吸のたびに大きく肩をゆらし、黙って首を左右にふった。額からしたたる冷や汗を、手の甲でぬぐった。

なぜか、順吉に話しかけられ、少し楽になった。

とり囲んだ手代らが怒鳴るのを、順吉は「いいんだ、いいんだ」と制した。

やがて鬼一は、ゆっくりと大きな身体を持ち上げた。そして、とり囲んだ手代らの間を力なく歩み始めた。

「おやじさん……」

背中から順吉の声がかかり、ふりかえると、「忘れ物だぜ」と、菅笠を手わたされた。そのとき、順吉は言った。

「あんた、お秀のお父っつあんかい。お秀に聞いたことが、あるんだぜ。お秀のお父っつあんは、江戸相撲の相撲とりだった。鬼一というんだ。鬼一のことを人に訊いたら、土俵の鬼と呼ばれた滅法《めっぽう》強い関脇だったが、大関になる前、やくざと喧嘩をして殺してしまい、江戸払いになったんだとさ。おやじさん、あんたのことじゃ、ねえのかい」

鬼一は、こたえなかった。

菅笠をかぶりもせず、雨の中を浅草御門のほうへ去った。

四

目白坂《めじろざか》をのぼって、往来の両側に武家地がつらなる鼠山道をとり、関口臺町《せきぐちだい》をすぎ、下雑司ヶ谷の高田《たかだ》四ツ家《よや》町まできて、宿坂《しゅくさか》へ折れた。

夕刻に近い空から降り続ける小雨が、木だちの覆う坂道をいっそう薄暗く染めて、陰鬱《いんうつ》に沈ませていた。

くらやみ坂と土地では呼ばれる急な坂を、金乗院《こんじょういん》門前へくだった。

人影はすっかり途絶え、降りしきる冷たい雨だけが、鬼一の菅笠や引き廻し合羽の肩を寂しく叩いていた。

金乗院門前より、西側に田畑が広がり、東側には武家屋敷や百姓町がつらなる街道を、南へ一町（約百九メートル）ほどいった。真言宗南蔵院の北の裏手に、鬼一が寝泊まりしている百姓町の店がある。

店まで帰ることができるかと案じていたが、どうにかたどり着き、安堵のため息を吐いた。ありがたいことに、心の臓は耐えてくれた。

この分だと、穏やかに暮らせばもう少し生きられるのかな、と思い、そう思った自分が滑稽で笑えた。

障子を透かし、外の明かりがまだ少し店の中に射していた。

鬼一は菅笠と濡れた合羽を脱ぎ、土間の竈に火を入れた。

雨が着物にまで染みて、身体が冷えきっていた。薪《まき》がはぜる音をたてて燃え始め、身体が温まるまで竈の前の、薪の束に腰かけた。

竈にかけた湯鍋にゆらゆらと湯気がたちのぼるのを眺めながら、晩飯は朝の残りを……とぼんやり考えていた。

表戸の腰高障子が、たんたん、と鳴った。

「鬼一さん、あっしだ」

宗十郎が、腰高障子の外で言った。

「おう、入ってくれ」

竈の前に腰かけたまま、こたえた。

引戸が開き、羽織姿に差歯高下駄の宗十郎が、大きな背を丸めて表戸をくぐった。蛇の目を戸の外ですぼめ、壁にたてかけ、引戸を閉めた。

手に重箱の包みを提げていた。

「帰っていたかい。明かりもつけずに、暗いところで」

「さっき、帰ってきたところさ。雨に濡れて、だいぶ冷えた。動くのが面倒で、ずっと温まっていた」

「女房に弁当を作らせた。晩飯はまだだろう」

「ありがたい。何から何まで、世話になるな。まあ、上がれ。茶を淹《い》れる。少し温まって、ようやく楽になった」

「茶はあっしが淹れるよ。鬼一さんは坐って、弁当を食うといい」

「よせよ。何もかも世話になっているが、この店では宗十郎さんはお客だ。お客に茶の支度をさせるわけには、いかねえよ」

「そうかい。鬼一さんらしいね。じゃあ、上がらしてもらうよ」

「と言いながら、済まねえが、明かりは勝手につけてくれるかい。宗十郎さんにもらった酒が、まだ残っているから、それでも先にやって……」

と、湯鍋の加減を見た。

宗十郎は、昔、東両国の荒馬部屋の相撲とりだった。強い相撲とりだったが、勝負弱いところがあった。気性が相撲に向いていなかった。

鬼一は、その荒馬部屋に入門し、歳は同じながら、宗十郎は兄弟子だった。

茶の支度や、朝の味噌《みそ》汁の残り、浅漬けの皿と一緒に、宗十郎の女房の拵えた重箱を並べ、冷たい茶碗酒の酒盛りを始めた。

玉子焼きに蒲鉾《かまぼこ》、椎茸蒟蒻《こんにゃく》大根牛蒡の煮しめ、焼魚、膾《なます》など、「豪勢だな」と、思わず声が出る料理だった。かすかな塩加減のにぎり飯も、美味い。

「宗十郎さんは、こんな豪勢で美味い物を、毎日、食っているのか」

「そんなわけはねえよ。鬼一さんに持っていくと言ったら、女房が張りきったのさ。そのうち、だんだん普通に戻るよ」

二人そろって、行灯の薄明かりの中に笑い声をはじけさせた。

笑い声が収まると、しんとした静寂の中に雨の音がまじった。

「で、どうだった。お秀さんとは、会ってきたんだろう」

宗十郎が、なんでもないことのように訊いた。

「うん。赤の他人と言われた。おれのことを、父親とはまったく思っていねえ。お客さん、としか呼ばなかった」

鬼一は、なんでもないことのように、かすかな笑みを浮かべてこたえた。

「無理もねえ。三歳のときに別れて、顔も覚えていねえのが普通なんだ。そのうちに、だんだん慣れてくるさ」

「そうかもな。だが、だいぶときがかかりそうだ」

それまでこいつが持つかな、と鬼一は胸のときめきに耳をそばだてた。

「おかみさんの、墓は？」

「やはり、回向院にあった。お袋の墓と並んでいたが、墓石もなかった。墓石ぐらい、建ててやりてえが……」

「すまねえ。おかみさんや娘さんに、合わせる顔がなかった。ずっと目をつむってきたものだから、気づかなかった」

「おれが、自分のお袋や女房のことも、娘のことも知らずに、十五年も放っておいた。他人が気づかないのは、あたり前さ。宗十郎さんに詫びられたら、かえっておれが後ろめたい」

「鬼一さんの一家がこんなことになったのは、元はと言えばあっしのせいだ。おかみさんや娘さんの事情は、あっしがもっと早く気づいて、なんとかしなきゃあいけなかった。なのに、あっしは、おかみさんや娘さん、それにお袋さんに、申しわけがなくてな」

「それは言うな。宗十郎さんも大変だった。あんたは、よくやった。それで十分さ。おれは、長い年月、馬鹿な生き方を続けてきた。その間に溜まったつけを払うために、江戸へ戻ってきたんだ。つけを溜めたままじゃあ、死んでも死にきれねえ。誰のせいでもねえ。自分のせいだ。だから、自分の気の済むようにしているだけさ。あんたが、負い目を感じることじゃねえ」

　鬼一は、馬鹿が溜めた十五年のつけは簡単には払いきれない、と思いながら、晩秋の雨のような寂しさを、一杯の茶碗酒で紛らわした。

「ところで、鬼一さん。これからのことなんだが……」

　宗十郎が語調を変え、上体を少し前へかしげた。

　これからのこと？　と鬼一は腹の中で問いかえした。

「娘さんの身のふり方や、おかみさんの墓の件やらで、当分は江戸にいなきゃならねえのだろう。だったら、どうだい。しばらく雑司ヶ谷に留《とど》まって、あっしと一緒に興行の仕事をやってみねえか。雑司ヶ谷は、浪人相撲が多く集まる土地柄だ。そいつらをまとめる、相棒がほしいところだったのさ」

鬼一は、真顔で宗十郎を見つめている。

宗十郎は十両までのぼったが、結局、相撲とりに見きりをつけ、生まれた雑司ヶ谷の村の百姓に戻った。ところが、百姓仕事のかたわら、元江戸相撲の相撲とりということで、雑司ヶ谷界隈に集まる浪人相撲らの面倒をみたり、世話役などをやっているうち、近在で顔が知られるようになった。そして、浪人相撲たちから、《鬼子母神《きしもじん》の宗十郎親方》と、頼られるほどになった。

今では、雑司ヶ谷の浪人相撲を集めて、江戸近在の村々の神社や寺を巡り、野相撲の興行を打つほどの、宗十郎は顔利きだった。

「こんな田舎でも、勧進相撲や奉納相撲の行事目あてにここら辺の神社や寺を巡る興行が、案外、多いんだ。だが、雑司ヶ谷に集まった浪人どもを好きにさせておくと、辻相撲や野相撲だけならまだいいが、博奕《ばくち》に喧嘩、あちこちで乱暴狼藉《ろうぜき》と、無頼なふる舞いをすぐに始める。江戸相撲の関脇にまでのぼった鬼一さんなら、やつらをまとめる寄方に、打ってつけだ」

「おれは、江戸払いになって江戸相撲を追われ、十五年、浪人相撲で旅廻りの渡世だった。今さら、気ままな相撲とり稼業の男らをまとめる寄方なんて、無理だぜ。元関脇の鬼一なんて、誰も知りやしねえ」

「そんなことはねえ。相撲とりで、江戸相撲の元関脇鬼一の名を知らねえ者はいねえ。鬼一と言ったら、土俵の鬼の鬼一でやすか、とみな言うぜ。土俵の鬼の鬼一は、今でも相撲とりの間では語り草なんだ」

「ありがてえ話だ。だがな……」

「鬼一さんなら、浪人相撲の年寄になったって、おかしくねえさ。相撲は江戸相撲だけじゃねえ。鬼一さんがひと声かけりゃ、雑司ケ谷の浪人相撲たちは、みな喜んで集まるぜ。浪人相撲の興行でも、暮らしの目処《めど》がついたら、お秀さんを呼び寄せ、一緒に暮らすことだってできるんじゃねえか」

「礼を言うぜ、宗十郎さん」

「いいだろう。やってくれるな」

鬼一は、宗十郎に頭を垂れた。

「じゃあ、しばらく、やらせてもらおう。どこまでやれるかわからねえが、試しに使ってみてくれ」

「よし、決まりだ。早速だが、明明後日《しあさって》の三日後、大久保《おおくぼ》の尾張《おわり》家下屋敷で、尾張さま始め、五家のお大名衆が申し合わせて、御前《ごぜん》相撲が催されることになっているんだ。お大名のお抱え相撲らを入れた十人の関取が、殿さま方の御前で本場所さながらに東西に分かれて相撲をとるのさ。と言っても、じつは、お抱え相撲に花を持たせる相撲なんだがな」

尾張家は誰それ、何家は誰それ、と宗十郎は五家のお抱え相撲と、そのほかの相撲とりら十人のしこ名を並べた。

「で、その本番の余興に、力のある部屋持ちの相撲とりと、こっちも力のある浪人相撲の、五人と五人の本気の五番勝負が行なわれることになった。武甲山部屋の年寄から、雑司ヶ谷のほうで、五人出してくれねえかと、申し入れがあったのさ。ひとりに三両が出る」

「ほう、浪人相撲に三両はありがたい額だ。確かに、部屋持ちの相撲とりと浪人相撲の本気の五番勝負は、面白そうだ。浪人相撲と侮っていると、部屋持ちのほうが苦杯をなめることも、なきにしもあらずだからな」

「ところが、こっちはこっちで、やはり浪人相撲じゃ玄人《くろうと》の江戸相撲には敵《かな》わねえ、という筋書きが決まっているのさ。冬場所の前だし、双方、怪我《けが》のないように本気らしき勝負をお見せするって段どりで、だから三両なのさ。見事な負けっぷりを、殿さま方にお楽しみいただくのさ」

鬼一と宗十郎は、顔を見合わせ、あはは、と笑った。

「手始めに、おれは何をすればいい」

「四人までは決まっているが、あとひとりがまだ決まっていねえ。明日中に、あとひとりを決めておいてほしい。あっしは本所の武甲山部屋へ出かけるから、夕方、帰ってくるまでに頼む。みなは、鬼子母神の境内で稽古をしている。鬼子母神には、ここら辺の浪人どもの大方が、集まっているはずだ。みな、鬼一さんが顔を出しゃあ、びっくりするぜ」

「五人目を決めるだけで、いいのか」

「かまわねえ。あとは当日、やつらが粗漏なく御前相撲の土俵に上がれるよう、裏方を務めてやればいいのさ。そっちはあっしも一緒にやるから、だんだん仕事を覚えてくれればいい」

「五人目の相手は、誰なんだ」

「じつは、そこが少々味噌なのさ。武甲山部屋の又右衛門を、覚えているかい」

「覚えている。旅廻りをしていても、相撲とりの間で、江戸相撲の関脇又右衛門の評判はよく聞けた。力は江戸相撲一なのに、強すぎて相撲の相手が見つからず、大関になれないんだと、そう思っている相撲とりもいた」

「あはは。又右衛門は、腕っ節の強さに任せた突っ張りやら張り手やらのとり口が強引で、とりこぼしの多い関脇だ。もう三十二歳のはずだが、万年関脇と言われているし、相撲に品格を求めるお抱え相撲にもなれねえ。半端な相撲とりだ。ただし、強すぎるというのは、あたっているかもな」

「又右衛門が、五人目の相手なのか」

「そうなんだ。いい歳になっても、力任せの荒っぽいとり口は、相変わらずさ。又右衛門は気性が激しくて、あぶねえ、筋書きがあるにしても、又右衛門の本気の張り手は勘弁してくれ、と受ける野郎がなかなかみつからねえのさ。あ、もしかしたら……」

と、宗十郎が、意外そうな顔つきを見せた。

「鬼一さんは、又右衛門と相撲をとったことがあるのかい」

「ある。又右衛門は十七歳で幕内になり、凄い相撲とりが出てきた、と評判だった。新入幕のときの、場所は神田明神だった。又右衛門がいきなり七連勝し、八日目で関脇のおれとあたったのさ。普通はあたらない位置だが、急遽《きゆうきよ》、組まれた取組だった。又右衛門は、関脇のおれに、遠慮容赦《ようしや》なく張り手を浴びせてきた。勝負はかろうじて勝ったが、おれはふらふらだったのを覚えている」

「なるほど。そうだったのか。あのころあっしは、幕内になれず、相撲に見きりをつけていたから、鬼一さんが又右衛門と相撲をとっていたことも、ちゃんと見ていなかった。鬼一さん、十五年がたった今、相手が又右衛門と聞いて、相撲とりの性根が、うずかないかい」

宗十郎が、年甲斐もなく目を輝かせ、鬼一へ茶碗酒をかざした。

鬼一は笑った。

「よけりゃあ、鬼一さんが五人目の土俵に上がってみねえか。あっしは、それでもいいんだぜ。土俵の鬼の鬼一と又右衛門の一戦なら、勝負は二の次で、相撲好きのお大名衆は、三両のほかに、たっぷりとご祝儀をはずんでくれるだろう。あっしが武甲山部屋の年寄にかけ合って、いい引退相撲にできるんだがな。土俵の鬼の最後の土俵かと、それだけで相撲好きは喜んでくれるぜ」

「悪い冗談だ。おれはもう相撲とりじゃねえ。身体が言うことを聞かねえ老いぼれだ。相撲とりの性根は、とっくに捨てたよ」

「そうか。残念だが、仕方がねえ。じつを言うと、鬼一さんの土俵に上がった姿を、あっしがもう一度見たかったのさ。あっしは、十両までしかいけなかった。鬼一さんの土俵を、勝ったときばかりじゃなく、負けたときでも、いい相撲だな、と思って見ていた。あのころが懐かしくてな」

「おれも三十二歳で、関脇どまりだった」

「鬼一さんはお侍の倅で、相撲とりになる気はなかった。荒馬部屋に入門したのが、二十三の歳だ。同い年だから、覚えている。鬼一さんは、相撲を始めたときが遅かったのさ。あっしは、雑司ヶ谷の野相撲で鍛え、先に入門していた。鬼一さんが入門したころは、あっしのほうがずっと強かったのによ」

宗十郎は、それから先の愚痴を閉ざした。

鬼一は、相撲をとる歳じゃねえ、十五年は長すぎた、と心の中で呟いた。

雨の音が、鬼一の寂寥《せきりょう》に染みこんで、残り少ないときを刻んでいた。

どうで先はねえ。恥はとっくに捨てて、生き長らえた。もう十分、生きたじゃねえか。鬼一は思った。

すると、せつなさと愛おしさに、胸を激しく締めつけられた。

ふと、先のあるお秀に、金が要る。生まれてくる子のためにも、少しでも多くの金を残してやらなければ。それが、先のない自分に、馬鹿な父親にできるたったひとつのことだ、と鬼一は思った。

「宗十郎さん、本当に、五人目はおれでも、いいのかい」

宗十郎は、お？　という顔つきを見せ、茶碗酒の手を止めた。

「やるかい、鬼一さん」

「金が、要る。お秀に残してやりてえ」

「そういう金なら、あっしが用意するぜ。幾ら要るんだい」

「そうじゃねえ。父親として、何もしてやらなかった。おれが、どれだけお秀に残してやれるか、なのさ。恥をかいてでも、残せるなら、残してやりてえ。こんな老いぼれでも、最後の土俵に、上がらせてもらえるかい」

「決まりだ。鬼一さんの引退相撲を見られるなら、あっしもご祝儀を出すぜ。少なく見積もっても、十両はくだらねえ。明日、武甲山部屋へいって、年寄に話してくる。年寄も鬼一と聞いたら、驚くだろうな。どうで勝ちは譲るんだ。又右衛門に鮮《あざ》やかに負けてやって、引退に花を添えりゃあいいじゃねえか」

「済まねえな、宗十郎さん」

「礼を言うのはこっちさ。相撲とりは駄目でも、鬼一さんのお陰で、興行の元方としてのあっしの名は上がる。三日後が、楽しみだ」

五

翌日の朝早く、神田雉子町の八郎店《はちろう》に住む市兵衛を、天王町の橋本屋の使用人が訪ねてきた。

「お伝えいたさねばならぬ事態が出来《しゅったい》いたしましたゆえ、至急、おこし願いたいと、主人の茂吉より唐木さまに書状を託《ことづか》ってまいりました」

茂吉の書状は短く、伝えなければならない事態がどういうものかは、書かれていなかった。

昨日、橋本屋の前の通りで、倅の順吉らしき男と旅人姿の男の喧嘩があった。そのことが、ちら、と脳裡をよぎった。旅人は、無精髭を生やし、ごつい身体つきをした年配の男だった。順吉に因縁をつけているふうに見えた。

往来にいた市兵衛を、口出しするな、と言うかのように睨みつけてきた。激しい突っ張りで、手代を突き飛ばした。元相撲か、と思った。

使いの者を帰し、急いで支度を済ませ、店を出た。

雨が止んで、晩秋の澄みきった空の広がる美しい朝だった。浅草御門橋を渡って、人通りの多い大通りを御蔵前の天王町へ向かった。

昨日の小僧が、橋本屋の前土間に走り出てきて、「おいでなさいませ」と、市兵衛を迎えた。

昨日と同じ、茶室を思わせる数寄屋ふうの、さり気なく贅をこらした一室に通された。縁側の明障子が両開きに開け放たれ、朝の光が射す庭に、枝ぶりのいい松の木が、今日は白い光をゆったりと浴びている。

庭は、小鳥の鳴き声が賑やかに飛び交い、風情のある竹垣に囲われていた。

面長な赤ら顔の茂吉が、黒地に金箔の模様の入った煙草入れを提げて、女中が茶菓を出す前に現われた。茂吉は、女中が二人分の茶菓と煙草盆が出して退ると、すぐに銀煙管をとり出して刻みをつめ始めた。

「朝からお呼びたていたし、相済みませんことで」

言いながら、少しも済まないと思っているふうではなかった。むしろ、当然と思っている素ぶりに見えた。

「早速ですがね、唐木さま……」

と、煙管を一服した。吐き出す煙の勢いに、あまり機嫌のよくない心持ちが察せられた。

「昨日、唐木さまがお戻りになられた、あとのことです。倅の順吉が出かける折り、妙な男が店の前で順吉を待ち伏せしておりまして、因縁をつけてきたらしいのです。うちの手代らが助けに入って男を追っ払い、順吉は無事でした。男は小汚い旅姿の年寄りで、怪しげな風体だったと聞きました」

張り倒されたり、ひねり倒されたり、突き飛ばされたりした手代らは、どうやら無事だったようだ。

「誰がなんの用なのだ、と順吉を問い質しますと、いささか、面倒な事情が判明したのです」

茂吉は、銀煙管の雁首を灰吹きに打ちあてた。

「薬研堀に、白滝という水茶屋があり、そこに、お秀と申す茶酌女が働いておりますそうで。茶を酌むだけでなく、客が酒を望めば酒の相手をし、さらに客が望めば、二分か三分でちょいと転ぶことも辞さぬ、そういう類の女です」

市兵衛は、黙って頷いた。

「お秀は、歳は十八の娘ながら、性質の悪い女らしく、未熟な順吉をたらしこんで馴染みになり、順吉は何度か通ったそうです。若いときは、愚かにも、覚えたばかりの酒や博奕や女遊びが面白くて、のめりこむことはあります。わたしも若いころは、そういうところでも、よく遊びました」

また、茂吉は刻みをつめた。

「しかし、その愚かさこそが、若さのよさと、わたしは思っております。その愚かさによって、ときには痛い目に遭い、人の表裏を見聞きした経験が、若い者を一人前に育てていくのだと、思うのです。いかがですか。唐木さまは、そう思われませんか」

「お秀という白滝の娘と順吉さんが、馴染みになられた。それが何か？」

「ふむ、どうやらそのお秀が、順吉の子を孕《はら》んだと、言いがかりをつけておるらしいのです。そんな、金さえ払えば誰とでも転ぶ茶酌女ごときに、子ができたと言われて、本当に自分の子かどうか、怪しいもんです。どうせ、順吉の根が素直な気性なものですから、順吉の子だと言いたて、何が目あてか今のところはまだわかりませんが、どうするつもりだと、因縁をつけてきたと思われます」

「お秀という女が、順吉さんに、子供ができ、どうしたらいいのだと、言っているけれど、順吉さんは、自分の子かどうか、疑っているのですね」

「いえ。お秀はまだ、何も言っていないのです。昨日、店の前で待ち伏せしていた男に、お秀がおまえの子を孕んだと、順吉は初めて聞かされたのです。その薄汚い旅姿の男は、お秀の所縁の者と言っておりましたが、どうやら、お秀の父親らしいのです。お秀の父親は、江戸相撲の関脇までいった鬼一という元相撲とりだと、順吉はお秀から聞かされておりました」

「鬼一というと、土俵の鬼の鬼一ですか」

「鬼一を、ご存じですか」

「人から聞いただけです。土俵の鬼と呼ばれた人気力士だったと」

「そのようですね。二十年近く前でしたか、ずいぶんと評判になった相撲とりだったと、覚えております。何年か活躍し関脇までいきましたが、大関になれず、あれはやくざと喧嘩をして死なせてしまったとかで江戸払いになり、相撲を廃業した柄の悪い相撲とりのようです。いつの間にか、江戸に戻ってきていたのですね。ひょっとしたら、お秀が呼び寄せたのかもしれません」

「お秀が父親の鬼一を呼び寄せ、順吉さんに言わせたのですか。因縁をつけるために……」

「そうなのです」

茂吉は、刻みをつめた煙管で市兵衛を指した。そして、「鬼一は、ずいぶんとでかい男だったようですね」と言い添え、煙草盆の火をつけた。

あれが、喜楽亭の亭主や竹崎伊之助の話していた鬼一なのか、あれが……雨の中で、くるな、というふうに市兵衛を睨んだ孤独と虚無《きょむ》の面影に、市兵衛はかすかな驚きを覚えた。

「お秀が、江戸払いで旅暮らしをしていた柄の悪い鬼一を呼び寄せ、どうしてくれるんだ、どう始末をつけてくれると、脅しをかけさせたのです。少々の不良ではあっても、順吉の育ちのよさは隠せません。たぶん、お秀は脅しをかけやすい順吉を選んだのに違いありません。しかも、自分は表に出ず、破落戸《ごろつき》の父親にそれをやらせているのですから、お秀という女、始末が悪いですな」

「順吉さんが、そう仰っておられるのですか」

「あの子がそんなことを、言うわけがありませんよ。根が素直ですから、このままにしておけない、なんとかしなければ、と悩んでおりました。これでは、お秀の思う壺《つぼ》になってしまいます」

「鬼一は、脅しをかけるために、順吉さんを待ち伏せしていたのでしょうか」

市兵衛は、そうではないような気がした。

「それ以外に、狙いがありますか。お秀の狙いのいきつくところは、結局は金でしょう。ただ、当面は、金では駄目だ、お秀を順吉の女房にしろと、父親の鬼一に無理難題を吹っかけさせ、金額を吊り上げる腹に決まっています。御蔵御用をうけたまわる蔵宿橋本屋の倅に、水茶屋の茶酌女ごときを女房にするなど、とんでもない話です。お秀はそれがわかって、だから無頼な言いがかりをつけているのです」

「しかし、まだ目あては、わからないのではありませんか。まずは、お秀が身籠った真偽を確かめられて、そのうえで、改めて人をたてるなどして、話し合われては。金の話より前に、生まれてくる子の養育をどうするのか、考えなければならない事柄があると思いますが」

「何を呑気なことを、仰っているのです。それぐらい、わかっております。それはそれとして、あの性質の悪い父親と娘に、順吉がまとわりつかれた事情が世間に知れわたれば、昨日の、唐木さまから折角《せっかく》お話しいただいた、順吉のお武家さまとの養子縁組の件が、破談になってしまいかねません。わたしはそれを、案じておるのですよ」

はあ――と、市兵衛は戸惑いを覚えた。

「唐木さまをお呼びたてしたのは、鬼一とお秀の始末をお願いしたいのです」

「始末を、ですか」

「手荒なことを、望んでいるのではありませんよ。あの破落戸の父娘に、二度と順吉にまとわりつかぬよう、唐木さまが間に入っていただき、事を内密に収めていただかねばなりません。万一、生まれてくる子が順吉の子ならば、子供の養育については、考えております。ですが、元々、養子縁組の件は、竹崎さまの借金の利息の代わりとして唐木さまが約束されたのですから、養子縁組の話が破談になれば、竹崎さまの借金返済の昨日のとり決めも、一旦戻して……」

「お待ちください。それは、橋本屋さんの、いや、順吉さんの事情です。竹崎さまの一件とはかかわりのないことで、橋本屋さんと順吉さんに始末をつけていただくのが、道理ではありませんか」

「道理を言えば、そうですがね」

茂吉は、かん、と灰吹きに煙管を打ちあてた。

庭の小鳥が数羽、その音に驚いて、松の枝から飛びたった。

「道理の話ではなく、損得勘定の話でしたね。道理を仰るのなら、この話は端《はな》からなかったではありませんか。道理に合ったとしても、橋本屋の損得勘定が合わなければ、この話はありませんよ」

無理難題の言いがかりは、あなただ、と困惑した。だが、茂吉の態度は頑なだった。

六

浅草御蔵前から、浅草御門をへて両国広小路、そして薬研堀に架かる元柳橋を渡った。まだ午前の光の下で輝く大川には、荷を積んだ川船がいき交い、鷺《さぎ》が川向こうの川縁《かわべり》を優雅に舞っていた。

水茶屋の《白滝》と記された軒提灯は、すぐに見つかった。

暖簾を払い表の格子戸を開くと、縞の小袖に、色とりどりの模様を染めた前掛の茶酌女が、落ち間の赤い竈の周りの、絵筵をかけた長床几にかけていた。

女たちは四人いて、市兵衛がその朝の最初の客らしかった。

背を少し曲げて低い軒をくぐった市兵衛を見上げ、女たちは戸惑い、顔を見合わせた。古びた紺羽織に菅笠をかぶり、腰に黒鞘の二刀を差した背の高い市兵衛の風貌は、水茶屋の客に見えなかった。

上客と下等で言えば、下等に思われた。茶酌女と戯れにきたのではなく、きっと何か別の用があるのだと、女たちは思った。小柄なひとりの女が、

「おいでなさい」

と、愛想笑いも見せず、下駄を鳴らして市兵衛に近づいた。

「茶を頼む。それから、お秀さんはいるかい」

市兵衛は女に言った。女がふりかえり、落ち間の朝の明るみの射す中に、背の高いほっそりとした女が立ち上がった。

「おいでなさいまし」

から、と下駄が鳴って、お秀は微笑んだ。美しいと言っていいほどの目鼻だちだったが、顔色は青ざめ、華やかさはなかった。むしろ、茶酌女に似合わぬ、どこかもの寂しげな相貌だった。

昨日の鬼一の面影を、一瞬、お秀に見たような気がした。

「お秀さんか。少々訊ねたいことがあるのだ。座敷を使いたい」

お秀が、あら、という顔つきを見せた。

「お客さん、お座敷を使うなら、お酒を頼んでいただかないと……お酒のほかにも遊びたいなら、三分、別に要りますからね」

初めの女が言った。お秀が、市兵衛に合わせた目を伏せた。

「そうか。では、酒を頼む」

市兵衛は、菅笠をとった。

ほかの三人の女たちが、顔を見合わせ、首をすくめた。

お秀は、落ち間続きの部屋から階段を軋ませ、二階の座敷へ導いた。

座敷の出格子の窓ごしに、薬研堀と元柳橋の先に大川の流れが見わたせた。

市兵衛は、二朱をわたした。お秀は二朱をにぎり締めて階下におり、しばらくして膳とちろりを提げて、戻ってきた。

「お客さん、どうぞ」

と、お秀の酌で、最初の一杯を呑み乾した。その間、もの寂しげなお秀の様子は、変わらなかった。

市兵衛はお秀がちろりを差すのを制し、杯を膳においた。

「お秀さん、唐木市兵衛と申します。御蔵前の天王町に店をかまえる橋本屋のご主人の茂吉さんに頼まれ、あなたに会いにきました」

お秀は目を瞠り、ちろりを胸の前に提げた格好で、動かなくなった。

瞼《まぶた》を震わせ、戸惑いを見せたお秀から目を離さず、市兵衛は言った。

「昨日、橋本屋の前の御蔵前の通りで、お秀さんのお父さんの鬼一さんが、橋本屋の順吉さんに、因縁をつけたそうです。お秀さんが、順吉さんの子を身籠った。娘をどうするつもりだ、と」

「えっ」

　お秀が、小さく叫んだ。

「橋本屋のご主人は、倅が鬼一さんに脅されたと仰っていますが、じつはわたしは偶然その場に居合わせ、脅しているふうには見えませんでした。ただ、順吉さんと鬼一さんに、どんな遣《や》りとりがあったのかは、知りません。順吉さんは、昨日、鬼一さんに言われるまで、お秀さんのお腹の子をご存じではなかったそうですね。そのため、橋本屋さんは順吉さんに事情を質し、鬼一さんに言いがかりをつけられたと受けとっておられます」

　昨日の一件があって、茂吉がお秀と鬼一に不審を抱いている事情を、市兵衛は言葉をやわらげて伝えた。

「お秀さんのお望みを、うかがいにきたのです。橋本屋さんは、それを知りたがっておられます。すでに、鬼一さんともご相談なさっておられるでしょう。それを、お聞かせ願いたいのです」

　しかし、お秀は言いかえさなかった。潤んだ目を伏せ、赤い唇を噛み締めた。

「むろんのこと、お秀さんのお望みはお望みとして、生まれてくる子の養育については、橋本屋さんが引き受ける、と仰っておられます。生まれてくる子が、順吉さんの子に間違いなければ、ですが……」

途端に、お秀があまりに意外なことを言われ、驚いたかのように、伏せた目を上げた。まつ毛がゆれ、きら、と光る雫がこぼれた。ひと筋の光の雫が白い頰を伝い、それが次々と伝って、お秀の前掛を濡らした。

市兵衛の言葉が、お秀を疵つけたことは明らかだった。

「望みは、ありません」

重苦しい沈黙の間をおき、お秀はしっかりした語調でこたえた。

「こんなお勤めですから、お腹の子が誰の子か、わかりはしません。わたしがいけないんです。ちゃんと、しなかったから。橋本屋さんの、順吉さんの子に間違いないか、そんなこと、わかりません」

お秀は唇を結んで、顔をそむけている。

膝の上でちろりを持つ指先が、口惜《くや》しさを堪えるかのように震えていたが、気持ちを鎮めるためにか、お秀はゆっくりと呼吸を繰りかえした。

「それから、鬼一という人は、わたしのお父っつあんでは、ありません。お父っつあんはいないんです。わたしは、おっ母さんと祖母ちゃんに育てられたんです。物心ついたときから、うちにお父っつあんは、いなかったんです。橋本屋さんにお伝えください。今度また鬼一という人が現われても、わたしとはなんのかかわりもない人ですから、お役人を呼んで追っ払ってくだされぱいいんです」

お秀は、茶酌女ごとき、と茂吉が先刻言った女ではなかった。

お秀がそんなふうに言うことを、予期していなかった。しかし、市兵衛には、それがなぜか、意外に感じられなかった。

市兵衛は、お秀の島田の、ほつれ毛がかかる艶やかな額を見つめていた。

「しかし、鬼一さんは、あなたを訪ねてこられたのでは……」

「昨日、鬼一という人が、お客さんになって、お酒を呑んでいきました。お腹の子のことも、橋本屋の順吉さんのことも、わたしは何も言っていません。本当です。もしかしたら、姉さんたちに訊いたのかも、しれません。橋本屋の順吉さんは、馴染みのお客さんですから。鬼一さんは、作り話を思いついて、きっと、強《ゆ》請《す》りにいったんでしょう」

お秀は、指先で濡れた頬をぬぐった。

「でも、当人のわたしが、橋本屋さんに何も望みはないのですから、これでその話は、終わりです。橋本屋さんにも、順吉さんにも、ご迷惑をおかけすることは、ありません。どうぞそのように」

きっぱりと言って、お秀は微笑んだ。

「わたしは、十三歳のときに上方へ上り、数年前に江戸へ戻ってきました。江戸相撲で人気の高い鬼一の名は、知らなかった。上方にも巡業できたでしょうが、相撲小屋に相撲を観にいくゆとりも、ありませんでした。昨日きたお客さんの鬼一さんは、昔、土俵の鬼と呼ばれていた鬼一ですね」

お秀はこたえず、「どうぞ」と、市兵衛にちろりを差した。

市兵衛は杯をとって、それを受けた。

「鬼一の昔のひいきから、聞いた話があります。大関間違いなしと言われていた十五年前、おぞう甚助という人宿組合の寄親との争い事に巻きこまれ、過《あやま》って命を奪ってしまった。そのため、江戸払いの咎めを受け、江戸相撲を廃業して江戸を去ったのです。おかみさんと幼い娘を残してです。聞いた話では、鬼一に非はなかった。咎めを受けるいわれもなかった。さぞかし無念だったでしょうね」

杯を少し舐め、それを持ったまま続けた。

「おかみさんと娘も、つらかったに違いありません。お秀さんは覚えていませんか。鬼一という相撲とりのことを。お秀さんは、順吉さんには、鬼一という相撲とりが父親だと、話していたのでしょう。親しくなれば、自分の父母の話をするのは、あたり前のことです。昨日、御蔵前で偶然、鬼一を初めて、ちら、と見ただけですが、どことなく、面影がお秀さんに残っていますよ」

「お客さん、変な勘繰りはやめてください。十五年前、鬼一さんが江戸を去ったなら、わたしは三歳だったんです。覚えているわけが、ありませんよ。もしそうだったとしても、それはあの人が江戸を出る三歳のときまでで、それからわたしにお父っつあんはいません。祖母ちゃんもおっ母さんも、亡くなりました。わたしはひとりです。でも、年が明ければ、この子がきてくれます」

　お秀は、前掛の帯に手をそっと添えた。

「どうやって、生まれてくる子を育てるつもりですか」

「考えがあります。奉公に出ます。子持ちでも、受け入れてくれるところがあると、お三重姉さんに聞きました」

　なんと……と、市兵衛は胸に痛みを覚えた。

「岡場所に、身を売るつもりですか」

「いけませんか。きっとこの子も、わかってくれると思います」

　お秀は、「どうぞ」とまたちろりを差し、市兵衛に微笑んだ。

「そこで勤め上げて借金を綺麗にしたら、本所の相生町に戻り、河岸場の人足をするつもりです。河岸場人足は、稼ぎがいいんです。おっ母さんも、河岸場人足になって、わたしを養ってくれました。痩せているけれど、わたし、姉さんたちより、ずっと力持ちなんですよ。相撲とり……」

あとの言葉を、お秀は呑みこんだ。

力持ちの娘ですから——と、目を伏せて小声で言った。

「相生町が、お秀さんの生まれた町ですか」

目を伏せたまま、頷いた。

「鬼一さんは、相生町にいるのでしょうか」

「たぶん、違うと思います。あそこは、あの人の捨てた町です。戻っても、何もありません。でも、わたしには、おっ母さんと祖母ちゃんと、三人で暮らした町です。竪川が流れていて、船が川縁につらなって、大勢の河岸場人足がいつも賑やかに働いていた町です。この子を連れて、あの町に戻ります」

前掛の帯をなでるお秀の素ぶりに、頑なさは早や失せ、純朴でひた向きな気性が、いじらしくも垣間見えた。

「お秀さん、鬼一さんは今どちらにお住まいか、ご存じなら教えてください」

「知らないんです。何も訊きませんでした。あの人がどこに住もうと、わたしにはかかわりのない人ですので」

と言いながらも、お秀は心あたりを探っている様子だった。ふと、「もしかして……」と言った。

「雑司ヶ谷の鬼子母神の近くに、宗十郎という人がいます。その人の世話に、なっているかもしれません。鬼一さんと同じ、元荒馬部屋の相撲とりでした。半年ほど前、ここに見えたんです」

「宗十郎さんが、半年前、お秀さんに会いに見えたのですか」

「はい。昔、同じ部屋だったころ、鬼一さんに借りがある。その借りをわたしにかえしたいと申し入れに、こられたんです。ここで働かなくても、暮らしのたつようにするとです。でも、鬼一さんは、わたしのお父っつあんじゃないんです。いやじかかわりのない人の借りをかえすと言われても、困るじゃありませんか。いやじゃありませんか。ですから、お断りしました」

「雑司ヶ谷の、鬼子母神の近くですね」

「唐木さんは、鬼一さんに会いにいかれるのですか」

「鬼一さんの意向を、確かめます。仕事はまだ、終わっていません」

「なら、会われたときに……」

「何か、伝えることが、ありますか」

お秀は、ためらいを見せた。そして、

「いえ。いいんです」

と、その先を言わなかった。

七

およそ一刻（約二時間）がすぎ、午《ひる》を廻ったころだった。

市兵衛は、鎌倉《かまくら》道と鼠山道の高田四ツ家町の辻を、鎌倉道の宿坂へとった。

宿坂の両側に、武家屋敷の土塀と、土塀よりもはるかに高く繁る樹林が坂を鬱《うっ》蒼《そう》と覆い、土留《つちどめ》の段々になった坂道の処々に、晩秋の白い木漏《こも》れ日が白いまだら模様を落としていた。

雑司ヶ谷町の宗十郎は、江戸に用があって、朝から出かけていた。応対に出た宗十郎の女房に、鬼一が南蔵院のそばの、百姓町の裏店に寝泊まりしていると教えられた。

宿坂をくだる途中、高田南蔵院の堂宇《どうう》の、甍葺《いらかぶき》の反り屋根や茅葺屋根が、樹林の彼方《かなた》に見えた。

金乗院の門前をすぎたあたりより、道の片側に町家と武家屋敷が続き、反対側には、明るい日射しの下に下高田村の田畑が坦々と開けていた。

裏店は、百姓町の小道へ入った奥にあった。障子の破れた表戸の、粗末な一軒家だった。戸の外から声をかけたが、鬼一の応答はなく、障子の穴からのぞいても、薄暗い店に人影はなかった。通りかかった百姓女に訊ねると、

「鬼一さんなら、そこの南蔵院さまの境内で、相撲をとっていなさるべい」

と、木々に囲まれた大きな茅葺屋根を指した。

往来へ戻り、細渠《さいきょ》と柵が囲う南蔵院へ向かった。両側に床几などを並べる茶屋や小店の並ぶ道を二つ曲がり、細渠に架かる右之橋を渡ってもうひと曲がりした左手に、南蔵院の山門があった。

山門のはす向かいは、下高田村鎮守の氷川《ひかわ》神社があり、鳥居が小高い松の木々に囲まれていた。

市兵衛は、瓦葺屋根の南蔵院の山門をくぐった。

境内は広く、中ほどにひときわ高い一本の松が枝を広げ、鶯宿梅《おうしゅくばい》と呼ばれる

梅の木々や大小の石灯籠《いしどうろう》や何かを祭った祠《ほこら》が見え、境内の参道を進むと、瓦葺の反り屋根の薬師堂が山門の正面に建てられている。

薬師堂の左手に、これは茅葺屋根の庫裡《くり》や僧房《そうぼう》が並び、その僧房の前に稽古まわしを着けた鬼一らしき姿が、ぽつりと見えた。鬼一はひとりだった。仕きりと立ち合いの同じ型を、ひとりで黙々と繰りかえしていた。

離れていても、隆々と肉の盛り上がった肩や背中、逞しい太ももや腕、折り畳んではのばす長い四肢《しこ》、やわらかな晩秋の日射しを浴び、薄桃色に火照った体軀が、一幅《いっぷく》の錦絵のように眺められた。綺麗な身体だった。

市兵衛は、鶯宿梅の周りを廻って、鬼一に近づいた。

昨日、雨の御蔵前通りで目を交わした鬼一の無精髭が、立ち合いの型を繰りかえす横顔に見えた。近づくにつれ、艶のある薄桃色の肌は、水飛沫を吹きかけたような汗に濡れているのがわかった。

鬼一は、市兵衛に気づかぬふうに、一瞥も寄こさなかった。立ち合いの型の稽古を、止めなかった。

仕きりから立ち上がる動作に移る折りの、息を固くつめたうめき声が、獣のうなり声を思わせた。素早く立ち、脇を締めて鋭く踏みこむたび、長い足が鋼のように筋張り、大粒の汗が飛び散った。

数間をおいて歩みを止め、菅笠をとった。鬼一の稽古が済むまで、見守ることにした。青空遠くに、白い雲がたな引き、境内はのどかな静寂の中にあった。うっとりとするような、晩秋の昼日中である。

やがて、鬼一は立ち合いの稽古を終え、次に足を高々と上げて、ゆっくりと力強く四股を踏んだ。踏み締めた地面が、鈍い音をたてた。

鬼一が四股を止め、力を抜いて佇立《ちょりつ》したのは、市兵衛が南蔵院の境内へ入って四半刻近くたってからだった。無精髭の横顔を市兵衛に向けたまま、肩を大きく上下させ、息を整えた。

それから、ようやく向きなおり、一礼した。

「ご無礼いたしやした。稽古のときは、気持ちをきらしたくねえもんで、勝手ながら、お待ちいただきやした」

鬼一は明るい日射しの下で、深い呼吸を繰りかえしながら言った。

「こちらこそ、せっかくの稽古のお邪魔をいたし、お許しを願います。唐木市兵衛と申します。元江戸相撲の関脇鬼一磯之助さんとお見受けいたし、おうかがいいたしました」

市兵衛は辞宜をかえし、努めて冷静に訊いた。

「鬼一磯之助でやす。元江戸相撲と言われやしても、十五年も前のことでやす。江戸相撲の相撲とりだったときは、十年足らずにすぎやせん」

「鬼一さんのお歳は、四十七とうかがっておりました。勝手に、相撲とりを引退しておられると思っていたのですが、ただ今の稽古の様子を拝見し、心底、驚いております。鬼一さんは、ずっと相撲とりを続けてこられたのですね」

「江戸を離れてからこの十五年、旅廻りの浪人相撲を生業《なりわい》にしておりやした。不器用で、相撲とりしかできやせん。仰るとおり、四十七の老いぼれになって、とうとう相撲とりは廃業でやす。もう、いけやせん」

頬骨が高く彫りの深い顔に、昨日と同じ孤独な目が光っていた。ただ、それをやわらかくくるんだ笑みが、鬼一の孤独に陰翳《いんえい》を添えていた。

お秀の容貌にも、この陰翳が継がれている、と市兵衛は感じた。

だが、鬼一の身体つきや動きは、まだまだ相撲がとれそうに見えた。

「昨日、天王町の御蔵前通りで、鬼一さんをお見かけいたしました。天王町の蔵宿の橋本屋の順吉さんと、雨の中でつかみ合いになっておられた」

「おお、思い出しました。ついかっとなって、順吉さんに手荒なふる舞いにおよんだのを、止めに入ろうとなさった、通りがかりのお侍さんでしたね」

「通りがかり、というわけではありません。あのとき、橋本屋のご主人に用があって、順吉さんの少しあとに橋本屋を出て、あの場にいき合わせたのです。順吉さんの加勢に駆けつけた橋本屋の手代らを、鬼一さんは手もなく打ち倒された。しかし、そのあと急に、具合が悪くなられたかに、お見受けしました。身体のお加減は、いかがなのですか」

鬼一は、市兵衛の気遣いにはこたえず、表情に不審を見せた。

「橋本屋さんに、かかわりのあるお侍さんでやしたか」

「じつは、今日、お訪ねしたのも、橋本屋のご主人に、鬼一さんに会って、鬼一さんとの仲裁をとり持つようにと、頼まれたからです」

「仲裁？　なんの仲裁でやすか」

「娘さんのお秀さんが身籠った事情について、鬼一さんは昨日、橋本屋の順吉さんに、どうするつもりかと、訊ねられたそうですね。お訊ねの、どうするかを決めるために、仲裁役を頼まれたのです。橋本屋のご主人は、速やかな仲裁を望んでおられます」

「どうするかを決めるのは、生まれてくる子の父親の順吉さんが決めることでやす。おれと橋本屋さんの間の、何を仲裁すると、仰るんでやすか？　速やかな仲裁など、生まれてくる子にかかわりはねえ。親として、子のためにやることは、ひとつじゃありやせんか」

「橋本屋のご主人も順吉さんも、昨日、鬼一さんに言われ、お秀さんが身籠っている事情を知ったのです。橋本屋のご主人は、どうしたものかと、戸惑っておられます。鬼一さんの望みを、お聞かせ願えませんか」

「どうしたものかと、何を戸惑うことがありやすか。それは、お秀の身籠った子が、順吉さんの子じゃねえと仰りてえのでやすか。お秀が茶酌女だから、誰の子かわかったもんじゃねえと、言いてえんでやすか」

「生まれてくる子のために、親としてやることは、ただひとつです。ですが、そのただひとつを、やらない親もおります。子にそれを背負わせるのは大人の身勝手ですが、身勝手を責めるより先に、ならばどうするかを決めることが、子のためになると思うのです。鬼一さんの、望みをお聞かせください」

「おれに、望みなどねえ。生まれてくる子が……」

　鬼一の汗に濡れた顔が、苦しげに歪んだ。

「お秀が、不憫《ふびん》なだけだ」

苦しげな様子を隠すように、鬼一は市兵衛に背を向けた。境内の一本松のほうへいき、ちりをきる蹲踞《そんきょ》のように根方にかがんで、無念でならぬふうに、月代ののびた頭を垂れた。

鬼一のその姿と、お秀の頬を一滴の涙が伝い、それが次々と伝って、前掛を濡らした光景が重なった。市兵衛は、鬼一の丸くなった背中に声をかけた。

「お秀さんを、訪ねました」

松の根方に、畳んだ帷子《かたびら》と小さな風呂敷包みが重ねてあった。

鬼一は風呂敷包みから手拭を出し、立ち上がって汗をぬぐい始めた。交互に差し出した長い腕へ、無言で手拭を荒々しくこすりつけた。そして、

「お秀はなんと、言っておりやしたか」

と、背を向けたまま訊いた。

「鬼一さんと同じです。何も望んではいないと、言っておられた。お秀さんが何も望まぬのだから、橋本屋のご主人にも、順吉さんにも、迷惑をかけることはない。どうぞ、そのようにと」

「お秀が、橋本屋にどんな迷惑をかけやしたか」

鬼一の手が止まり、横顔を市兵衛へ向けた。

「鬼一さんが勝手に、順吉さんに無理やり会い、手荒なふる舞いをしたため、橋本屋のご主人は、お秀さんが身籠ったことを種に、父親の鬼一さんが脅しをかけてきたと、思いこんでいるのです」

「お秀が、おれに脅しをかけさせたと、思われているのでやすか」

「残念ながら、そうです。ご心配なく。誤解はすぐに解きます」

「おれは……お秀の父親だ。父親として、あたりめえのことをしただけだ」

「お秀さんは、十五年前の三歳のとき、父親のいない子の定めを負ったのです。鬼一さんが父親だったのは、三歳のときまでです。それから父親はいなかった、とお秀さんは仰っていた。お秀さんは今、ひとりです。しかし、新しく生まれてくる子を、心の支えにしておられます」

「小娘が、ひとりで子を産んで、ひとりで育てることが、どれほど大変なことか、わかっちゃいねえんだ」

「おかみさんは、河岸場人足をして、幼いお秀さんとお祖母さんとの暮らしを支えられたそうですね。きっと、女だてらにと言われたでしょうが、気持ちの強いおかみさんだったのですね。お秀さんは、そんなおかみさんの育てた娘さんなのですよ。鬼一さん、父親としてあたり前のことをするだけでは、お秀さんをかえって苦しめることに、なりかねません」

「知ったふうな、ことを……」

鬼一は吐き捨てた。苛だたしく、また汗をぬぐい始めた。しかし、「くそっ」と手拭を帷子に投げ捨て、市兵衛へふりかえった。

いきなり長い腕を差し出し、市兵衛の二の腕を羽織の上からつかんだ。険しく睨みつけ、声を凄ませた。

「着物の上からは痩せて見えるが、唐木さんは、鍛えたいい身体をしているのがわかる。背丈もおれと変わらねえ。古いが、稽古まわしがもうひとつある。綺麗にしてあるから、それを着けろ。相撲をとろうじゃねえか。長い間、相撲とりをやってきて、相撲をとれば、そいつの性根がわかるようになった。唐木さんの性根を知りてえ。仲裁に応じるか応じねえか、それで決める」

乾いた晩秋の涼気が、鬼一の火照った身体を包んでいた。無精髭とのびた月代に、白いものがまじっていた。浪人相撲の、長い年月がそこに見えた。

二の腕をつかんだ手に、にぎり潰すかのような力がこもっていた。

「鬼一さん、わかりました。手を放してください。支度をします」

市兵衛が腰の刀をはずすと、ふむ、と鬼一は頷いた。

松の根方で下帯をとり、締めこみを着けている市兵衛と鬼一を、南蔵院を訪れる参拝客らが、野相撲が始まるのかい、面白そうじゃないかと、ちらほらと遠巻きにし始めた。

鬼一は、市兵衛のたて褌《みつ》をぎゅっと絞り上げ、「これでいい」と、横まわしを叩いて押し出した。

市兵衛は、松の根方から広い場所へ踏み出した。鬼一は数間をおいて相対し、張りのある声を寄こした。

「唐木さん、四股を踏め」

こうするのだ、というふうに、高々と足を上げ、四股を踏んで見せた。

市兵衛はそれに倣《なら》い、四股を踏んだ。市兵衛の身体つきは、鬼一の分厚い体軀と比べ、若木のように細く見えた。

四股を踏みつつ、興福寺で習い覚えた剣の修行の心がまえを反芻《はんすう》した。

まず、身体をやわらかくする技を身につけよ。身体をやわらかくし、森羅万《しんらばん》象《しょう》遍《あまね》くわたる御仏の力をとりこむのだ。力を陰にこめれば、速さも陰にこもって剣は鈍くなる。力を陽に変じて解き放つのだ。自ずと、剣に鋭さが備わる。

武芸として、組打ちは稽古した。相撲も武芸なら、同じに違いなかった。ちらほらととり巻く参詣人《さんけいにん》のほかにも、近所の子供らが、歓声を上げて境内に走りこんできた。境内は次第に人が増えていき、これから始まるらしい二人の力士の野相撲に、ざわついた。

「唐木さん、そろそろいいか。土俵はない。仕きりの間は二尺三寸（約六十九センチ）ほど。身体のすべてを得物《えもの》にして、ただぶつかる。それが相撲だ」

やあっ――と、鬼一がひと声、境内に響きわたらせ、前へ進み出た。

相対して進み出た市兵衛は、膝を大きく割り、低く身がまえた。

鬼一は遅れて仕きり、地に両拳をつけて市兵衛を睨んだ。

同じく市兵衛も、両拳を突いた。二人は、火花の散るほど睨み合った。

二人の息が合うまでの一瞬、境内のざわつきはすっとかき消え、寺の後ろの林でさえずる鳥の声が聞こえた。

次の瞬間、市兵衛は立った。鬼一は遅れて立った。市兵衛が先手をとった、かに思われた。

素早く、鬼一の横まわしに上手をのばした。

だが、まわしに手がかかった途端、鬼一の強烈な突っ張りを数発浴びた。

市兵衛は、境内の柵まで突き飛ばされた。背中をしたたかにぶつけ、撥ねかえされて横転した。

遠巻きにしていた参詣人や子供らが、市兵衛の派手な横転に喚声を上げた。

放った突っ張りのかまえのまま、鬼一は市兵衛を見おろしていた。

「まだまだ」

と、また仕きりの位置へ悠々と戻ってゆく。

市兵衛は、立ち上がった。両肩を廻し、背中の打ち身をほぐしつつ、再び鬼一の前に進み出た。

見物人らの間に拍手が起こり、「えらいぞ」と、市兵衛に声援が飛んだ。

市兵衛は、仕きりのかまえに入った。膝を割り、身体を低くかがめた。両拳を突き、鬼一を睨んだ。同じく鬼一が仕きり、息の合うまでの束の間、両者の睨み合いが再び火花を散らした。

だん、とぶつかった。激しい圧迫が、市兵衛の痩軀《そうく》を仰け反らせた。衝撃を堪えきれず、はじき飛ばされかけた。しかし、今度は右の上手まわしをつかみ、鬼一のぶつかりをかろうじて堪えた。仰け反った身体が、ぎりぎりと軋む。

それでも、上手まわしを放さなかった。

ところが、鬼一が腰をゆったりとふった途端、まわしをふりきられた。つかみなおそうとしたところを、腰を十分におろした右からの強烈な上手投げをかけられた。市兵衛は堪えるすべもなく、仰向けに転がされていた。

ああ……

と、境内にため息と笑い声が上がった。

市兵衛は横転した格好で、鬼一を見上げた。

鬼一は市兵衛の二の腕をとり、土まみれの身体を起こした。

「唐木さん。これが相撲だ」

「なるほど。土俵の鬼は、さすがに凄い。投げ手、掛け手、反り手、捻り手の基本に、変化技を加え、四十八手の裏表、相撲の決まり手は百手以上あると聞いています。今のは、見事な上手投げでした」

市兵衛は、仕きりの位置へ戻りながら言った。

「さあ、もう一番、いこう。かまえなせえ」

鬼一は、仕きりの位置へ先に両拳を突き、市兵衛を下から睨み上げた。

だが、市兵衛はたった二番で戦意を失ったかのように、佇立した。

「もう、終わりかい」

仕きりの格好のまま言った。

「いえ。これでは終われません。わたしは、この形《かたち》でいきます」

市兵衛は手を膝のあたりに垂らした格好で、両足を開きゆったりとかまえた。

「唐木さん、それでいいのか。思いきりぶつかるぜ」

「立ったまま相撲が始まるから、立ち合いです。これは古式による手合いのひとつ、奇相《きそう》の手合いです。わたしは、これで十分。鬼一さん、いつでもどうぞ」

見物人らは、二度も叩きつけられ土まみれの痩せたほうが、悠然とかまえた妙な立ち合いに、またざわつき、失笑がもれた。

「なんだい、あの仕きりは。もう降参なのかい」

と、見物人のひとりが言ったときだった。

鬼一が土を蹴たて、どっと立ち上がった。最初の一撃で、ゆったりと突っ立った市兵衛を、はじき飛ばすかのような強烈な立ち合いだった。

しかし、鬼一が立ち上がった刹那《せつな》、見物人は息を呑んだ。

市兵衛は膝をぺたりと折り畳んで、全身を地につきそうなほど低く沈めた。そして、立ち合いが空へ流れた鬼一の懐へ、頭から鋭く突っこんだ。

がん。

無精髭ののびた鬼一の顎と市兵衛の下から突き上げた頭が、音をたてて衝突した。鬼一は、顎を仰け反らせ、顔を歪めた。

すかさず、右手で前まわしをとり、左手で仰け反って無防備な顎へ喉輪を仕かける。前まわしを強烈に引きつけ、一方、長い腕を槍《やり》のように突き出して顎をいっそう仰け反らせる。

片や、突き出した腕を下からのおっつけで、喉輪をはずしにかかる。だが、骨張った顎にかかった喉輪は、はずれなかった。

市兵衛の痩軀が鬼一の分厚い身体を、ずずず、と一気に松の木のほうまで押しこんだ。押しこまれながら、身体を折れそうなほど反りかえらせ、懸命に耐えるが、堪える余裕はほんの束の間しかなかった。

鬼一は、辛苦のうめき声を発し、松の根方に突き倒された。

子供らの喚声が真っ先に上がり、見物人の拍手が境内に沸いた。

「よしっ」

と、市兵衛は拳を小さくにぎり締めた。

しかしそのとき、仰のけに倒れた鬼一は、空《うつ》ろな目を晩秋の青空に投げたまま腹を細かく震わせ、短く苦しげな息を繰りかえしていた。冷や汗が、のびた月代を濡らし、青ざめた額を伝っていた。

「鬼一さん、どうしたんです。鬼一さん……」

市兵衛は、慌てて傍らへかがんだ。

八

南蔵院の山門を出て高札場のたつ右之橋を渡った袂《たもと》に、茅葺屋根の酒亭が店を開いている。軒に日よけの葭簀をたてかけ、店先に花茣蓙《はなござ》を敷いた床几を並べ、行人に酒や一膳飯のほかに、香煎《こうせん》湯や煎茶、饅頭《まんじゅう》などの菓子も出していた。

午後の日射しが、酒亭の葭簀を照らしていた。

市兵衛と鬼一は、店先の床几にかけ、薄い湯気ののぼる燗《かん》酒を呑んでいた。

幸いにも、鬼一の具合は少し休むと回復した。顔色は優れなかったものの、冷や汗はひき、穏やかな呼吸に戻っていた。

「唐木さん、店に戻っても、酒も出せねえ。ここで一杯やりやしょう」

右之橋を渡った酒亭の前で、鬼一が言った。

「身体に障ります。茶を呑んで休んでいきましょう」

と勧めたが、鬼一は笑ってこたえた。

「今さら気をつけても、大して変わりはありやせん。唐木さんと相撲をとって、呑まずにはいられねえ気分だ。こんなにいい気分は、久しぶりだ。姉さん、熱燗を頼む。肴は、干し鰈《がれい》なんぞをいい加減に炙って、ささっと裂いてな」

そう言って、干し魚を裂く仕種を酒亭の小女にして見せた。「はあい」と、小女が明るくこたえた。

二人は、炙った干し魚で燗酒をゆっくりと重ねた。

数杯の酒を味わってから、大きなため息をひとつ吐き、鬼一は言った。

「橋本屋さんには、二度といきやせん。安心してくだせえ。周りの都合を何も考えずにふる舞い、橋本屋さんや順吉さんに、誤解を与えてしまった。お秀のためのはずが、あの子にかえって迷惑をかけ、困らせていたんでやすね。馬鹿は死ぬまで、治りやせん」

「鬼一さんのふる舞いが、間違いと思ってきたのではありません。わたしこそ、お秀さんのこととは別件の事情があって、かかわりもないのに、仲裁役を引き受けざるを得なかったのです。申しわけない」

「なあに、唐木さんのお陰で目が覚めやした。お秀は、母親のお清に気だてがよく似ておりやす。お清は、しっかり者のすぎた女房でやした。父親のおれがいなくとも、女手ひとつでお秀を育ててくれた。きっと、生まれてくる子も、お秀がなんとか、育てるでしょう」

「お秀さんと、暮らさないのですか。鬼一さんの孫が、生まれるのですよ」

「十五年前、老いた母親と、若い女房と、三歳の娘を捨てて江戸を出やした。あのときから、お秀に父親はおりやせん。今さら父親面をしても、お秀は許しちゃくれやせん。今度のことのように、迷惑をかけるだけでやす」

「お秀さんには、借金が残っているようでした。橋本屋のご主人に、お秀さんの借金が綺麗になるように、話をつけるつもりです」

「せめて、そうしてもらえたら、ありがてえ。本人は言いやせんが、お秀の借金は、三年前、母親が災難に遭って亡くなった折り、薬礼がかさんだのと、介抱のために働けなかったうえに、質屋通いも間に合わず、借金ができたようだと、白滝の姉さんから聞かされやした」

「それ以上のことができればいいのですが、橋本屋のご主人は、勘定にうるさい人ですから、どこまでやれるか……」

「お秀の借金がなくなるだけでも、助かりやす。本所のお屋敷に雇われていたのを、借金がかえせないので白滝に替わって、かれこれ十ヵ月になるそうでやす。馬鹿な父親のせいで、娘につらい目を背負わせてしまいやした」

のどかな午後の日が、少しずつ西へ傾き、街道の行人は少なくなっていた。酒亭わきに自生する楢《なら》の木の、小鳥のさえずりや右之橋の架かる細渠のせせらぎが、冷たく心地よさげな音を奏《かな》でていた。

「鬼一さんが、江戸相撲を廃業して、江戸を出なければならなかった事情を、知り合いの相撲好きから聞きました」

と、今度は市兵衛のほうからきり出した。

「土俵の鬼が江戸相撲の評判をとっていたころ、わたしは上方におりました。鬼一の名も、どんな相撲とりかも知りませんでした。今日、鬼一さんと相撲をとって、土俵の鬼と評判をとったわけがわかりました。東両国の人宿組合のおぞう甚助が命を落としたあの一件で、鬼一さんが江戸払いになった事情を、相撲好きの知り合いは、惜しんでおりました。間違いなく、大関になれたのにと……」

市兵衛が話し続けるのを、鬼一は、自嘲するかのような笑みを浮かべ、黙って聞いていた。しばらくして、数人の子供らが店の前を通りかかった。子供のひとりが、床几にかけている鬼一と市兵衛を見つけ、

「相撲だ」

と、指差した。

子供らは、先ほどの南蔵院境内の相撲を観ていたらしく、口々に、相撲だ相撲だ……と囃《はや》し、往来の真ん中で相撲の真似《まね》を始めた。市兵衛が投げ飛ばされたり、鬼一が倒された格好を滑稽にやって見せ、ひとしきりはしゃいだ。やがて、子供らが走り去ってゆくと、

「子供はいい。何をやっても、見あきねえ」

と、鬼一は楽しそうに笑った。

「お知り合いのその方が仰ったとおり、おぞう甚助の一件で、江戸相撲の鬼一は終わりやした。江戸払いの咎めを受けて、なんでおれが、とお上のお裁きを恨みに思いやしたが、自分のやったことだからと、おれは諦めもできた。可哀想なのは女房のお清に娘のお秀、老いたお袋でやした。おれひとりのことが、おれひとりじゃ済まねえと、そのときになって、やっと思い知った始末でさあ」

「江戸を出られてからは、どのように」

「五年、待っていてくれ、五年のうちに身のたつようにして必ず迎えにくる、それまで老いたお袋とお秀を頼むと、お清に言い残して江戸を出やした」

鬼一は、西日の射す往来へ真顔を向けていた。

「けど、相撲とりに戻れねえ相撲とりが、故郷の江戸を追われて、一体、何ができやすか。たちまち食いつめ、情けねえことに、ただ途方に暮れて右往左往しているうちにときは儚《はかな》く流れ、約束の五年がすぎたころには、賭場の用心棒や、喧嘩場の助っ人稼業などで食いつないでおりやした。形《なり》のでかい腕っ節の強いのだけが頼りの、旅から旅の無頼の渡世でやす」

「おかみさんに、便りを出されていたのですか」

「女房や娘や、老いたお袋のことを思わねえ日はありやせんでした。ですが、無頼の身になり果てた自分が面目なく、便りすらできやせんでした。もうおれのことは忘れてくれ、おれもおめえたちのことは忘れると、いっそどこかで野垂れ死にに朽ち果てていくことを、願うようになっておりやした」

「おかみさんも、お秀さんも、鬼一さんを待っておられたでしょうに……」

「そうでやすね。便りぐらい、出せねえはずはなかった。馬鹿はね、唐木さん、死ななきゃ治らねえんですよ。結局のところおれは、面目が施《ほどこ》せねえと言いわけして、自分の好き勝手に生きただけにすぎねえ。自分の好き勝手に生きたつけを十五年分ためた。江戸を出てからは、それだけの年月でやした」

「しかし、鬼一さんは、再び土俵に上がったではありませんか。それも、面目の施せない、好き勝手な生き方だったのですか」

往来に向けた顔を市兵衛へ見かえし、鬼一は続けた。

「四十の歳の秋でやした。越後《えちご》のある土地を旅していた折り、たまたま通りかかった村の神社で、上州から巡業にきた浪人相撲の一団が、奉納相撲の興行を打っておりやした。その興行は、土俵もねえささやかな相撲でやした。けど、浪人相撲の相撲とりらが、神社の境内で、見物人が賑やかに囃す中で相撲をとる姿を見ていたら、懐かしくて堪らず、涙がこみ上げてきたんでやす」

市兵衛は頷いた。

「おれは、心底、思いやした。ああ、もう一度、相撲をとってみてえ。まわしを着けて、大きく足を上げて四股を踏み、力一杯ぶつかってみてえ、神さんのご加護を祈って、五穀豊穣を祈って、神さんの前で相撲をとってみてえ、どうかもう一度だけ、おれに相撲をとらせてくだせえと、神さんに祈ったんでやす」

それから鬼一は、また、西日の降る往来へ眼差しを戻した。

「興行が終わったあと、浪人相撲らを率いるそこの親方のところへいき、自分はこういう者で、以前、江戸で相撲をとっていたことがある、歳は四十だが、まだまだ相撲はとれる、親方の巡業の仲間におれも一枚、加えてくだせえと、だめで元々ともちかけたんでやす。そしたら親方は、江戸相撲の関脇鬼一の名は知っている、あんたが土俵の鬼の鬼一かい、と言われたときは、もう涙がとまりやせんでした」

白髪まじりの無精髭を生やした横顔を見せ、鬼一はなおも言った。

「旅から旅の巡業暮らしだが、鬼一が加わってくれりゃあ、こんなに力強《づえ》えことはねえ。一緒にやろうじゃねえかと、誘ってくれたんでやす。天下の江戸の本場所の土俵じゃねえが、それでもそれが、再び土俵に上がるきっかけでやした」

「人の縁、というものですね」

「まことにささやかな、人の縁でやす。村から村、町から町への旅暮らしで、相撲をとれることだけが、楽しみでやした。やっと、少しずつ蓄えができるようになって、蓄えがこれぐらいになれば、あともう少し蓄えたら、江戸へ帰ろう、女房と娘とお袋を迎えにいこうと思いながら、三年がたち、四年、五年と、便りすら出さず、虚しくときをすごしていったんでやす」

「なぜです。それを知らせれば、江戸のおかみさんは、きっと喜ばれた。旅暮らしの浪人相撲であっても、鬼一さんが見事な相撲とりであることを、おかみさんは、ご存じだったはずです」

「そうしたかった。おれが迎えにくるのを待っている。迎えにいかなきゃあと思う一方で、馬鹿が、そんなわけがねえだろうと、声が聞こえたんでやす。五年の約束が、十年をとうにすぎておりやした。お袋が生きているかどうかさえ、わからねえ。三歳で別れた娘は、おれの顔なんぞ覚えちゃいねえだろう。女房が新しい所帯を持っていたっておかしくねえ。いや、そうに違いねえ、それが当然だと気を廻しやした」

鬼一は、目を伏せた。沈黙し、言葉を探している素ぶりに見えた。

「そう考えると、恐くなって、つらくなって、情けなくなって、迎えにいくどころか、便りすら出せなかった。今ごろおれが顔を出したら、邪魔なだけだろう。迷惑なだけだろう。困らせるだけだろう、と臆病風《おくびょうかぜ》に吹かれやした」

「鬼一さんの、おかみさんと娘さんなのに……」

「だから言ったでしょう。こいつは、死ななきゃ治らねえんです。面目がどうのこうのと言いながら、所詮は、肝っ玉の小せえ臆病者なんです。だからおれは、江戸のことを忘れるため、相撲にいっそう打ちこみやした。けど、一日だって、忘れたことはありやせん」

「十五年がすぎて、なぜ今なのですか」

「四十七になりやした。もう、相撲をとれる身体じゃねえんです。相撲は、今度こそ廃業でやす。十五年分ためたつけを、今度こそかえさにゃあならねえときがきたんだと、やっと気づきやした。老いぼれた身体が、教えてくれやした。自分の身辺を綺麗にして、そろそろ幕引きにしな、とね。相撲がとれねえほど老いぼれなきゃあ、決心がつかなかった弱虫の、最後のお勤めですよ」

「身体の具合が、よくないのですか」

「身体自慢、力自慢なものだから、長いこと、無理を重ねて、身体が言うことを聞いてくれなくなりやした。少々ここがね、くたびれたんでやす」

鬼一は、笑みになって市兵衛へ向き、胸を指差した。

「けどね、唐木さん。自分が心細くなったからって、捨てた女房や娘にすがるつもりは、これっぽっちもありやせんぜ。雑司ヶ谷の宗十郎を最初に訪ねたのは、女房と娘、お袋がどうなったかを確かめ、それから訪ねるつもりでやした。女房や娘の邪魔になるようだったら、顔を出さねえつもりだったし、老いたお袋だけでも引きとるつもりでおりやした。けど……」

と、言い澱んだ。

「遅すぎやした。自分の身勝手が、ただただ、女房や娘にみじめな思いをさせただけでやした。ひどい目に遭わせただけでやした。お袋は、惚けて自分がわからなくなって亡くなったそうでやす。女房は、苦労をかけた末に死なせ、娘は身寄りを失って、心細く、先の望みもなく暮らしておりやした。全部おれのせいだ。全部、この十五年にためた身勝手の、つけなんでやす」

「鬼一さんの負い目はわかります。ですが、あなたのせいではありませんよ」

「いや。おれのせいだ。全部、おれの不始末なんでやす。なんてことだ。あまりに遅すぎて、もうとりかえしがつきやせん」

鬼一は、苦しげに言った。

頭を落とし、苦しさを吐き出すような、長いため息をついた。

酒亭のわきの樒の木で小鳥がさえずり、細渠のせせらぎが聞こえた。ほかに客《かこ》はなく、酒亭の小女が、竈のそばの床几に腰かけ、足をぶらぶらさせて退屈を託っていた。

やがて、はは、と鬼一が高らかに笑った。一本の徳利を持てあまし冷たくなった酒を、気をとりなおしたかのようになめた。

「つまらねえ愚痴話を、長々とお聞かせいたしやした。お許し願《ねげ》えやす」

「鬼一さんの話が聞けて、よかった。お秀さんを思う鬼一さんのお気持ちを、橋本屋のご主人に伝えます。それから、少しでもお秀さんの助けになるよう、ご主人にかけ合います」

市兵衛は床几を立ち、刀を腰に挟んだ。

「わたしはこれで、失礼いたします。勘定を頼む」

と、竈のそばの小女に声をかけた。「はあい」と、小女がこたえた。

「唐木さん、勘定はおれが……」

鬼一が腰を上げたが、市兵衛は手をかざして制し、

「わたしが鬼一さんを、勝手に訪ねてきたのです。これはわたしの仕事です」

市兵衛は小女に勘定を払い、菅笠を着けた。

「わかりやした。では、橋本屋さんには、どうか、よろしくお伝え願えやす」

丁寧な辞宜を、鬼一がかえした。

「鬼一さん、わたしごとき者でも、何か手伝えることがあるかもしれません。町方やそのほかの役人にも、少し知己があります。手助けがいるときは、遠慮なく声をかけてください。わたしは神田雉子町の八郎店に住んでおります」

「神田雉子町の八郎店でやすね。じつは、明後日、宗十郎がおれに、引退相撲を

とらせてくれることになりやした。おれの、本当の最後の相撲でやす。お屋敷の土俵なもんで、お招きはできやせんが、そのあと、もしかすると、唐木さんのお言葉に甘えるかもしれやせん。お秀にわたしてほしい物が、あるんでやす。明後日の夕刻、お訪ねさせていただいて、よろしゅうございやすか」

「どうぞ、遠慮なく。酒を用意して、お待ちしております」

「ありがとう、ございやす。何しろ、お秀は、おれを恨んでおりやす。赤の他人からは受けとれねえと言って、おれがわたそうとしても拒まれた物でやす。唐木さんからなら、受けとってくれるかもしれねえ」

「そんなことはありません。お秀さんに会って、わかりました。お秀さんは、鬼一さんの身を、内心はとても気にかけておられました。それはそれとして、わたしに代わりをと言われるなら、喜んでお手伝いいたします」

市兵衛は鬼一に辞宜をして、酒亭を出た。

その背中に、鬼一が声をかけた。

「唐木さん、助かりやす。唐木さんと相撲をとってよかった。唐木さんが相撲とりになっていたら、大関間違えなしですよ。綱を締めて土俵入りをする、当代一流の大関に間違えなしだ」

九

鬼一は、下高田村の百姓町の店に戻った。夕暮れまでには、まだ少し間があった。西日が表戸の破れ障子を、黄色く染めていた。

少し疲れを覚えた。廃業するはずの相撲の稽古を、久しぶりにやった。思いもよらず、唐木市兵衛と本気の相撲をとってしまった。清々《すがすが》しさと一緒に、おのれの力の衰えを、痛いほどに感じた。

晩の支度にかかるのが、億劫《おっくう》だった。

鬼一は横になった。身体が火照り、少しも寒くはなかった。横になると、不意に、女房のお清と三歳のお秀、老いた母親を残して江戸を出た日の覚えが、鬼一の脳裡をよぎった。胸の鼓動が、頼りなげに聞こえた。

済まねえ——と、思わず呟きがもれた。

鬼一は、本所で生まれ、本所で育った。

父親の国は、出羽《でわ》の本荘《ほんじょう》だった。祖父の代から浪々の身となり、父親は、仕官の道を求め、江戸に出てきたが、仕官の道など、あるわけがなかった。

暮らしの方便のため、本所相生町三丁目の裏店で流行《はや》らない手習所を始めて数年がたったころ、同じ本所の武家屋敷で下女奉公していた下野《しもつけ》生まれの女を妻に娶《めと》り、所帯を持った。

男児が生まれ、磯之助と名づけられたその子が、鬼一である。

父親は、侍らしくせよ、と口うるさく鬼一に言った。

子供のころ、町内の職人や小店の倅らが鬼一の遊び仲間だった。遊び仲間の言葉を真似ると、父親は「なんだ、その言葉遣いは」と、叱りつけた。

何が侍か、というような貧乏浪人暮らしにもかかわらず、侍という気位を死ぬまで捨てきれない父親だった。

十代の半ばをすぎたころから、父親の手習所を手伝っていた。だが、父親と同じ貧乏浪人暮らしが、ほとほといやになっていた。空腹を覚えない日は一日とてない、苦しい暮らしだった。

侍として、形だけの元服はしても、先にあてはなかった。

妻を迎え、一家をかまえることなど、考えられもしなかった。

鬼一が東両国の荒馬部屋に入門したのは、二十三歳のときである。

痩せていたが、背は高く力はあった。相生町の河岸通りや回向院の近くで、相撲とりをしばしば見かけていた。自分が相撲とりになるなど、思いもよらなかった。相撲とりになりたいと、考えたこともなかった。

あのときなぜ、鬼一はそうしたのか、よくわからない。無我夢中で、あのときのことは、おぼろにしか思い出せない。思い出すのは、ただひもじかった。それだけである。

腹が減って堪らず、自分の懐にも家にも一文の金がなかった、というのが、のちになって思いいたった理由だった。

鬼一は、父母にはひと言も告げなかった。ある日、住まいを出て、回向院裏の荒馬部屋をいきなり訪ねた。荒馬部屋に決めていたのでは、なかった。最初に見つけたのが、年寄荒馬源弥の相撲部屋だっただけである。

鬼一は、あと先を考えず、荒馬部屋に弟子入りを申し入れた。

荒馬の親方は、背は高いが痩せ細ってそう若くもない侍風体の鬼一を睨み、相撲のことではなく、「お侍、腹が減っているのけえ」と訊いた。鬼一が、「はい」とこたえると、親方はしかめ面のまま笑った。

「相撲を始めるには、だいぶ遅い。だがまあ、よかんべえ。やれるだけやってみろ。関取になるまで、給金はなしだ。それまで、飯はただで食わしてやる」

それで鬼一は、侍を捨て、相撲とりの道を歩み始めたのだった。

侍を捨て相撲とりになる、と両親に事情を告げたとき、倅が父親を継いで手習所を営《いとな》んでいくと思っていた母親はただ目を丸くしたが、父親は「そうか」と言った。自分が、どうしようもない貧乏浪人だと、一番身に染みていたのは、父親自身だったからだ。

鬼一は、身体が大きく、力があるだけの不器用な相撲とりだった。それでも、遅まきながら、二十六歳で十両に上がった。

初めてもらった給金は、父親の手習所の束脩《そくしゅう》よりはるかに多かった。

鬼一が幕内になる前に、父親は突然の病を得て、痩せ細って亡くなった。亡くなる病の床に横たわった父親は、「形ではない。心が侍を作るのだ」と、なおもそんなことを言った。

侍の気位を死ぬまで捨てず、愚かを承知で、父親は貧乏侍を生涯貫いたのだった。のちになり、自分の中にそんな父親の姿を、鬼一は見つけるようになった。愚かで、頑固で、一徹な父親の性根をおのれの中に……。

女房のお清は、相生町の貧しい職人の娘だった。父親がいなくなったあと、母親は本所相生町三丁目の裏店で、ひとり暮らしをしていた。前頭に昇進し、幕内力士となって家に顔を出した折り、七つ下の十九歳のお清と町内で出会った。

童女のころ、父親の手習所に通っていたので、お清の顔は見知っていた。あのお清が、こんなに美しい娘になっていたのかと、鬼一は驚いた。

「ああ、あのお清かい。器量はいいし、気だてもいいし、嫁にという話は沢山あるようだね。磯之助、お清が気に入ったのかい」

と、母親は言った。

そのとき、お清の嫁入り先は決まっていた。母親はそれを知らずに、相撲とりの倅の嫁に、と話を持っていった。お清の嫁ぎ先は決まっていると断った職人の父親に、鬼一の許に嫁ぎたいと言ったのは、お清自身だった。

半年後、鬼一はお清と所帯を持った。同じ町内の二階家の裏店に越し、夫婦と母親の三人の暮らしが始まった。

二十八で小結に昇進し、二十九で関脇、三十歳のとき、お秀が生まれた。

お清と所帯を持ってから、鬼一は自分が強くなっている、と感じ始めた。身体に漲る力に、心が備わったように感じられた。《土俵の鬼》と呼ばれ、人気が高まったのは、そのころからである。

おれは大関になる、と鬼一は思った。お清、お秀、おっ母さん、おれは大関になるぜ、と思いながら相撲をとった。だが……

鬼一は、目覚めた。

表戸の破れ障子に、さっきと変わらぬ黄色い西日が射していた。

ほんの束の間の眠りのうちに、すぎたときが甦《よみがえ》り、そして消えた。するど、
突然、涙があふれ出し、横たわった畳を濡らした。くぐもった声が聞こえ、それが自分の泣き声だと、すぐに気づいた。

済まねえお清、済まねえお秀、済まねえおっ母さん、みなを不幸せにした、と破れ障子へ空ろな目を投げ、心の中で繰りかえし詫びた。

表戸の外に人の足音がしたのは、そのときだった。

黄色い西日をさえぎって、幾つかの人影が破れ障子に差した。

「畏《おそ》れ入りやす。雑司ヶ谷の宗十郎親方のお身内の、鬼一さんのお住まいとうかがい、お訪ねいたしやした。ええ、鬼一さん、畏れ入りやす」

と、太い声が外でかかった。

鬼一は上体を起こし、胡坐をかいた。慌てて、袖で涙をぬぐった。

まだ、頭がぼうっとしていた。

破れ障子の穴に、人の目が見えた。

「誰か、おりやす」

「かまわねえから、開けろ」

「へい。失礼いたしやす」

表戸が引かれ、着流しの若い衆が二人、薄暗い店をのぞきこんだ。部屋で胡坐をかいている鬼一と目を合わせ、二人は鬼一に会釈を寄こした。

二人とも大男だったが、後ろに、顔の口元から上が低い軒に隠れて見えない二人よりも大きな男が、西日をさえぎって路地に立っていた。大男は、太縞の着流しの上に黒の羽織を着けていた。

若い衆がふりかえり、後ろの大男を見上げて言った。

「いらっしゃいやすぜ」

ふむ、と大男は上体をかがめ、小さな表戸をくぐって土間へ入ってきた。素足に履いた釜《かま》の蓋のような大きな雪駄が、土間に音をたてた。

大男が入ってくると、西日がさえぎられて、店の中はいっそう薄暗くなった。

鬼一は胡坐をかいたまま、薄らと毛の生えた月代に、髷の刷毛先が空を向いた大男を見上げた。

おお……

と、思わず声が出た。十七歳の怪童の面影が、甦ったからだった。

関脇の又右衛門は、煤《すす》けた天井につきそうな頭をかがめていた。鬼一を見おろし、こんな老いぼれだったか、というふうに首をかしげた。

「鬼一さん、かい。土俵の鬼の……」

太い声が、言った。十五年前、神田明神の土俵で聞いたときは、もっと甲走った若衆の声だった気がした。

「武甲山部屋の、又右衛門さんでやすね。ご無沙汰いたしておりやした」

鬼一は居ずまいを正し、又右衛門へ頭を垂れた。

「やはり、鬼一さんだったかい。驚いたぜ。鬼一さんほどの相撲とりが、こんなあばら家で寝泊まりしているとは、思わなかった」

「江戸相撲で人気の高え関脇の又右衛門さんとは、比べられもしねえ浪人相撲でやす。雨露がしのげるだけでも、ありがてえことでございやす。今日は、両国より遠路はるばるのおこし、畏れ入りやす。雑司ヶ谷と申しやしても、ここら辺は雑司ヶ谷とも離れた百姓町。あばら家でございやすが、お上がりくだせえ。若い衆も、どうぞ。急ぎ湯を沸かし、茶を淹れやす」

「かまうことはねえ。茶を呑むために、雑司ヶ谷まできたわけじゃねえ。明後日の、尾張家下屋敷の御前相撲の件さ。余興の江戸相撲と雑司ヶ谷の浪人相撲どもの五番勝負について、今日、浪人相撲どもを仕きる宗十郎の親方が、段どりをとり決めるため、うちの親方を訪ねてきた。五番勝負の土俵におれも上がるが、なんと、おれの相手が鬼一さんと聞いて、たまげた」

「その件で、ございやしたか。宗十郎さんが仰るには、あくまで御前相撲の余興で、勝敗の筋書きのできた取組。昔懐かしい関脇鬼一の名があれば、相撲好きの殿さま方に、喜んでいただけるのではねえか、それを引退相撲にすればいいのではねえかとおだてられ、人気力士の又右衛門さんと同じ土俵に上がらせてもらえると思っただけで胸が少々躍り、承知いたしやした次第で」

「筋書きのできた取組なんぞ、馬鹿ばかしくてやっていられねえ。ましてや、相手がどこの馬の骨とも知れねえ浪人相撲なら、なおさらのことだ。だが、親方に出ろと言われりゃあ、いやだが出ざるを得ねえ。ところがよ、その浪人相撲の相手が鬼一と聞いて、背中がざわついた。土俵の鬼の鬼一が、まだ相撲をとっていたのかってな。おれは、あんたがとっくに相撲を廃業していると、思っていた。悔しい思いも忘れていたのさ」

又右衛門の釜の蓋のような雪駄が、ずず、と土間をこすった。

「あれは、十五年前の神田明神の、幕内最初の場所だった。七連勝のあと、八日目におれは鬼一に敗れた。鬼一はおれの前に堂々と立ちはだかって、おれを退けた。おめえなど小僧だというみたいにな。あんなに悔しい負けは、あとにも先にもねえ。おれは次の相撲で、鬼一を叩きのめすと腹の底から思った。ところが鬼一は、おれの前から失せやがった。江戸相撲を廃業だ。つまらねえ喧嘩なんぞしやがって、江戸払いだとよ。笑わせるぜ」

又右衛門は、覆いかぶさるように鬼一へ顔を近づけた。そして、

「だから、鬼一さん、おれの相手が鬼一と聞いて、あり得ねえことが起こったと思ったのさ」

と、太い声を響かせた。

「十五年前、おれの前に堂々と立ちはだかった土俵の鬼が戻ってきた、鬼一を叩きのめし、十五年前の悔しさをはらす機会がきたと、つい思いこんじまった。相手が浪人相撲だからって、遠慮はしねえ。筋書きのある相撲じゃなく、本気の相撲を鬼一ととろうじゃねえか。それを言いにきたのさ。もう一度、土俵の鬼と怪童の相撲を、正々堂々ととろうじゃねえかとな」

それから、鬼一へ近づけた顔をそらし、粗末な店を見廻した。

「ふん、そうだよな。気を落ちつけて考えりゃあ、すぐにわかることだ。そんなことが、あるはずはねえんだ。おれは三十二歳の江戸相撲の関脇。鬼一さんは四十七歳のじいさんだ。じいさんとおれじゃあ、話にならねえことぐらい、子供にだってわかる理屈だぜ。無駄足だったぜ。おめえらもそう思うよな」

又右衛門の太い笑い声が、薄暗い店を震わせた。付人の若い衆らも、無駄足でやした、と笑った。

「明後日は、鬼一さんが怪我をしねえように、ちゃんと手加減するからよ、心配はいらねえ。あんたも無理せず、上手くやるんだぜ。これも、おれの廻り合わせだ。土俵の鬼の引退相撲に、つき合ってやるぜ。鬼一さん、邪魔したな」

又右衛門は、丸めた背中を鬼一に向けた。

表戸をくぐって西日の降る路地に出ると、窮屈そうに縮めていた身体を伸ばし、大きな顔が軒に隠れて見えなくなった。路地に雪駄を鳴らし、付人の二人の若い衆は、店の鬼一に見向きもせず、又右衛門を追った。

表戸は開けたままで、路地にできた陽だまりが見えていた。

又右衛門との相撲は、今でも、初めから終わりまで全部、覚えている。

神田明神の冬場所の、十日興行の八日目だった。十七歳で新入幕を果たした又右衛門の、最初の場所だった。

初日から七連勝し、関脇の鬼一との取組が、急遽、組まれたのだった。

江戸相撲一の巨漢と怪力に物を言わせ、怪童と呼ばれた力士だった。

立ち合いから、いきなり、右と左の張り手を二発喰らった。凄まじい張り手だった。だが、力任せの荒っぽい相撲で、相撲の技は、まだ未熟であることはわかっていた。

最初の張り手を堪えれば、負けはしねえ。負けるわけにはいかなかった。すでに三十二歳の鬼一には、大関の声がかかっていた。

又右衛門の張り手を堪え、両まわしをとった。

両まわしをとられた又右衛門は、鬼一の両腕を抱え、なおも力任せに極《き》めにかかった。鬼一はまわしを引きつけ、肘を折って強烈な極めに耐えた。そして、両腕を抱えたまま極め出そうとする又右衛門の巨体を、高々と吊りあげた。

あのとき、神田明神の相撲小屋が、凄まじい喚声に包まれた。

又右衛門は、土俵から浮いた両足をばたつかせた。それは、大きな石像を抱えているような重さだった。又右衛門は暴れ、上から鬼一を押し潰そうとした。

だが鬼一は、一歩一歩、又右衛門を土俵の外へ運んでいった。

又右衛門は、土俵の外へ吊り出されると、鬼一への悔しさを隠さず、「くそっ。次は負けねえぞ」と吐き捨てた。

さっきの太い声より、甲走った若い声だった。

回向院の冬場所のあと、年の明けた春の芝神明の場所で、鬼一は間違いなく大関に昇進するだろうと、相撲好きの間では評判になっていた。

「鬼一は、さすが元は侍の出だ。相撲に品格がある」

「今の関取の中じゃ、綱を締めて土俵入りが許されるのは、鬼一だけだ」

江戸の相撲好きは、そんなふうに言い合った。

だが、鬼一に年の明けた場所はなかった。又右衛門とも、再び相撲をとることはなかった。

鬼一は、薄暗い店から、路地の陽だまりをじっと眺めていた。どれくらいときがたったかもわからないくらい、動かなかった。胸の鼓動が聞こえている。やがて陽だまりは消え、路地は青みがかった影に包まれた。

ふと、鬼一は顔を上げた。小さく膝を打ち、ひとり言《ご》ちた。

「幕引きか……」

十

翌日の夕刻、市兵衛は、深川油堀端の喜楽亭にいた。

市兵衛の隣には、京橋に近い柳町の医師の柳井宗秀、卓を挟んで北町奉行所定町廻り方同心・渋井鬼三次、手先の助弥の四人が、醬油樽の腰掛にかけ、ひと廻り大きな醬油樽に長板をわたした卓の周りを囲んでいた。

渋井のそばには、瘦せ犬の居候が、大人しく坐って尻尾を店の土間に遊ばせている。渋井が声をかけるたびに居候は、さいですね、とかえすかのようにいつも小さく吠える。

隣の卓では、西永代町《にしえいたい》の干鰯《ほしか》市場で働く人足らが、賑やかに呑んでいた。

そろそろ燗でもよい晩秋の夜寒だが、市兵衛ら四人は、冷酒の徳利に、亭主の拵えた甘辛い煮つけ、さっと炙ったぱりぱりの浅草海苔、胡瓜や大根、人参茄子の浅漬けが肴である。

「……そうかい。そいつあ、順吉の一件から妙な仕事を押しつけられたじゃねえか。そっちの手間賃は、橋本屋から払ってもらえたのかい」

渋井がぐい飲みをひと息にあおってから、ひそひそ声で言った。

「橋本屋の主人は、順吉とお秀の件は、旗本の竹崎伊之助の一件のかけ合いと同じ筋のかかわりだから、そっちの手間賃は竹崎のほうが持つべきだと、払ってくれそうにありません」

「ふふん、さすが、損得に厳しい札差らしいぜ。橋本屋の茂吉か。おれのほうからひと言、釘を刺してやろうか」

「それはやめてください。わたしも、昨日、お秀と鬼一に会って、もうよい、と思っているのです。橋本屋の茂吉は、お秀の借金を綺麗にしたうえで、お秀が産む子の養育にかかる要り用は引き受ける、と了承しております。お秀と鬼一が、順吉と二度とかかわりを持たないという約束のうえで、ですが」

「その、二度とかかわりを持たねえという約束が、十八のお秀には、むごい仕打ちに思えやすね」

と助弥が、渋井の空の杯に徳利を差しつつ、これも声をひそめて言った。

「そりゃそうだ。年が明けて十九の娘が、父親のいねえ子を産んで、女手ひとつで育てていこうと言うんだ。楽じゃねえぜ。ちょっと、哀れだね」

「順吉はお坊っちゃん育ちの意気がった不良でやすが、存外、気だてのいいところがあるんで、あっしは、嫌いじゃねえんでやすがね。茶酌女と客の間柄だろうが、生まれてくる子にはかかわりねえんだから、そこはなんとかならねえもんなんですかね」

助弥は、市兵衛と宗秀の杯にも酒をつぎつつ、なおも言った。

「親父は御蔵前の札差だ。ああいう親父に逆らうのは、容易じゃねえ」

「親父のすねかじりの不良が、今度は、お武家の養子になって二本差しってわけでやすか。妙な世の中になりやしたね」

「まったく、妙だぜ」

渋井と助弥と宗秀が、笑い声をくぐもらせた。

「わたしも、少し後ろめたいのです。竹崎の一件は、助弥が橋本屋の順吉を知っていたお陰で上手く話をつけられましたが、そのことが一方で、お秀をつらい目にあわせる事態になったと、言えなくはありません」

市兵衛は、苦笑を真顔にかえて言った。

「お秀は、順吉にすがる気はまったく持っておりませんし、鬼一も、お秀とお腹の子をどうするつもりだと、つい手荒な真似をしましたが、お秀の父親としてあたり前の心配をしただけで、ほかに何かを求めているわけではないのです。お秀と鬼一に会って、二人とも驚くほど無欲だし、けな気でした。そのけな気さが、今度はちょっと身に染みました」

助弥が、ふうん、とうなった。

すると宗秀が、「市兵衛、もっと呑め」と、徳利を差した。

「金で話をつける、というのもひとつの手だてだ。誰もみなが、満足できる落着を図るのはむずかしい。茶酌女ごときと侮っていた橋本屋が、お秀の抱える借金の清算や、生まれてくる子の養育の要り用を引き受けたのは、仲裁に入ったのが市兵衛だからこそだよ。市兵衛が、後ろめたさを覚えることはない。その手だてで、お秀が助かることは間違いないし、鬼一も少しは安心できるだろう」

「そうだ。おれもそう思うぜ。なあ助弥、おめえも思うだろう」

「へえ、思いやす」

居候が、渋井を見上げ、遠慮がちに吠えた。あまりはしゃいで吠えると、調理場の亭主に叱られるからである。

「ところで、旗本の竹崎には、鬼一とお秀の事情を話したのかい」

渋井が訊いた。

「この話はいっさいしていません。竹崎と鬼一は、竹崎がまだ鳴山家にいたころに、妙な因縁があるのですが、それはこのたびの一件とかかわりがありませんので、余計なことを言わないようにしています」

「そうかい。おぞう甚助が命を落としたあの一件は、おれは若え同心だったが、気の毒なお裁きだったと、よく覚えているぜ。鬼一は悪くねえのに、江戸払いになって相撲を奪われた。間違えなく、大関になるはずだったのによ」

「あっしも、鬼一の相撲は覚えておりやす。土俵の鬼と評判になり始めた小結に昇進するころで、親父に深川八幡の場所の相撲小屋に連れてってもらって、そこで観やした。相撲とりにしちゃあ、あんまり丸くなくて、すらりとしていやして、強くは見えねえが、それが強えんだ。強えなあって、子供心にも思いやした」

「そうそう。力だけじゃなくて、鬼一の相撲は、相手の隙の一瞬を逃さねえきれがあった。いい相撲とりだったのにな。あれから、十五年もたったかい。宗秀先生は鬼一を知っているかい」

「十五年前は、まだ信濃《しなの》の下《しも》伊《い》那《な》にいた。鬼一の相撲は観たことはない。土俵の鬼の噂を聞いたことはあるがな」

「市兵衛は上方にいたから、鬼一の相撲は観たことがねえわけだ。惜しいねえ。市兵衛に鬼一の相撲を見せてやりたかったぜ」

はい——とこたえつつ、市兵衛は、昨日、南蔵院の境内で鬼一ととった相撲を思い出した。

「じつは、昨日、南蔵院で……」

と言いかけたとき、隣の卓の干鰯市場の人足らが、鬼一の話を聞きつけ、声をかけてきた。

「旦那、相撲とりの鬼一なら、あっしらも知っておりやすぜ」

「お？　おめえらも土俵の鬼を覚えているかい」

渋井は人足らへ、軽やかな口調でふりかえった。鬼しぶという渾名の渋面で渋井は知られているが、性根は愛嬌のある町方である。

「覚えておりやすとも。あっしら貧乏人は、相撲小屋なんぞいけやせんが、浅草観音さまの花相撲で、鬼一を見たことがありやす。あっしら、まだ十八、九の若僧でやした。ああ、あれが土俵の鬼かと、感心して観た覚えがありやす。あいつは、今に大関になって、綱を締めて土俵入りをするぜってなことを言いながら、なあ。あのころは、鬼一の名を大人も子供もみんな知っておりやしたぜ」

「そうかい。浅草観音さまの花相撲で、鬼一を見たことがあるのかい」

人足らが、ふんふん、と頷いた。

「そうそう、旦那。鬼一が今、江戸に戻ってきたという噂が流れておりやすが、ご存じでやすか」

別のひとりが言った。

「噂は聞いている。それで、鬼一の昔話をしていたところさ」

渋井は、あたり障りなくこたえた。

「旦那、鬼一はやくざの親方と喧嘩になって死なせてしまい、江戸払いになったと聞きやした。江戸払いになった当人が、江戸に戻ってきても、かまわねえんでやすか」

「鬼一の江戸払いは、たとえ喧嘩でも、相手を死なせた咎めはまぬがれず、という喧嘩両成敗みてえなお咎めだった。鬼一が悔悛《かいしゅん》している明かしができれば、御仕置申しつくべき処、旧悪の儀につき差し免《ゆる》し、となってもおかしくねえ。その明かしをできたかどうかは知らねえが、十五年も昔のことだ。鬼一が江戸に戻ってきたからって、所詮、噂さ。今さら詮索することはねえし、その気もねえ。放っといてやればいいのさ。まあ、訴えでもあれば別だがな」

「それに、たとえ旧悪になっても、江戸相撲に戻れるわけじゃねえ。相撲とりが相撲をとれねえってえのは、打ち首も同然の咎めを受けたんだぜ」

助弥が言うと、人足らはそろって頷いた。

「そりゃ、そうっすね。あっしの聞いたのはね、鬼一が江戸に戻って、雑司ヶ谷の柄の悪い浪人相撲らにまじって、まだ相撲とりをやっているっていう噂なんです。しかも、ずいぶん老いぼれで、まともに相撲のとれねえじいさんが、よたよたしながら相撲をとっているらしいですぜ」

そのとき、調理場にいた亭主が、仕きりの棚の出入り口から向こう鉢巻を締めた顔をのぞかせた。

「鬼一が、江戸に戻っているのかい」

「そうだよ。おやじさん、聞いてねえかい。土俵の鬼の鬼一が、江戸に戻って、野相撲で稼いでいるらしいぜ」

「どこの野相撲だ。観にいくぜ」

「雑司ヶ谷さ。けど、もうよぼよぼのじいさんらしいぜ。おやじさんとなら、いい相撲になりそうだけどよ」

「そうかい。なら、おらもまわしを締めて、鬼一と相撲をとるぜ」

亭主と人足が軽口を飛ばし、高笑いをした。居候が吠え、みなが鬼一の昔話で盛り上がる中、市兵衛は宗秀にそっと訊ねた。

「先生、鬼一は今、四十七歳です。身体がだいぶ弱っているようなのです。たぶん、心の臓が悪いのではないかと、思うのです。長い間、旅暮らしを続け、無理をしてきたせいかもしれません。本人を連れていきますから、一度、診ていただけませんか」

「どんな様子なのだ」

市兵衛は、鬼一が、一昨日《おととい》の雨の御蔵前通りでうずくまった様子や、昨日の南蔵院で相撲をとったあと、しばらく起き上がれなかったあり様を話した。

「そうか。一度、診てみよう。長年無理をして、心の臓が弱っているのなら、もう相撲をとってはいかん。四十七なら、とうに相撲をやめていい歳だ。穏やかに暮らさねばな」

「明日、引退相撲をとって、それで本当に相撲は終わりだと言っていました」

「引退相撲？　勧められん。最後の一番が、命も最期になるかもしれんぞ。それに、元々、心の臓に病を抱えていたとしたら、医者は手の施しようがない。当人の養生に任せるしかないのだ」

お秀の具合は、すぐれなかった。具合のすぐれないのを我慢して、客の相手を

務めた。酒の客の相手をするときは、呑むふりをした。客が途ぎれると、白滝の前の往来へ出て、

「おはいんなせ」

と、客引きをした。

お三重姉さんが気遣って、お秀が楽になるように計らってくれるので、茶酌女の仕事はまだ続けられた。できるところまで働いて少しでもお金を貯め、白滝のこれまでの借金を橋本屋さんに甘えて清算し、などと考えていた。

そのためには、順吉とは会わない約束だった。

順吉にもう二度と会えないと思うと、胸が締めつけられた。前掛の帯の上からお腹をさすり、おまえも我慢してね、これからは二人で生きるんだよ、と言い聞かせて、お秀はせつなさを堪えた。

それにしても、橋本屋さんとの間に仲裁に入った唐木市兵衛さんのお陰で、わたしとお腹の子は助けられた。子供を産み、育て、それから先、母と子二人だけで暮らしていく不安が、唐木さんの仲裁によって、やわらげられた。

唐木さんは、橋本屋さんに雇われたのに、わたしの身を心から案じてくれた。いったい、どれほど救われたことか。唐木市兵衛という侍の気遣いに、お秀の胸

は熱くなった。

唐木さんは雑司ヶ谷へ、あの人にも会いにいってくれた。あの人は、二度と、橋本屋さんにいかないし、順吉にも会わないし、自分の前にも現われないだろう。わたしに、お父っつあんはいなかった。これからも、いない。それでいいのさ。何も変わりはしない。お秀は思った。

ただ、昨日、唐木さんが雑司ヶ谷へあの人に会いにいくなら、伝えてほしいと言いかけたことを、お秀は思い出した。言いかけて、お秀は言わなかった。何を言いかけたのか、思い出せなかった。

「お秀ちゃん……」

客のお膳を台所へ戻しにいったとき、お三重姉さんが、こっそりそばへきてささやいた。

「元柳橋で、橋本屋の順吉さんが待っているよ。いってあげな」

「えっ」

どうしよう、とお秀は戸惑った。

「ちょっとの間なら、ご主人には上手く言っとくから。順吉さんには、ここはきっぱりと言うんだよ。負けちゃあ、駄目だよ」

お三重姉さんだけは、お秀の事情を知っている。

お秀はお三重姉さんに掌を合わせ、勝手口から路地に出て下駄を鳴らした。

薬研堀の堤道をゆくと、大川端の柳の木の下に、薬研堀に架かった元柳橋の袖が見えた。夕暮れの暗がりの中に、大川端をゆく人通りの提灯の明かりが見えた。大川にも、船の明かりがちらほらと浮かんでいる。

順吉の着流し姿が、元柳橋の手すりに凭《もた》れ、大川のほうを眺めていた。提灯を持たず、黒い影が大川のほうへかしいで、うずくまっているような格好だった。橋には、順吉の人影しかなかった。元柳河岸の船寄場にも、船寄場に繋《つな》がれた船にも、人影はなかった。

大川端を包む夕暮れの静けさを、堀端の白滝のほうから聞こえる酒宴の嬌声がかすかに破っていた。

お秀の下駄の音を聞きつけ、順吉の影が起き上がった。ちょっと、きまり悪げにお秀のほうへふり向いた。

「順吉さん……」

下駄を鳴らしながら、お秀が先に言った。つい、顔がほころんだ。きまり悪げながら、順吉の愛嬌のある二重が微笑んだ。

お秀は橋の袖から、橋板に下駄を鳴らし、ゆるやかに反った橋の半ばへのぼっていった。順吉は橋の半ばに佇み、お秀を見守りつつも、動かなかった。

お秀が二間（約三・六メートル）ほどを空けて佇むと、「お秀」と、頼りなさそうな声を寄こした。

「済まねえ、お秀。一昨日から、親父にきつく言われて、外へ出られなかったんだ。部屋に押しこめられて、見張りもつけられてさ。誰にも会わせてくれなかった。まいったぜ」

「いいのよ、順吉さん。あの、わたしね……」

「おめえ、お腹に、子ができたんだって」

お秀は頷いた。

「済まねえ。知らなかったよ。不安だったろうな。一昨日の雨の日、たぶん、おめえのお父っつあんの鬼一さんだと思うけど、おれんとこへきたんだ。おめえに会うため、天王町の店から出たばかりの御蔵前の通りだった。鬼一さんに、おめえに子ができたことを言われ、お秀をどうするつもりだと、胸ぐらをつかまれた。さすが元相撲とりだ。でかくて力が強かった」

「ごめんね、順吉さん」

「おめえが、謝ることはねえ。胸ぐらをつかまれても、手加減してるのは、わかった。ただ、だいぶ具合が悪いみたいだった。助けにきたうちの手代の二、三人をあっという間にぶっ飛ばしたら、急に苦しそうに跪《ひざまず》いちまってよ。おれが、お秀のお父っつあんの鬼一さんかいって訊いたら、何も言わずにいっちまった。あれは、おめえのお父っつあんの鬼一さんだったと思うぜ」

こくり、とお秀は頷いたが、目を伏せてすぐに首を左右にした。

「あの人は、お父っつあんだったけど、おっ母さんとわたしと祖母ちゃんを捨てて、それからはお父っつあんじゃなくなった人なの。今は、赤の他人なの。わたしは何も言っていないけど、お三重姉さんが気にかけて、あの人に順吉さんのことを話したみたいなの。ごめんね。それで勝手にあんなことを……」

「それで、いいんだよ。親ならそれが当然さ。あのあと、どういうことかと親父に問い質され、おめえにどうやら子ができたらしいと言うと、親父が怒って一昨日から押しこめ状態さ。けど、心配はいらねえ。おめえもお腹の子も、おれがちゃんと面倒を見るからよ。全部、おれに任せておけ。おめえが心配しねえように、それを言いにきたのさ。だから、今日は遊べねえんだ」

「心配は、していないわ。順吉さんのお父っつあんとは、もう話がついたの。仲裁役の唐木市兵衛というお侍さんが、順吉さんのお父っつあんにお金を出してくれるようにかけ合ってくれて、わたしと生まれてくる子が、つつがなく暮らせる目処がたっているの。だから、順吉さんは、わたしや生まれてくる子供のことは気にかけず、養子縁組の話を進めたらいいの」

「何を言う。そんなわけには、いかねえ。おれは、おめえとお腹の子を……」

わたしとお父っつあんが――と、お秀は思わず言って、順吉をさえぎった。

「順吉さんと決して会わないことが、お金を出してもらうための約束なの。だから、順吉さんは、二度とここへこないで。約束を守らないと、お金を出してもらえなくなって、困るのはお腹の子供なのよ」

「冗談じゃねえ。そんなわけにはいかねえと、言ってるだろう」

順吉が大声で言った。大川の暗い川縁から、順吉の声に驚いた水鳥が羽音をたてて飛びたった。順吉は、荒々しく橋板を鳴らしてお秀に歩み寄り、細長く筋張った両腕の中に、お秀のふっくらとした身体を抱き締めたのだった。

瘦せているのに存外強い力で、ぎゅうっ、と抱き締められた。少し息苦しいほどだった。その息苦しさが、うっとりする心地よさにお秀を包んだ。何かしら、おかしいぐらいに心地よかった。

提灯をさげた通りがかりが、ちら、と明かりをお秀と順吉のほうへ向け、咳払いをして元柳橋を渡っていった。

「心配すんな。おれがなんとかする。親父の指図どおりにはさせねえ。ちょっとの間、我慢して待っていてくれ。必ず、迎えにくる。いざとなりゃあ、家だって出る覚悟はできている。おれたちで所帯を持つのさ。いいな」

お秀は、あの人もおっ母さんに、五年待っていてくれ、必ず迎えにくる、と言ったのね、とぼんやりと思った。順吉が愛おしくて、堪らなかった。

でも、自分たちの所帯を持つことなどできないのはわかっていたから、せつなくて、とてもつらい気持ちになった。

涙がこぼれそうなのを、お腹の子のことを考えて堪えた。

「順吉さん、お願い。帰って。わたしたち、会ってはいけないの」

お秀は、自分を懸命にはげまして言った。

十一

本所元町東両国の往来から路地に入った観音吉五郎の店に、吉五郎の代貸の弁治郎が戻ってきた。

弁治郎は、黒の印半纏《ばんてん》の若い衆らが、「代貸、お戻りなせえやし」と口々に迎える中を、店裏の座敷へ通った。

「弁治郎でやす。ただ今、戻りやした」

廊下で、襖ごしに声をかけた。

中の笑い声にまじって、吉五郎の甲高い声が、「おう、弁治郎か、入《へ》えれ」とかえってきた。

座敷には、吉五郎と小石川の旗本・竹崎伊之助、本所で心貫流《しんぬきりゅう》の道場を開く間宮重郎《まみやじゅうろう》と師範代の霧野完五《きりのかんご》の四人がいて、吉五郎と竹崎が向かい合い、庭側にたてた明障子を背に、間宮と霧野が並んで着座している。

二台の燭台が座敷を明るく灯し、銘々の囲む膳を照らしている。

「親分、武甲山部屋へいって、訊いてめえりやした」

弁治郎は、吉五郎のそばへ膝を進め、神妙な口ぶりで言った。

竹崎と間宮と霧野が、酒でわずかに赤らんだ顔に薄笑いを浮かべて弁治郎を見つめている。

「そうかい。どうだった」

吉五郎が、手に杯をさげた格好で、弁治郎へ顔を向けた。

「へい。間違えありやせん。明日、大久保の尾張さまの下屋敷で、お大名衆五家の申し合わせの御前相撲が催されやす。本番の取組前に、余興で、お大名衆のお抱えじゃねえが、人気と力の備わった江戸相撲五人と、雑司ヶ谷界隈に集まる浪人相撲の中から、強えのを選《え》りすぐった五人が、五番勝負をお大名衆にお見せする趣向でやす」

ふむ、と吉五郎は頷き、杯を舐めた。

「その浪人相撲の選りすぐりの中に、鬼一がいるってえのかい」

「それも、間違えありやせん。と言いやすのも、雑司ヶ谷の浪人相撲らの中から選りすぐりを集める世話役の親方が、宗十郎という元江戸相撲の力士でやす。親分、宗十郎の名に聞き覚えはありやせんか」

「宗十郎？　もしかしたら、親父がひいきにしていた荒馬部屋の宗十郎かい」

「そのとおりで。先代のおぞう甚助の大親分と鬼一の、因縁の元になった、あの十両の宗十郎でやす」

「宗十郎か。宗十郎ならおれも覚えているぜ。甚助親分の賭場で、遊び呆けていやがった宗十郎だな」

竹崎が口を挟んで、杯をあおった。

「宗十郎は雑司ヶ谷の百姓の倅で、相撲を廃業して雑司ヶ谷に戻ってから、百姓仕事の傍ら、界隈の浪人相撲らを集めて野相撲を催し、小銭を稼いでいやがった。それが、だんだんと近在の神社の祭礼やら寺の奉納相撲の催しやらに声がかかるようになって、今じゃ、部屋こそねえが、雑司ヶ谷界隈の浪人相撲らを仕きる年寄みてえな顔利きと一目おかれ、羽振りもなかなかのようですぜ」

「なるほど。宗十郎の世話だったのか」

「それから、親分、鬼一の明日の相手でやすがね」

弁治郎が言い、うん？　と吉五郎が首をひねった。

「武甲山部屋の関脇又右衛門ですぜ」

「なんだと？　又右衛門がそんな余興に出るのかよ」

吉五郎は、尖った目を瞠った。

又右衛門の名を聞き、間宮と霧野が、おお、と声を同時に上げた。

「明日の本番は、五家のお抱え相撲と部屋持ち五人の関取の五番勝負の取組でやすが、関取を世話する寄方が武甲山部屋の年寄でやす。当然、本番はお抱え相撲に花を持たさなきゃならねえ。そこで、本番の余興に、浪人相撲との本気の取組で浪人相撲をことごとく負かし、江戸相撲の強さをお見せする趣向でさあ」

弁治郎は、徳利をとって吉五郎に「どうぞ」と酌をした。

「武甲山の年寄としても、世話役をやるからには、武甲山部屋から知られた名の関取を出さなきゃならねえ。関脇の又右衛門なら、お大名衆に喜んでもらえるだろうということになった」

「又右衛門は、怪力自慢の荒っぽい相撲で評判だからな。浪人相撲を張り倒すのは、見ものだな」

間宮が言った。

「とうに大関になってもおかしくないのに、又右衛門の荒っぽい相撲が災いして、未だ大関になれない。だが、力は江戸相撲一と言われておる。又右衛門の張り手をまともに喰らったら、顔が潰れるぞ」

と、隣の霧野が大袈裟《おおげさ》にかえした。

間宮と霧野は、本所の道場主と師範代ということになっているが、それは表向きで、実情は観音吉五郎が界隈で開く賭場の用心棒である。

「先生方の仰るとおり、又右衛門の相手が、浪人相撲のほうでなかなか決まらなかった。又右衛門が相手では、と浪人相撲らがどいつもこいつも尻ごみをしやがった。ただし、本気と言っても、筋書きはあるんでやす。筋書きはあるが、本気らしく見せなきゃならねえ。だから、又右衛門の容赦のねえ張り手を喰らう。あれを喰らうのは、そりゃあ誰だってご免でさあ」

「宗十郎が、鬼一を説き伏せたのかい」

「そうでしょう。そうとしか考えられやせん。あんな老いぼれの鬼一に又右衛門と相撲をとらせるとは、宗十郎も食わせ者でやすぜ。相撲好きのお大名衆なら、土俵の鬼と呼ばれた鬼一の名は知っているはずでやす。その土俵の鬼が江戸に帰ってきて、江戸相撲一の怪力の又右衛門と相撲をとる。となりゃあ、お大名衆の関心は盛り上がるでしょう。そりゃあ、見た目は老いぼれていやすがね」

弁治郎は、吉五郎の様子をのぞくようにして続けた。

「昨日、宗十郎が武甲山の年寄に、又右衛門の相手が鬼一に決まったと伝えにきて、年寄はずいぶん驚いたそうでやす。鬼一がまだ相撲をとっていたのかとね。鬼一は、確か、四十七。武甲山の年寄よりも年上でやすからね」

「明日のその相撲、観てえな。又右衛門に鬼一の野郎が叩き潰されるところを、見物してえじゃねえか」

吉五郎は、赤い唇を不敵に歪めた。

「尾張さま下屋敷の、御前相撲でやすからね。どこぞに伝《つて》が、ありゃあいいが」

「おれの実家の鳴山家は、御公儀の新番組だ。尾張家の番方の頭に、伝がある。そいつに頼めば、下屋敷に入るのは簡単だ。吉五郎はおれの従者として従えば、いけるぜ」

と、竹崎がにやにや顔を吉五郎へ向けていた。

「そいつは、ありがてえ。竹崎さま、お頼みできやすか」

「尾張家なら、任せろ」

竹崎は赤い舌を出し、杯をぺろりと舐めた。

「弁治郎、決めたぜ。明日だ。明日の御前相撲のあとだ。これは、死んだ親父が導いてくれたんだ。親父の仇を討つときがきたのさ。十五年前の親父の恨みを、はらす機会が、やっときたんだぜ。鬼一の野郎、いつでも受けてたつと言っていやがった。あの野郎がその気なら、こっちも正々堂々と名乗り出て、親父の仇討をやってやる」

「やりやしょう。あっしの目の前で、大親分を殺された。あっしにとっても、鬼一は親の仇も同然でやす。長年の借りを、かえしてやりやす。じゃあ明日の、人数をそろえておきやす」

「大勢は要らねえぜ。相手は相撲とりでも、もう老いぼれだ。おれひとりで十分と言いてえところだが、万が一のことがある。おれとおめえと、あとは小金次《こきんじ》と助蔵《すけぞう》と村治《むらじ》を連れていく。あいつら三人は、親父のころからいる手下だ。それで十分だ。幾ら仇討でも、目だたねえようにしてえ。いいな」

「承知しやした。吉五郎。小金次と助蔵と村治なら、腕もたちやす」

「待て待て、吉五郎。おれもいくぜ。おぞう甚助親分は、おれにとっては義兄弟の契りを結んだ兄きだ。おれには、兄きの仇を討つ名分がある。おれとて、鬼一を見すごすわけにはいかねえ」

竹崎が言った。

「吉五郎親分、われらもいくぞ。日ごろ、吉五郎親分の禄《ろく》を食《は》んでおるのは、こういうときのためだ。親分の仇討、われらも助っ人いたす」

「おう、むろんだとも。親分、われらにこそ、鬼一を斬れと命じてくれ」

間宮と霧野が言った。

「竹崎さま、先生方、まことにありがてえお志。礼を申しやす。だが、これはおぞう甚助のあとを継いだ観音吉五郎が、やらなきゃあ義理のたたねえ務めでやす。十五年待って、ついにこのときがきやした。竹崎さまと先生方には、仇討の見届け人として、きていただきやしょう。あっしらが、親父の、いや、おぞう甚助の恨みをはらすのを、見守っていてくだせえ」

「そうかい。それなら、吉五郎が見事、本懐を遂げるのを、見守っているぜ」

竹崎が言い、間宮と霧野は、重々しく頷いた。

同じ宵闇《よいやみ》の刻限、鬼一は、東両国の往来から駒留橋《こまどめばし》を北へ渡り、藤堂《とうどう》家下屋敷の土塀に沿った大川端に佇んでいた。

破れた菅笠を着け、暗い色を着流して素足へ草鞋の、何かしら寒々とした拵えが、鬼一の内心の空虚や寂寥を、表わしているかのようだった。

手に提灯を力なく提げ、漆黒のぬめりを見せる大川を、漫然と眺めていた。

提灯の火が、大川端の物揚場の石段と、石段にひたひたと寄せる小さな波を薄ぼんやりと照らしている。

大川に浮かぶ船の明かりは、なかった。対岸の浅草御蔵あたりは、黒い影となってわだかまり、神田川から北の浅草の町家の灯が、遠く近くに見えた。

両国橋のほうを見わたせば、ゆるやかに反った橋影に、提灯の明かりが、ちらほらとゆき交っていた。

武甲山部屋は本所横網町にあって、武甲山部屋の近くの一軒家に、又右衛門は両親に女房と子供の所帯を持っていた。

宵の闇にまぎれて、鬼一は又右衛門の一軒家を訪ねた。

又右衛門は、鬼一のいきなりの訪問に、不審を隠さなかった。

「中へ……」

上がり端に立って、土間ごしに表戸の外に立った鬼一にひと言、投げた。

「ほんの少し、顔を貸してくれねえか。頼みてえことがあるんだ。むずかしい話じゃねえ。ただ、あんたと二人きりで、話してえんだ。明日のことだ」

又右衛門は、宵の闇を背に佇む鬼一を、もう一度ゆっくりと見廻した。それから、「よかろう」とこたえた。

「大川端に物揚場がある。そのあたりで、待っててくれ」

鬼一は大川端に佇み、又右衛門が出てくるのを待っていた。決心に迷いはなかったし、別の手を打つときは、どうせ残っていなかった。

「鬼一さん」

しばらくたって、背中に太い声がかかった。

声に誘われてふりかえり、又右衛門へ会釈を投げた。

又右衛門は、大きな身体に比べると玩具《おもちゃ》のように見える提灯を、鬼一のほうへかざしていた。訝しげに睨んだだけで、会釈はかえさなかった。

「又右衛門さん、こんな夜更けに、いきなり訪ねて済まなかった」

改めて、鬼一は腰を折った。束の間の沈黙が、すぎた。

「話は、なんだい」

又右衛門は、わずかに苛だち、促した。

「明日の、相撲のことだ。ここに、二十五両、用意した」

鬼一は、懐から桐油紙にくるんだひとにぎりの包みをとり出した。

提灯の小さな明かりからはみ出すほどの巨体を、又右衛門は微動だにさせず、鬼一の仕種を見つめた。

「この金は、江戸を出てから十五年の間に少しずつ蓄えたものだ。それに、宗十郎さんに明日の給金を少しばかり前借りをして、きりよく二十五両にした。じつは、これは人にかえさなきゃあならねえ金なんだ。おれは十五年の間、これを借りたままにしていた。かえすために江戸へ戻ってきた。ところが、かえす相手がすでに亡くなっていたのさ。戻ってくるのが遅すぎた。後悔先にたたず、かえすにかえせず、金だけが浮いちまったってわけさ」

又右衛門は、沈黙を続けた。

「だが、相手がいなくなったからって、都合よく自分の懐へ戻すのは、気持ちがよくねえ。と言って、これほどの大金を捨てるわけにはいかねえ。そこでだ、この浮いた金で、又右衛門さんに、のるかそるかの賭けを申し入れにきたのさ。明日の相撲、二十五両のご祝儀を、賭けねえか」

又右衛門は黙っている。

「明日は、筋書きのねえ、しめし合わせはなしの相撲をとらせてほしいのさ。本気の相撲で、負けたほうが勝ったほうへ、二十五両のご祝儀を出す。相撲に勝ったほうは、二十五両が倍の五十両を手にする勘定さ。二十五両は大金でも、今の又右衛門さんなら、乗れねえ賭けじゃねえだろう。又右衛門さん、どうだい。この賭け、受けてくれねえかい」

そこで又右衛門は、目にかすかな嘲りを浮かべた。

「鬼一さん、金をかえす相手というのは、あんたの女房のことだな。女房が亡くなった噂は、聞いている。だが、娘がいたんじゃあ、なかったのかい。その二十五両は、娘のために残してやれ。今のあんたが、おれとしめし合わせなしの相撲をとって勝てるわけがねえ。二十五両を賭けて、おれと勝負を競うだと？　無駄だ。そんな歳じゃねえ。鬼一さん、やめとけ」

「神田明神の場所で鬼一に負けた相撲を、あんなに悔しい負けはあとにも先にもねえ、次の相撲で鬼一を叩きのめすと、腹の底から思ったんじゃねえのかい。悔しさをはらす機会があるのに、はらしたくねえのかい。それとも、おれと本気の相撲をとって、老いぼれに負けるのが恐いのかい。二十五両が惜しいのかい。やっぱり鬼一に、明日の相撲はわざと負けてほしいのかい」

「冗談じゃねえぜ。あんたのために、言ってやってるんだ」

「又右衛門さん、おれはこの浮いた二十五両で、神占いをしてえのさ。二十五両を失い十五年を棒にふるか、五十両を手にして思うとおりにするか、勝つか負けるか、神さんが決めてくれるさ」

「思うとおりに、何をする気だ」

又右衛門は口を結び、鬼一を睨んだ。

「思うとおりのことをさ。おれの思うことを、知りてえのかい」

「これは宗十郎さんは知らねえし、武甲山の年寄にも話してもらっちゃあ困る。おれと又右衛門さん以外、誰も知らねえ真剣勝負さ。どうだい、又右衛門さん。二十五両を今ここであんたに預けてもいい。この賭け、乗らねえかい」

「よかろう。そこまで言うなら、乗ってやる。鬼一さん、そうと決まったからには、明日の相撲は手加減なしだ。あんたを容赦なく叩きのめして、十五年前の、神田明神の借りをかえすぜ。そのあとで、ご祝儀の二十五両をとりたてにいくから、それは、明日まであんたに預けておく。なけなしの二十五両を失っても、おれを恨むんじゃねえぜ」

「神さんの決めたことを、恨みはしねえ。多くの人を恨んだ。多くの人を苦しませた。もう誰も、恨みも苦しめもしねえ。おれにできるのは、それだけだ」

鬼一は、自分に言い聞かせるように言った。

十二

「順吉、どこへいっていた。家《うち》から出ることはならぬと言っていただろう。親の言うことが聞けないのか」

天王町の店に戻ると、すぐに父親の茂吉に居間へ呼びつけられ、いきなり怒鳴られた。

だが、順吉は腹をくっていた。ここで怯んじゃいられねえ。親父はおっかないが、負けねえぞ、と自分をはげました。

「餓鬼じゃねえんだ。どこへいこうと、おれの勝手だろう」

と、ふて腐れた素ぶりを装った。

「馬鹿野郎。未だに親の脛をかじっていながら、よくもそんな偉そうな口が利けるものだ。自分の勝手にしたいなら、少しは兄ちゃんらを見習って、仕事をしたらどうだ。自分で稼いでから言え」

「ふん。仕事ったって、貧乏侍からたかる札差じゃねえか。侍の禄をかすめているだけじゃねえか」

「なんだと。おまえは、わしや兄ちゃんらが御用を務めて稼いでいるから、飢えもせず飯を食い、いい家に住み、いい着物を着て、遊んで暮らしていられるんだぞ。それがありがたいことだと、思わないのか」

「ちぇ、札差なんぞご免だい。稼ぎのねえのが気に入らねえなら、追い出しゃいいじゃねえか。こんな面白くもなんともねえ家なんぞ、いつでも出ていってやらあ」

「この与太が。くう……」

茂吉は、赤ら顔をさらに赤くしてうなった。しかし、

「出ていけえっ」

とは言わなかった。

甘い親なのである。世間知らずで、仕事もせずに遊び呆けている末の倅が、家を出てちゃんと飯が食えるのだろうか、と心配だったからである。出ていけ、ではなく、

「おまえ、茶酌女のお秀とかいう、ふしだらな女のところへいっていたのか。白滝とかいう水茶屋の……」

と、声を低くして言った。

「ああ、そうだよ。それがどうかしたかい。二十歳をすぎたあたり前の男だ。水茶屋ぐらいいくさ。酒だって呑むさ。一々うるせえんだよ」

「いいか、順吉。よおく考えてみろ。茶酌女は客を遊ばせるのが仕事なんだ。遊ばせ方にもいろいろある。お秀の腹の子が、客の中の誰の子か、わかったもんじゃないんだぞ」

「お父っつあんこそ、お秀のことを知りもしねえのに、ふしだらな女なんて、言うなよ。お秀はおれの女房になる女だぜ。お秀がふしだらな女じゃねえことは、おれが一番知ってら。いいかい、お父っつあん。お秀の産む子は、お父っつあん

の孫なんだぜ。倅の女房がふしだらなら、生まれてくる孫もふしだらな孫だって、言う気かい。自分の血をひく孫を、そんなふうに思っているのかい。わかってねえのは、お父っつあんだ。いい歳して、ちったあ考えてものを言ったらどうだい。それともその頭は、ただの飾りかい」

「こ、こいつ。親に向かって、なな、なんてことを……」

「お父っつあんだろうと誰だろうと、お秀を悪く言うのは許せねえ。いいかい。お秀は、自分の身ひとつで、懸命に働いて生きてるんだ。おっ母さんを災難で亡くし、その折りの薬礼やら看病やらで働けず、借金ができて、それを返すために水茶屋勤めを始めたんだ。それのどこがふしだらだい。お父っつあんこそ、この家も札差業も、全部祖父《じい》ちゃんから継いだものじゃねえか。自分の身ひとつで、何をやったって言うんだい」

ううう……と茂吉はうなり、すぐに言葉がかえせなかった。口をへの字に結び、顔をしかめているばかりである。

「とに角、おれはもう決めたんだ。この家を出て、お秀と所帯を持ち、竪川の河岸場人足になって、女房と生まれてくる子を養っていくつもりさ。お秀にもそれを伝えにいった。この決心は変わらねえよ」

「まともに稼いだこともないくせに、何が所帯だ。おまえに河岸場人足など勤まるわけがない」

この世間知らずが——と思いながら、茂吉は、この倅の気性が、ちょっと気にかかった。こいつ、何をしでかすか、わからないところがあるからな、と思った。

それと、ふと、お秀というのはそういう女か、とも思った。

順吉がそれほど言うなら、一度、お秀に会ってみるのもいいかもしれない。これほど真剣な順吉を見るのは、初めてのことだった。案外、順吉には似合いの相手なのかもな。

お秀を女房にして、順吉の暮らしぶりが変わるなら、それはけっこうなことじゃないか。御徒町の御家人へ養子縁組の話は、それはそれとして……

茂吉は銀煙管に刻みをつめ、火をつけて、ふう、と一服しながら、そんなことを考えていた。

第三章　南蔵院《なんぞういん》

一

その朝、鬼一は自ら、月代《さかやき》と口髭《くちひげ》を綺麗に剃り、髷《まげ》も結いなおした。

黒羽織の宗十郎に率いられ、雑司ヶ谷の浪人相撲らと共に、大久保の尾張家下屋敷の表門をくぐったのは、夜明け前の七ツ（午前四時頃）であった。

屋敷内の広大な庭中に幔幕《まんまく》が張り巡らされ、かがり火が焚《た》かれ、垂れ幕のさがる板屋根の下に、今日のために築いた土俵。朱塗りの四本柱に、朱雀《すざく》、青龍《せいりゆう》、玄武《げんぶ》、白虎《びやつこ》の房が飾られ、魔除けの太刀と弓取式の弓が供えてあった。

土俵の北正面には、殿さま方の桟敷席《さじきせき》が、丸太と板で一段高く組まれ、設《しつら》えられていた。

正面を開いて、多数の床几《しょうぎ》が桟敷席前の左右に並べられ、床几は、東西、南の向こう正面にも整然とおかれていた。これらは、御前相撲の場を警護する家士や重役方の席と思われた。

日がのぼる前に、武甲山の年寄を筆頭に、世話役の親方衆が率いる江戸相撲の関取衆、付人衆や髪結《かみゆい》、行司役、呼び出し、荷物かつぎの若い力士らが、長い列を作って堂々と到着した。

江戸相撲の関取らが下屋敷に到着すると、浪人相撲には素《そ》っ気《け》なかった世話役の侍衆らが、急に忙しくたち廻り、関取らは幔幕をめぐらせた支度場で、髪結に髪を結わせ、付人の世話で化粧まわしを着け始めるのだった。

一方、支度場の一隅を与えられた浪人相撲の面々は、髪結などおらず、化粧まわしもないため、早々にまわしを締め、さがりをつけて、思い思いに四股《しこ》を踏み、立ち合いの稽古をしたりと、御前相撲が始まるまでの長いときを持て余した。

日がのぼり、相撲場に人のざわめきがたちこめたころ、世話役の侍衆が始まりのときを告げて廻った。

やがて、触れ太鼓の代わりの太鼓が重々しく邸内に打ち鳴らされた。

参入は、裃《かみしも》姿に盛装し軍配団扇《うちわ》を手にした行司役が先導した。

行司に続いて、武甲山ら黒羽織の年寄衆、きらびやかな化粧まわしを着けた五大名家のお抱え相撲、東西の番付順に江戸相撲の関取衆、そのあとに前相撲の力士たち、最後尾に宗十郎と浪人相撲が従った。

庭中には、裃姿の家士らが整然と警護の席に着いていた。

太鼓が打ち鳴らされる中、行司役、年寄衆と力士らは庭中に参入し、北正面へ向いてそろって並び立った。世話役の侍が大声で告げ、一同が頭を垂れる中、殿さま方が桟敷席に着いた。

庭中は静まりかえった。世話役の声で一同が頭を上げ、やおら、武甲山がうやうやしくご機嫌伺いの口上を述べた。

口上に続き、行司役の指図の下、力士らは足踏み、すなわち、雄叫《おたけ》びを「よいさあ」と上げ、地面を震わせ、死霊や悪霊を鎮め祓《はら》う四股を踏む。

一連の儀式が済むと、取組である。

御前相撲は、幕下力士らの前相撲から始まった。

前相撲の力士らは、土俵下の東西に控え、呼び出しが力士の名乗り上げをすると、土俵に上がる。土俵は丸く築かれ、外俵の中に内俵が囲い、四人の年寄が土俵上の四本柱を背に着座する。

これは、取組の禁じ手などの検査役と共に、土俵上の柱へ力士が衝突するのを防ぐためでもある。

呼び出しと軍配団扇をかざす行司の甲走った声、力士らの激しい息遣い、叩き合いぶつかり合って肉が鳴り骨が軋み、力をこめて思わず発する咆哮が邸内にとどろく中、前相撲は粛々と進んだ。

警護の侍らは、ひと言も発さず、お大名方も静かに、勝負の行方を見守っているばかりである。幔幕の中に、奥方やお女中の姿はない。相撲の観戦を許されているのは、男だけである。

その前相撲が終わって、本番の前の余興に、江戸相撲五人と浪人相撲五人の取組の行なわれるときが、いよいよきた。

じつは、五家のお大名方やその家臣らの間では、この余興の相撲が、ひそかな評判になっていた。

お抱え相撲の取組を注目するのは、言うまでもなかった。

だが、浪人相撲の選《え》りすぐりと、江戸相撲の力のある関取の対戦に、「敵うわけがなかろう」という前評判ながら、関心をそそられた。

のみならず、相撲好きの侍らの間では、遠い昔、江戸相撲から忽然《こつぜん》と消えた土俵の鬼と呼ばれた元関脇鬼一が、怪力自慢の荒々しい相撲で、力は今の江戸相撲一と評判の高い関脇又右衛門と相撲をとると聞きつけ、驚いていた。土俵の鬼の鬼一が、まだ相撲をとっていたのか。鬼一は、幾つだ。もう相当の歳のはずだぞ。昔は土俵の鬼でも、今の又右衛門が相手ではとうてい無理だ。怪我では済まぬぞ。

と、そんな噂がそれぞれの家中にたっていた。

鬼一は、幔幕の中の支度場で、又右衛門とは一度しか目を交わさなかった。又右衛門は、支度場に入ると、腕組みをした裸の肩に半纏をかけてじっと目を閉じ、髪結に髪を結わせ始めた。

あるとき、その目を不意に開き、浪人相撲の一団のほうへ投げた。鬼一は又右衛門の一瞥に気づいたが、すぐに目をそらした。支度場の一隅にたつ大木に鉄砲を繰りかえし、そのとき以外、又右衛門と眼差しを交わすことはなかった。

余興相撲の始まりが告げられ、世話役の宗十郎が、「みな、いい相撲を見せろよ」と、ひと声をかけた。

先に、鬼一ら五人の浪人相撲が幔幕に参入し、床几に粛然《しゅくぜん》としている家士らの間を通り、土俵の西之方に着座した。又右衛門ら江戸相撲の五人は、行司に率いられ、まだ午前の明るい日射しの中に現われた。

晴れた空に白雲が流れ、鳥影が舞っていた。鬼一は空を見上げ、あと少し、ほんの少し持ってくれればいい、と腕組みの下の鼓動を確かめつつ思っていた。

江戸相撲の五人が東之方に着座すると、早速、呼び出しが土俵に上がり、甲高く名乗り上げを始めた。

東西から相撲とりが、呼び出しに代わって土俵に上がった。ちりをきり、力水《ちからみず》を受け、白紙で身体を清める。

仕きり線に進み出た江戸相撲の関取は、まだ若い前頭で、よく太っていた。片や浪人相撲は、背は高かったが痩せていた。

仕きりを長々と繰りかえしたあと、立ち合った最初の一番は、矢継ぎ早に繰り出した浪人相撲の突っ張りをものともせず、江戸相撲が相手をぶちかました。

痩せた浪人相撲は、若い前頭のぶちかましを喰らい、呆気《あっけ》なく土俵下に転がり落ちた。

派手な転がり方に、桟敷席の殿さま方の間から哄笑《こうしょう》が起こった。隣り合わせた殿さま同士が、おかしげに笑って言葉を交わしていた。

二番目は、江戸相撲のほうが浪人相撲を、体格でかなり勝っていた。長い仕きりのあとの立ち合いで、いきなり四つに組んだ。体格に勝る江戸相撲が、両まわしを引きつけて押しこみ、浪人相撲はたちまち土俵際まで押しこまれた。

徳俵《とくだわら》に足をかけたが、堪《こら》えきれそうになかった。ところが、押し出すのではなく、上手側の膝を小柄な浪人相撲の股へねじこみ、高々と持ち上げ、「それっ」と、やぐら投げに土俵下へ投げ落としたのだった。

「おおっ」

と、派手な投げ技に桟敷席から感嘆の声が上がった。

土俵下に叩きつけられた浪人相撲は、苦痛に顔を歪めていた。

「ちっ、手加減なしか」

鬼一の隣の男が、小声で呟くのが聞こえた。

三番目の取組も、浪人相撲が土俵下にあえなく転がされた。桟敷席の殿さま方の哄笑は、一段と高くなった。どうひいき目に見ても、浪人相撲が江戸相撲に歯がたたない、そんな負けっぷりだった。

しかし、四番目に上がった鬼一の隣の力士は、小柄ながら動きは速かった。技もあった。突っ張りにはおっつけ、突き押しをいなしで躱《かわ》し、組み合っても大柄な相手の胸に頭をつけて、相手の圧力を堪えた。

前の三番とは違う善戦に、桟敷席の殿さま方から声がかかるほどだった。

両者は土俵の真ん中で組み合い、大きな腹を波打たせた。

「はっけよい」

行司が、両者の組み合いをゆさぶるかのようにかけ声を響かせた。

と、江戸相撲が、胸につけた頭を無理やり起こし、強引な寄りを仕かけた。その一瞬、浪人相撲が鮮やかな内がけを放った。決まった、と思った瞬間、内がけは外がけにかえされ、小柄な浪人相撲は浴びせ倒された。

浪人相撲の真っ赤な顔が、悔しそうに歪んだ。

「ああ……」

善戦を惜しみつつ、仕方があるまい、という笑い声が殿さま方から上がった。

背中一面に土のついた力士が、土俵をおりてきた。鬼一の隣で、両肩を大きくゆすり、荒い呼吸を吐いた。

「普通なら、あの内がけで決まっていたがな」

つい声をかけた。

「いいのさ。いい負けっぷりを見せたかったのさ」

力士は、苦笑いを浮かべてこたえた。

呼び出しが素早く土俵に上がり、「東、又右衛門」と「西、鬼一」の名乗り上げの声を響かせた。すると、

「土俵の鬼……」

と、桟敷席の殿さま方の中から声が飛んだ。そのためか、床几にかけている警護の家士らが、低くざわめいた。鬼一が座を立つと、

「鬼一さん、土俵の鬼の最後の相撲を、見せてもらうぜ」

隣の力士が、鬼一を見上げて言った。

しかし、鬼一と又右衛門が土俵に上がったとき、桟敷席からは失笑がもれた。頑健な身体つきの又右衛門に比べ、鬼一の肉の落ちた身体つきは、衰えが明らかだった。失笑は、落胆のため息に変わった。

これは無理だ、土俵の鬼も歳だと、殿さま方は思ったのに違いなかった。

土俵に上がった鬼一を見た殿さま方の間から、土俵の鬼、の声は再び上がらなかった。

鬼一は、ちりをきり、力水ですすぎ、白紙で身体をぬぐって清めた。そして、

これで最後だと思いつつ、土俵の真ん中へ進んだ。

しかし、又右衛門と今日二度目の眼差しを交わした途端、それまでとは違う気配が、土俵にたちこめている覚えに打たれた。

それは遠い昔、鬼一の中に確かにあったが忘れていた覚えだった。それが今、鬼一の腹の底で甦るのが感じられた。

熱い思いが、腹の底でたぎっているのがわかった。ああ、こうだったか、と鬼一は目が潤むのを抑えられなかった。

いつでも立つ、という意気ごみで鬼一は仕きりに入った。

又右衛門の目をそらさず、いつでもこい、と思った。鬼一は十分だった。

だが、又右衛門は立たなかった。仕きりは、長々と繰りかえされた。又右衛門の目は、鬼一を見くだし、薄《うっす》らと笑っていた。

「見合って、まだかまだか……」

と、行司の声が聞こえ、仕きりはなおも繰りかえされた。

雲が流れ、日が陰り、また日が射した。

やがて、又右衛門の薄ら笑いは消え、日に焼けた顔が赤黒く紅潮していくのがわかった。

鬼一の胸の鼓動とともに、ときがすぎていった。

その瞬間、仕きりに入ったとき、又右衛門の目は燃えていた。又右衛門の顔に、薄ら笑いではなく、激しい昂揚《こうよう》が映っていた。

それは、今しかないと思われる、息の合った一瞬だった。すべての音が消え、鬼一には、又右衛門と行司と、径十五尺の土俵しか見えなかった。

軍配団扇が、すかさず引かれた。

両者は寸分の狂いもなく、同時に立ち合った。

途端、あたりが真っ白になるほどの張り手を浴びた。一瞬の立ちくらみから気づいた刹那、逆からの二打目の張り手をこめかみに受けた。

落ちかけた膝を支えたのは、又右衛門の前まわしだった。鬼一は、張り手を受けるのを覚悟で、前まわしをとりにいったのだ。

かろうじてつかんだ前まわしが、くずれるところを防いだ。

すると、又右衛門は即座に喉輪に転じ、長い腕を刺股《さすまた》のようにのばしてつかまれた前まわしを引き離しにかかる。

鬼一は、それを顎を引いてしのぎ、又右衛門の懐へもぐって両手で前まわしをがっしりとつかんだ。すかさず、身体ごと右へ鋭くひねり、左へひねって、又右衛門の巨体を左右にゆさぶった。

背丈が六尺四寸はあり、岩のような体軀《たいく》の又右衛門は、怪力ながら、左右の動きに弱みがあった。左右にゆさぶられると、動きにもろさが出た。

又右衛門の足どりが乱れた。

土俵の周りで、「あっ」と力士らの声が上がる。

だが、又右衛門は、乱れた足を踏ん張り、長い腕をのばして鬼一の両上手をがしりととった。

強引に組みとめ、左右へのゆさぶりを防ぐ。さらに怪力を生かし、鬼一の腰を軋ませるほど引きつけにかかる。

鬼一は、膝を折って引きつけに耐えた。そのため、又右衛門の両上手の長い腕の中に抱えこまれる形になった。引きつけるや否《いな》や、又右衛門は、

「だあっ」

と咆哮し、鬼一を吊り上げた。

一瞬、鬼一の身体は浮き上がった。

両足をばたつかせ、爪先立ちになって吊りを懸命に堪えた。又右衛門は、かまわず、力任せに、一歩、一歩、と土俵ぎわへと鬼一を運んでゆく。

たちまち、内俵が鬼一のすぐ後ろに迫った。

咄嗟に、鬼一は左の前まわしを放し、爪先立ちと、右の前まわしで身体を支えつつ、又右衛門のごつい顎を喉輪で突き退けた。

南蔵院で、唐木市兵衛に前まわしをとられ、喉輪で攻められた戦法である。

ただ、それは土俵ぎわの最後の抗《あらが》いに見えた。

又右衛門は、喉輪攻めに顔を大きく仰《の》け反らせながら、また吠えた。

右の上手を放して、鬼一の左喉輪の手首をつかんだ。喉輪をはずし、左上手の引きつけをゆるめず、巨体を上から預けにかかる。

吊りでのびていた鬼一の身体が、又右衛門の身体と折り重なって、土俵下へくずれ落ちるかに見えた。

そこで、鬼一はつかまれた左手で逆に又右衛門の右手をつかんだ。そして、両膝を土俵へ突きそうになるまで折り畳んで右の前まわしを放し、右肩を左へひねりつつ、右肩と頭を又右衛門の右わき下へすべりこませたのだった。

又右衛門のわきは、身体を預けたために甘くなっていた。

同時に、折り畳んだ右足を、又右衛門の左くるぶしへ外がけにからみつけ、わきへすべりこませた右手を又右衛門の右太ももへ巻きつけた。

それは一瞬だった。

土俵の周りのすべての目が、その一瞬に釘づけとなった。

鬼一は、又右衛門の右手をつかんだ左手を、高々と突き上げた。そして、身体を弓のように撓《しな》らせ、反りかえりを放った。

又右衛門の足がすべり、土俵の土を蹴り散らした。

「くそっ」

反りかえる鬼一の耳元で、又右衛門が叫んだ。

又右衛門の身体は、後ろへ反りかえりつつ倒れていく鬼一の肩にかつがれた格好で、黒房下へと転落していった。黒房の柱の下に着座した年寄が、倒れこむ両者に巻きこまれ、一緒に土俵下へ転がった。

その束の間、桟敷席からも、土俵の周りの力士たちからも、かすかな声さえ上がらなかった。その束の間、幔幕の囲う相撲場の誰もが息を呑んで、呆気にとられ、われを忘れ、沈黙した。

そして、その束の間、土俵下に折り重なった鬼一と又右衛門は、激しい呼吸に腹を波打たせながら、神さんの決めたことを受け入れていた。

まぎれもなくそれは、神さんの決めたことだと、鬼一にはわかった。

行司の軍配団扇が、西之方へ上がった。

誰も言葉を発さず、言葉にならぬ感嘆のため息だけが、低いどよめきとなって幔幕の中を流れた。やがて、

「あっぱれだ。土俵の鬼、あっぱれだ」

桟敷席の殿さまの中から、声が投げられた。

二

土俵では、お抱え相撲と関取らの本番の相撲が始まっていた。

雑司ヶ谷の浪人相撲らの出番は終わったが、取組のあとの弓取式で御前相撲が済んだあと、下屋敷邸内においてねぎらいの宴が催されることになっていた。五大名家より、祝儀やご褒美《ほうび》をたまわるのである。

「みなにもご褒美があるぞ。粗相のねえように、身支度をして待て」

宗十郎が、支度場に戻って、浪人相撲らに声をかけた。その中に、鬼一の姿が見えなかった。

「鬼一さんは、どこへいった」

「おや。ついさっきまでいやしたがね」

「ふらっと、外へ出られやした。小便じゃねえですか」

「駄目だよ、こんなところで小便をしちゃあ」

宗十郎は、幔幕を払って支度場の外に出た。

鬼一は、幔幕から少し離れた白い漆喰《しっくい》の土塀に手を突き、物思わしげにうな垂れた背中を見せていた。まわしを着けた格好で、大きいけれども、痩せた背中が丸くなっていた。

「鬼一さん、どうした」

宗十郎が背中に声をかけた。鬼一はふりかえり、「おう」と笑みをかえした。

「具合が、悪いのかい」

「大丈夫だ。久しぶりに相撲をとって、ちょいと疲れただけだ。お庭の、綺麗な景色を眺めて休んでいたのさ」

鬼一は、木々のたち並ぶ景色を見廻し、ゆるやかな呼吸を繰りかえした。

雲が流れ、日が射しては陰り、秋の庭の色彩を変えていた。

「そうかい。なら、よかった」

宗十郎は言ったが、少し心配になった。

「鬼一さん、いい相撲だったな。若いころの、土俵の鬼が甦ったぜ」

「筋書きを違《たが》えて、申しわけねえ。今日の相撲は、負けたくなかったんだ」

「筋書きどおりには、いかねえことはあるさ。あっしは、土俵の鬼の相撲が観られて、満足さ。いい、引退相撲になったじゃねえか」

「武甲山の年寄に、言われなかったかい」

「話が違うじゃねえかと、苦言を呈された。けどな、武甲山の年寄も、いい相撲だった、さすがは鬼一だと、褒《ほ》めていたぜ。殿さま方に満足していただけたと、喜んでいたくらいだぜ」

「安心した。宗十郎さんには世話になった。忘れられねえ相撲は幾つかあるが、今日の相撲はそのひとつになった。宗十郎さんのお陰だ」

「これで引退は惜しいね。まだまだとれそうじゃねえか」

「老いぼれを、からかわないでくれ」

　宗十郎は高らかに笑ったが、鬼一が微笑んだだけなので、笑うのを止めた。

「弓取式が終わったら、ねぎらいの宴が催される。鬼一さんも出てくれよ。きっと、殿さま方からお言葉がかかると思うぜ」

「ありがとう。最後まで、お勤めをおろそかにする気はねえが、万が一、中座することがあったら、宗十郎さん、上手くとりなしてくれねえか」

「あ、ああ……やはり、具合が悪いのかい。顔色がよくねえぜ」

「歳なんだ。もう無理が利かねえ。それだけさ」

そのとき、支度場の幔幕を払い、又右衛門の大きな身体が現われた。又右衛門は着流した浴衣の上に、半纏を袖を通さず羽織っていた。大きな身体をゆすり、鬼一と宗十郎に近づいてきた。

「宗十郎さん、お疲れさんでございやした」

「関脇、今日は世話になりやした。礼を申しやす」

又右衛門と宗十郎が辞宜を交わしたが、又右衛門はすぐに鬼一へ向いた。

二人は睨み合い、しばらくの間、会釈すら交わさなかった。まるで、双方が最初にかける言葉を探しているかのようにだ。

宗十郎が、二人の様子に気づき、首をかしげた。

奇妙な沈黙の間をおいて、又右衛門が、ふん、と鼻先で笑った。鬼一は眼差しをやわらげ、気づまりな間をなだめた。

「あの土俵ぎわで、反りかえりを仕かけてくるとは、思わなかったぜ」

又右衛門が先に言った。

「神さんの決めたことだよ。気がついたら、ああなっていた。どういうふうにやったかも、思い出せねえ」

鬼一が、かえした。

「そうかい。神さんが味方をしたなら、仕方がねえな」

又右衛門が、また言った。それから、腕を通さず、肩にかけただけの半纏の袖から、白紙にくるんだ包みをとり出した。

「これは、約束のご祝儀だ。確かにわたすぜ」

又右衛門の長い腕が、鬼一へ差し出された。

「礼は、言わねえ」

と、鬼一は手をのばした。

又右衛門の団扇のような大きな掌が、白紙の包みを鬼一に手わたした。

途端、鬼一の手を包みごとにぎり、ごつい指が真っ白になるまで、ぎりぎり、と力をこめた。

「鬼一さん、次は負けねえぜ。次は神さん抜きで、勝負だ。次は叩きのめす」

「よかろう。相手になる。次もおれが勝つ」

「その意気だ。それまで、達者で暮らせ」

又右衛門は言った。そして鬼一の手を放すと、半纏の袖をひらりと翻し、踵《きびす》をかえした。

昼前まで日の射していた空が薄墨色に曇り、午後の八ツ（午後二時頃）をすぎたころ、冷たい雨が降り出した。

鬼一は尾張家下屋敷で催された宴を中座し、雨の中を帰路についた。

雨は、高田村の田畑や路傍の草木に、さわさわと音をたてていた。

高田馬場から折れ曲がりの坂道をくだって、神田上水を下高田村へ越えた。

南蔵院そばの百姓町内の裏店《うらだな》に戻ったのは、八ツ半（午後三時頃）近くだった。

夕刻まで間はあったが、店の中は宵のように暗く、冷たく湿っていた。

菅笠をとり、濡れた着物を綿の帷子《かたびら》に着換えた。

行灯《あんどん》もつけず、薄暗い部屋の中で胡坐《あぐら》をかき、ぼんやりと胸の鼓動を聞いていた。胸の鼓動は収まらなかった。

ゆっくりと大きな呼吸を、心の臓をなだめるように繰りかえした。

せめて、竈《かまど》に火を入れねば、と思いつつ、動くのがつらかった。ここまで戻ってくるのが、やっとだった。これでは、神田雉子町の「唐木さん」を訪ねることなど、とうてい無理だった。

鬼一はうな垂れ、唇を噛み締めた。済まねえ、とまた思った。言葉にならないせつなさに、責めたてられた。仕方がねえ、と鬼一は店を出た。

鎌倉道沿いの小店で、善助《ぜんすけ》という三十男が、老いた母親と二人で、雑司ヶ谷の鬼子母神の参詣客目あてに、土産物屋《みやげものや》を開いていた。五色の風車、栗《くり》の花で拵えた木菟《みみずく》、藁《わら》細工の獅子《しし》、川口屋《かわぐちや》の飴《あめ》などを売っている。

土産物屋は昼からのこの雨で、早々に店仕舞いをしていた。鬼一は、板戸をたてた土産物屋を訪ね、

「善助さん、済まねえが……」

と、手間代をわたし、神田の雉子町まで使いを頼んだ。

それから裏店へ戻り、竈にようやく火を入れた。鉄瓶をかけ、ちょろちょろとやわらかな炎を上げ始めた竈の前で、人心地がついた。

帷子の上から、腹に巻いた胴巻きの金を確かめた。二十五両と二十五両、合わせて五十両ある。これを唐木市兵衛に託せば、幕引きである。寂しいが、少しは気が休まるだろう。

薄暗く殺風景な部屋の隅に、柳行李が二つ、重ねてある。それをふり分け荷物にして、上州から江戸へ戻ってきた。

鬼一は、ひとつを枕にして横になった。竈の中で、ちょろちょろと、炎がゆれている。静かな雨の音が、聞こえた。明かりとりのきり窓にたてた障子に、日暮れ前の白い明るみが残っていた。

やがて、鬼一はうたた寝をした。

短いうたた寝の間に、竈の火と、同じ夢を途ぎれ途ぎれに見た。

人が俤《おもかげ》の橋で手をふって、鬼一を呼んでいた。人が誰かを、知っている気がした。なのに、顔も名も思い出せない。鬼一は道を急いだが、急いでも急いでも、俤の橋にはたどり着けない、そんな夢だった。

日暮れ前に、宗十郎が鬼一を訪ねてきたのはわかった。おそらく、尾張家下屋敷の宴が終わり、雑司ヶ谷へ戻る途中に様子を見に寄ったのだろう。

鬼一はつらい夢と現《うつつ》の境を彷徨《さまよ》っていて、起き上がれなかった。

「親方、休んでいらっしゃいやすぜ」

「そうかい。じゃあ、そっとしておこう。だいぶ堪えていたみてえだからな」

「身体だけじゃなく、気も張りつめていたんでしょう」

そんな遣りとりが聞こえ、足音が路地を去り、静かな雨の音だけになった。

日が暮れたころ、善助が神田への使いから戻り、鬼一の店をのぞいた。

「鬼一さん、鬼一さん……」

と、表戸ごしに善助の声が聞こえた。

鬼一は目を薄く開け、竈の中の薪の燃え残りが、小さく赤く熾《おこ》っているのを見た。表戸が開けられ、善助が顔だけをのぞかせた。

「ああ、善助さんか」

横になったまま、鬼一は手をかざして見せた。

「神田雉子町の、八郎店の唐木市兵衛さんに伝えてきました。支度をして、すぐに向かうそうですから」

「世話に、なったね」

「なあに。それより、具合が悪いんですか。唐木さんが心配して、鬼一さんはどんな様子かと、訊かれました」

「ちょっと休んで、よくなった。もう起きるところさ」

そう言ったが、鬼一は起きなかった。善助が去ると、また目を閉じた。そうして、暗闇の中に沈んでいった。

三

観音吉五郎と代貸の弁治郎、父親の代からの子分の小金次、助蔵、村治の五人と、その後ろに小石川の旗本・竹崎伊之助、吉五郎雇いの用心棒・間宮重郎、霧野完五の八人は、暗くなってから、高田村町家の茶屋を出た。

茶屋で菅笠と紙合羽を用意させ、小雨のそぼ降る鎌倉道を南蔵院へとった。

小金次が忍び提灯《ちょうちん》を提げ、八人の先頭を進んだ。

吉五郎ら五人は、長どすの一本を落とし差し、竹崎ら三人は、両刀を腰に帯びている。

俤の橋を渡り、下高田村の用水に架かる小さな板橋を渡ると、南蔵院はすぐである。享保のころは、用水に架かる小橋を姿見橋《すがたみばし》と言い、神田上水に架かる俤の橋は大橋と呼んでいた。

往来端に軒を並べる百姓町の家々は、どの店も板戸をたて廻し、早や、小さな明かりももれていなかった。

まだ、日が暮れて間もない刻限である。氷川神社の鳥居前をすぎ、南蔵院の山門前に差しかかると、門扉は開け放たれ、庭中の石灯籠の灯に薄らと照らされた薬師堂や僧房、鶯宿梅や一本松が、闇の奥に浮かんで見えた。

南蔵院の前をすぎてほどなく、吉五郎に率いられ、八人は人気《ひとけ》のない小道に雪駄を鳴らした。茅葺の軒からしたたる雨垂れが、八人の菅笠や紙合羽に戯れかかるかのように、ぱらぱらと鳴った。

「ここだな」

吉五郎が弁治郎へ顔を向け、弁治郎は頷いた。小道のどの店も板戸をたてているのに、鬼一の店は、腰高障子が閉じられているだけである。

だが、店の中に明かりはついていない。

吉五郎が、顎で指図した。

小金次が進み出て、忍び提灯をかざし、腰高障子を無造作に引いた。中に満ちていた暗闇が、路地にこぼれ出た。小金次が暗がりへ忍び提灯を向け、

「鬼一が、おりやす」

と、吉五郎へふりかえった。

吉五郎は、裏店の土間に踏みこんだ。七人が続き、吉五郎の両側と背後を囲う形で、小広い土間へ踏み入った。

小金次が、顔の上まで忍び提灯をかざし、土間続きの殺風景な四畳半に横たわった鬼一を照らした。竈の火は消え、雨の冷気がたちこめていた。

鬼一は、吉五郎たちが小道に入ってきたときから、雪駄の音を聞いていた。薄く目を開け、表戸の障子を照らす明かりが近づいてくるのをぼんやりと眺めながら、雪駄の足音が吉五郎らだと、気づいていた。

小金次が、忍び提灯を鬼一に近づけた。まぶしそうに目を開けた鬼一が、吉五郎を見上げている。

「鬼一。言ったとおり、きたぜ」

吉五郎が、声を低くして言った。

「吉五郎さん、この雨の中をわざわざ、ご足労なことでございやす。少々疲れておりやすので、このままで失礼させていただきやす」

鬼一は、横たわったまま投げかえした。

「疲れただだと？　昼間の相撲が堪えたかい」

「ご存じ、でしたか」

「ちょいと伝があってな。お屋敷に入れてもらったのさ。鬼一の最後の相撲が観たくてよ。まさか、江戸相撲一の関脇の又右衛門を、おめえが破るとは、思わなかったぜ。だが、いい相撲だった」

「そのために、わざわざ……」

「親父の仇に、逃げも隠れもしねえと言われたんじゃ、くるしかねえだろう。仇討の前に、鬼一が又右衛門に叩きのめされるところを観たかったがな。あてがはずれたぜ。起きろ、鬼一。見舞いにきたわけじゃねえ。支度しろ」

「よろしゅう、ございやすとも」

鬼一は、ひっそりと微笑んだ。

「父親の仇と言われるのは筋違いだが、どうで恨みをはらさなきゃあ気が済まねえなら、受けて立ちやしょう。支度はいつでも、できておりやす」

「そいつあ、いい心がけだ。安心したぜ」

「やい、鬼一、立ちやがれ。てめえ、寝っ転がったまま、冥土《めいど》へいくつもりか。横着《おうちゃく》な野郎だぜ」

弁治郎が、横から甲高く言った。

「弁治郎さん、冥土へいくのはどっちか、まだわからねえぜ。だが、ここじゃ駄目だ。ここは堅気の住む裏店だ。それに、この多人数相手に暴れるには、ここは狭すぎるだろう」

鬼一が男たちを見廻し、吉五郎の後ろの竹崎らへ目を向けた。

「おれらのことは、気にするな。おれらは、吉五郎の仇討の見届け人だ。鬼一、おぬし、元は侍の倅らしいな。侍の倅なら、父親の仇を討つ倅の志はわかるだろう。正々堂々の仇討だ。それを見届けにきた。手出しはしねえよ」

竹崎が言い、鬼一はじっと目をそそいだ。

「お侍さん、もしかしたら、昔、おぞう甚助親分と義兄弟の契りを結んでいたお旗本の、鳴山伊之助さまじゃあ、ございやせんか」

「そうだ。おれのことを知っていたかい。今は、竹崎伊之助だ。だから、吉五郎はおれの甥っ子も同然ってわけさ。甥っ子の仇討を、見届けにきた」

「昔、東両国で、おぞう甚助親分と一緒のところを、お見かけいたしやした。思い出しやした。あのときの、お侍さんでやしたか。お旗本とやくざの親分が義兄弟というので、その筋じゃあ評判だった」

「無駄話はいいから、鬼一、正々堂々と立ち合いな」

「ひとりを相手に、この多人数で正々堂々でやすか。いいでしょう。まともな道理が通ずる相手と思っちゃいねえ。吉五郎さん、どこか広いところへ、と言いてえところだが、おれはもう、歩けそうにねえ。表の板戸をはずして、それで吉五郎さんのいいと思う場所へ、済まねえが、このまま運んでくれねえか。そこで決着を、つけようじゃねえか」

鬼一は、苦しげな呼吸を繰りかえし、表戸のほうを指差した。

「てめえ、この期におよんで仮病を使い、親分のお情けにすがろうって腹かい。そんな見え透いた田舎芝居は、江戸じゃあ通用しねえぜ」

弁治郎が、再びいきりたった声を甲走らせた。

「逃げも隠れもしねえと、言っているじゃねえか。あんたらの都合のいい場所へ運んでくれりゃあ、いいんだ。そこで相手になるぜ。何人でも、かかってきな。生き長らえようなんて、思っちゃいねえ。けどな、弁治郎さん、冥土へいくときは、この中の何人かを、道連れにするぜ。腹をくって、かかってきな」

「て、てめえ。ここで、ほ、ほえづら、かかせてやる」

「弁治郎、周りに聞こえる。声を抑えろ。仕方がねえ。場所を移すぜ。戸板に乗せて、南蔵院へ運べ。あそこの境内で方《かた》をつける。いいな、鬼一」

鬼一は、覚悟を決めているかのように目を閉じた。

弁治郎、小金次、助蔵、村治の四人が戸板の四隅をかついで、鬼一を乗せて小道を出た。

途中で、男たちの不穏な気配に気づいた住人のひとりが、板戸を開け、小道へ顔を出した。住人は、暗がりの中でも刀を帯びているのがわかる男らの、険しげな様子に怯えながらも訊いた。

「鬼一さん、どちらへ」

「お騒がせ、いたしやす。この方たちが、面白いところへ連れていってくれると仰るので、お世話になっておりやす。ちょいと、出かけてまいりやす。どうぞ、お気になさいませんように」

鬼一は、戸板に横たわった格好で、手を力なくふって見せた。

住人は訝しみつつも、侍のまじった男らの険しい顔つきに睨まれ、慌ただしく引っこんだ。

南蔵院の境内を、石灯籠に灯した火が、かろうじて顔を見分けられるばかりの薄明かりで照らしていた。

僧房や薬師堂は、暗がりに溶けこみそうな影を見せ、大木の一本松は、天辺《てっぺん》が夜空の闇に消えていた。鶯宿梅は、雨に打たれて物悲しげにうな垂れている。

戸板に横たわった帷子一枚の鬼一を、そぼ降る雨がくるんでいた。

さわさわと降り続く雨が境内の地面を濡らし、鬼一は、石灯籠のほのかな灯火が、濡れた地面にくだけ、光の粒をまき散らしている様を、綺麗だ、と思い眺めた。胸の鼓動が、激しく打っていた。

よくここまで頑張ってくれたじゃねえか。鬼一は思った。

吉五郎が、鬼一の目の前で、紙合羽の下の着流しを尻端折りにした。鬼一を囲んだほかの男らも、それに倣っているのが、紙合羽の音でわかる。

侍らの影が、吉五郎の背後の闇にまぎれていた。

と、吉五郎が懐に呑んでいた匕首《あいくち》をとり出し、鬼一の前に投げた。

「鬼一、そいつを使え」

鬼一は、ようやく上体を起こし、片膝を立てた。帷子の裾が割れ、昔は太く逞しかったが、今は衰えた長い素足が露わになった。匕首をつかみ、鞘《さや》を払った。

「親分、いいんでやすか」

弁治郎が、声を甲走らせた。

「素手の相手じゃあ、観音吉五郎の名がすたる。情けだ。いくぜ」

吉五郎が、慣れた仕種で長どすを抜いた。

鬼一は片膝に匕首をにぎった手を乗せ、激しく喘いだ。夜空へ顔を向け、乾いた口を潤した。わずかな雨水を、喉を鳴らして呑んだ。匕首をにぎる手に、力が入らなかった。鬼一は両拳に、懸命に力をこめた。そして激しく言った。

「こいっ、吉五郎」

ぴしゃぴしゃぴしゃ……

吉五郎が真っ先に、泥水を撥《は》ねて突っこんだ。

「りゃりゃあっ」

長どすをふり落とした。

鬼一は、匕首で長どすを、ちゃりん、とはじいた。はじくや否や、長い腕をのばし、吉五郎が踏み出した足首を左手で払い上げた。草履が飛び、剝き出しの足を突き上げ、吉五郎は仰のけにひっくりかえった。

泥水が跳ねかえるのもかまわず、匕首をかざした。途端、弁治郎の長どすが鬼一の肩をかすめた。同時に、背中にも小金次の袈裟懸《けさがけ》を浴びた。

鬼一は叫んだ。両手を突き、疵ついた身体を支えた。

「終わりだ」

弁治郎が鬼一の肩を、力任せに蹴った。

しかし、横転しながら、鬼一の払った匕首が弁治郎の脛を一閃《いっせん》した。

弁治郎は、「あつつ」と喚き、跪いて足を抱えた。

鬼一は転がったが、それでもふらつきながら、懸命に立ち上がった。

背中に浴びた袈裟懸は、浅手だった。足をもつれさせつつも、相撲とり鬼一の大きな体軀が迫ってくると、男らは怯んだ。

右によろけ左へふらつき、匕首をふり廻した。

小金次も助蔵も村治も、容易には手が出せなかった。

しかし、すぐにふり廻す力は失せ、胸を押さえ、喘いだ。

隙を見て、小金次が打ちかかり、かろうじて払いのけた。助蔵と村治が斬りつけたが、すんでによけた。

ところへ、弁治郎が跳ね起き、「野郎っ」と打ちかかった。

もうそれは防げなかった。刃がざっくりと肩を咬《か》んだ。

「やった」

弁治郎が叫んだ。

鬼一は苦痛に顔を歪め、弁治郎の手首を、どすが食いこむのもかまわず、鷲づかんだ。そして、片方の匕首をふり上げた。

弁治郎は、その手首を必死に押さえる。

「そうは、させねえ。くたばれ、じじい」

喚いた瞬間、手首をつかまれた弁治郎の右手が、鬼一の片手一本に、音をたてひねり折られた。

弁治郎の悲鳴が上がった。

折れ曲がってだらりと垂れた手から、長どすが転がり落ちた。

鬼一は、弁治郎の顔面へ匕首を見舞った。

菅笠が割れ、額から唇へ、赤い亀裂が走る。弁治郎は、声を失って反りかえった。二、三歩退り、仰のけに倒れた。

すると、鬼一の背中を一撃が襲った。

吉五郎の刃に、背中を深々と斬り裂かれた。

鬼一は泥の中に両膝をついた。

ぐったりと、坐りこんだ。背中に噴く血を、雨が洗った。泥水の中へ、ゆれるように横倒れに転倒した。

「鬼一、親父の仇だ」

長どすをふり上げた吉五郎を、空ろな目で見上げた。しゅうしゅう、と血の噴く音が聞こえている。

お秀、済まなかった、済まなかった……

暗い雨空を見廻し、鬼一は呟いた。

そのとき、雨煙が巻き上がり、ひと筋の光が走り、吉五郎がひと声吠えた。

ふり上げた長どすが、雨の夜空に回転して飛び、まるで踊《おど》りを踊るように手足を投げ出した吉五郎が、ぐにゃりと潰れるのが見えた。

誰かが、鬼一の前に現われた。

天へ光をふりまくようにかざした刀が、雨の飛沫《しぶき》を煙のように巻き上げ、ぶうん、とうなった。

鬼一は、その影に見とれ、そうかい、きてくれたのかい、ありがてえ、と思った。

四

市兵衛は上段にとり、残りの三人へ向きなおった。

「峰打ちだ。命はとらぬ。だが、峰打ちとて、無事では済まぬぞ」

小金次と助蔵と村治は、突如、一陣の風のように現われた市兵衛に目を瞠り、打ちかかるのをためらった。

吉五郎は紙合羽ごと泥水にまみれ、苦痛にうめき声をもらしていた。投げ出した手足を、小刻みに震わせている。

「鬼一さん、遅れて済まなかった」

「唐木さん、よくきてくれたねえ。茶も出せねえが」

「夕刻まで、酒を用意して、鬼一さんを待っていたのですよ」

「そいつは惜しいことをした。ちょいと、差し障りができた」

鬼一は、かすかに笑った。

「これが済んだら、一杯、やりましょう」

「こう冷えちゃあ、燗がいいね」

声がかすれた。

一方で、闇にまぎれている人影が背後に近づく気配に、市兵衛は気づいた。

人影は三人だった。この三人はできると、すぐにわかった。

市兵衛はやくざ風体の三人にではなく、背後から近づく三つの気配へ、背中で身がまえた。

「てめえ、何もんだ。打《ぶ》ち殺す」

小金次が喚いた。助蔵と村治は、半身にかまえた身体を低くかがめた。

「いくぞ」

市兵衛は、上段へとった一刀の峰を、軽やかに真剣へかえした。そして、無造作に小金次らへ踏みこんだ。

三人は怯み、泥水をぱしゃぱしゃと散らして退いた。

そのとき、背後へ真っ先に迫ったひとりが、紙合羽を払い、抜き放った。

「あいやあ」

雄叫びを発し、紙合羽と菅笠に降りかかる雨を飛び散らせながら、市兵衛の背中へ斬りかかる。

相手の動きは、読めた。右へ一歩を転じ、すんでに身を躱した。

抜き打ちからの袈裟懸が空を打ち、切先が市兵衛の傍らでうなりを生じた。

刹那、その利き腕に鋭くひとあてした。

「わあっ」

霧野完五が叫んだ。

そこへ、小金次が長どすをふり廻し逆襲するのを、すかさず上体を畳み、小金次のわき腹へ刃をすべらせつつ、斬り抜ける。

「あ痛てて」

小金次は腹を斬り抜かれて二転三転と転がり、霧野の利き腕からは刀がこぼれた。

霧野は、両膝を折ってくずれ、利き腕を抱えて俯せた。脈所をはずしたつもりだったが、疵から噴いた夥《おびただ》しい血が、紙合羽にばらばらと散った。

市兵衛は、速やかに助蔵と村治へ切先を向け、眼差しは、一方の侍二人へ投げた。二人はすでに、抜刀している。

「なんだ。唐木、唐木市兵衛じゃねえか」

竹崎伊之助が、かざした刀をおろし、菅笠を持ち上げた。

「おれだ。小石川の竹崎だよ。おめえの雇い主の」

「竹崎さん。こんなところで何をしているのです。身分ある旗本が、無頼の徒と交わり、このような狼藉を働き、竹崎家を潰すつもりですか」

内心、竹崎の無謀さに呆れた。

間宮が市兵衛を睨んで右へ開きつつ、右上段へかまえなおした。

「そうじゃねえんだ、唐木。これはな、仇討なんだ。おめえが打《ぶ》っ倒したそいつは、観音吉五郎と言ってな。おぞう甚助という人宿組合の寄親の倅なのさ。おぞう甚助の命を奪ったのが、この鬼一だ」

竹崎は切先を、吉五郎から鬼一へ向けた。

「吉五郎は、鬼一をずっと親父の仇と恨んでいた。親父の仇を討ち、恨みをはらす機会が、やっと廻ってきた。侍でなくとも、倅は親父の仇を討たなきゃならねえ。それが男ってもんだ。その殊勝なる志に、おれたちは助太刀をすることにしたんだ。唐木、邪魔するねえ。そこを、退《ど》け。おめえを斬る気はねえよ」

「そういうことですか。竹崎さん」

市兵衛の悲しげな顔つきに、竹崎は、ふむ？　と首をかしげた。

「愚かな。竹崎さん、あなたは、おぞう甚助の義兄弟だったそうですね。観音吉五郎と徒党を組み、今なお無頼なふる舞いをやめられないのですか。無頼な輩《やから》とつるんで意気がって生きたいなら、旗本を捨てるべきです。侍を捨て、刀を捨て、徳川を捨てたらいいのです。身分にすがらず、おのれひとりの力で生きてみなさい」

「なんだと、貧乏侍が」

「竹崎さん、この狼藉が仇討と言うなら、わたしは元江戸相撲の関脇、土俵の鬼の鬼一磯之助に、助太刀します。旗本だとて、容赦はできません。いいのですか」

「ちっ。てめえに会ったときから、いけ好かねえ野郎だと思っていたぜ。貧乏人の、どこの馬の骨とも知れねえ浪人づれが、妙に気どりやがって。おめえの気の利かねえところが、気に入らねえな。癇《かん》に障って、ならねえ。面倒臭《くせ》えが、相手になってやる」

竹崎は正眼にかまえ、それを右下へ、市兵衛を誘うようにおろした。

後ろに助蔵と村治、片方に間宮、正面に竹崎と三方へ向き合った。あとの一方は、境内の柵である。市兵衛はやおら、八相にとった。

「竹崎さん、わたしは、あなたとまた酒を呑みたいと思っていました。今度は、わたしが鰻をおごるつもりでした。残念です。仕方がありません。風の剣がお相手します」

「虚仮《こけ》が。くそ坊主の念仏を唱えていやがれ。直心影流の、免許皆伝の腕前を見せてやるぜ」

「せえい」

正面の竹崎と右手の間宮が、泥水を散らし、相次いで打ちかかった。二人の菅笠と紙合羽が、水飛沫を巻き上げた。

一転、市兵衛は竹崎と間宮から逃れるように、助蔵と村治の後方へ身を翻し、突き進んだ。たちまち間が縮まり、助蔵と村治は怯んだ。二人は慌てて、「わあっ」と逃げ散った。

途端、間宮が竹崎よりわずかに早く迫り、市兵衛に斬りかかった。

うなりを上げる一撃が、横から打ち落とされた。

一撃がくるや否や、市兵衛は、身を風になびかせ舞うように一回転させた。

間宮の一刀が空を斬った。

間髪《かんはつ》容《い》れず地を蹴って、胴抜きに間宮の傍らをすり抜けた。

ひゅうっ、と間宮の傍らを風が吹きすぎた。間宮は風に追いつけなかった。ただ、起こったことがわからぬまま、くずれるのを堪えた。

咄嗟、市兵衛は身体を撓らせて踏み止まり、刹那に反転し、かえす刀で間宮のうなじへ打ちこんだ。肉が裂け、骨がくだける。

間宮は首をすくめ、奇声を上げて身体をねじった。

一歩遅れた竹崎は、身をよじった間宮の陰に隠れた市兵衛へ、斬りかかることができなかった。

市兵衛が間宮のうなじを紙合羽ごと引き斬った瞬間、血が噴き、飛び散る血に竹崎は顔をしかめた。

間宮が倒木のように倒れた途端、市兵衛の姿が、境内よりかき消えた。市兵衛を見失った次の瞬間、

「あっ」

と、竹崎は叫んだ。

そぼ降る雨の漆黒の夜空に、石灯籠の薄明かりの照らす人影か、あるいは風に舞う物の怪《もののけ》を、認めたのだった。

耳元で風がうなり、風が竹崎の菅笠を吹き飛ばした。竹崎は首をすくめ、菅笠がくだけて吹き飛ぶのを見た。

「唐木」

竹崎は、刀をふり廻した。夜空に舞う人影に、虚しく斬りかかった。

しかし、頭上を飛びこえた人影は、軽々と地に降り立った。

「おのれ」

竹崎は上段にかざした。

叩っ斬る、と叫び、市兵衛に打ち落とした。

ところが、なぜか足がもつれ、片膝をついた。続いて、髷が落ち、髪がざんば

らになって両肩へ垂れた。なんだ？　と思ったとき、頭から噴き出した血が、こめかみと頬を伝い、顎から雫となってしたたった。

たちまち、竹崎の気は遠くなっていった。刀を杖《つえ》に、身体を起こした。境内を数歩よろけた。だが、そこで力つきたかのように刀を落とした。ばたりと倒れ、泥水を散らした。そのあり様に、

「化け物だあ」

と、助蔵と村治が叫び、二人は悲鳴を上げて山門から逃げ去った。

それと入れ替わるように、提灯をかざした近在の住人が、恐る恐る山門をくぐった。また、僧房からも、僧侶が手燭《てしょく》を掲げて出てきた。

明かりをかざした近所の住人や僧侶らは、市兵衛と鬼一、境内に転がる怪我人や亡骸を、遠巻きにした。

「鬼一さん、気を確かに。終わりましたよ。鬼一さん、傷の手あてをしましょう」

市兵衛は鬼一の傍らへかがんで、声を張り上げた。

鬼一は閉じていた目を開け、「もう、いいんだ……」と、小さく首をふった。

そして、血だらけの胴巻きを、震える手で市兵衛へ差し出した。

「た、頼む。お秀に、わたしてくれ。お秀に。唐木さんなら、きっと、お秀は受けとって、くれる」

市兵衛は鬼一の手を包むように、にぎりかえした。

「これを、お秀さんにわたすのですね。承知しました。お秀さんと生まれる子のために、必ずわたします」

「そ、そうだ。お秀と、生まれる子のために、頼む……」

鬼一は、束の間をおき、それから言った。

「いい相撲だった。唐木さんのお陰で、忘れられねえ、相撲がとれた。いい相撲がとれりゃあ、おれはそれで、満足さ。ほかに望みは、ねえ……」

呟くように言い、泥水と血に汚れた顔をかすかに微笑ませた。

その微笑みを、そぼ降る雨が洗った。

五

薬研堀の水茶屋白滝の落ち間に、お秀の絞るような嗚咽《おえつ》が聞こえてきた。

お三重ら三人の姉さん方は、奥の座敷の階段から二階を見上げた。

折れ曲がりの土間に、内証にいた亭主が顔を出し、「あれは、お秀かい」と小声で訊いた。姉さん方は、顔を見合わせ、亭主に頷いた。

二階の、出格子の窓から、薬研堀や、対岸の米沢町の町並、自身番に備えた物見の梯子と半鐘、薬研堀にかかる元柳橋や大川が見わたせる四畳半に、市兵衛とお秀は向き合っていた。

お秀は手拭で顔を覆って嗚咽し、市兵衛は出格子窓の外へ目を投げていた。

江戸の空は、今日も晴れている。

お秀の泣きはらした顔は、白粉《おしろい》や紅がはげて斑《まだら》になり、島田のほつれ髪が涙で頰にまとわりついていた。

市兵衛とお秀の間には、晒布《さらしぬの》にくるんだ小さな瓶《かめ》と、乾いた血の跡や泥の汚れが残る胴巻きがおかれてあった。

瓶には、数日前の雨の夜に亡くなった鬼一の遺骨が入っている。

胴巻きから、桐油紙と白紙に包んだ二十五両ずつの合わせて五十両と、そのほかに数枚の小判と銀貨や銭がでてきた。それらの金と共に、折り畳んだ一枚の手紙が添えてあった。

お秀は、驚きはしなかった。ただ、身体を硬くし、怒ったような顔をして、じっと胴巻きの金を見おろしていた。

やがて、お秀は大きな呼吸をして、手紙を開いた。手紙を読むうち、目から涙があふれ、頬を伝った。初めは忍び泣いていたが、涙は止めどなくあふれ、それから声を引き絞るような嗚咽になったのだった。

市兵衛は、お秀に手拭を差し出した。

「これを使ってください。洗ったばかりです。どうぞ」

お秀は、こくりと頭をたれた。手拭をとり、幼い子供のようにくしゃくしゃになった顔を覆った。それでも、泣きくずれはしなかった。泣きくずれそうになるのを、畳に手をついて、懸命に堪えた。

そうして、四半刻がたち、茶屋の中は静かになった。

市兵衛は、出格子窓からお秀へ顔を向けた。手拭で顔を覆うお秀の膝に、にぎり締めて皺だらけになった鬼一の手紙が落ちていた。

「お秀さん、差し障りがなければ、鬼一さんの手紙を、わたしにも読ませていただけませんか」

市兵衛は、平静を保って言った。

お秀は、子供のように泣きはらした顔を頷かせて、膝の手紙を市兵衛の前へそっとおいた。

市兵衛は、手紙を開いた。にぎり締められて皺になり、お秀の涙で汚れていたが、整った文字はちゃんと読めた。


わが娘、お秀様へ。この金は、わたしの稼いだ金ゆえ、すべてお秀様と生まれてくる子のために、残し申し候。何とぞ、母子共ども、末永く、達者でお暮らしくださることを、祈り申し候。わたしは、そろそろお迎えの刻限ゆえ、お先にまいるつもりにて候。願わくは、わが遺骨を、小さな瓶にでも入れて、回向院のわがお袋様、わが女房お清殿の墓所のわきにでも、埋めていただければと、願い奉り候。鬼。


市兵衛は手紙を折り、お秀の前の胴巻きの上に戻した。すると、

「お父っつあんがこうなったのも、わたしのせいなんです」

と、お秀が晒布にくるまれた遺骨の瓶を睨んで言った。

「違います。鬼一さんは、こうなる定めが、わかっていた。だから江戸へ戻ってこられた。あなた方に、どうしても会いたかった。たとえひと目でも、会いたか

った。それだけです。お秀さんのせいでは、ありません」

市兵衛は、静かにかえした。

「いいえ。お父っつあんが訪ねてきたのに、わたしに父親はいないと言って、悲しませました。お父っつあんがつらそうにしているのがわかっていたのに。そうしたら、本当にいなくなってしまったんです。みんな、わたしを残して、いなくなってしまったんです」

お秀は、泣きはらした跡の顔を、もの憂げに歪めた。

「鬼一さんは、遅すぎたと、悔やんでおられました。人には、会いたいと心は逸《はや》るのに、どうしても会いにいけないことがあります。傍からは、なぜ、ともどかしく思われても、踏み出せないときがあるのです。会いにいけず、踏み出せなかったのは、自分のもっとも愛おしいあなた方を苦しめたと、鬼一さんには、痛いほどわかっていたからです」

窓の下の薬研堀を、荷船の船頭のかけ声が通りすぎていく。

「鬼一さんは、これ以上お秀さんを、苦しめたくなかった。悲しませたくはなかった。だからひとりで……」

市兵衛は、言いかけた言葉をきった。お秀の化粧の斑になった頬に、新たな涙がひと筋、伝っていた。

「先だって、唐木さんが雑司ヶ谷へ、お父っつあんに会いにいくと仰ったとき、ふと、託《ことづ》けをお願いしようと、思ったんです」

「そうでしたね。覚えています。お秀さんは言いかけて、すぐに口を噤《つぐ》んでしまった。鬼一さんに、何か伝えたいような様子でしたね」

「言いかけて、何を伝えたいのか、頭に浮かんでいたことが、すっと消えてしまったんです」

「今、思い出されたのですか」

お秀は、儚げに頷いた。そして、

「会いにきてくれて、ありがとうって、伝えたかったんです。お父っつあんに会えて、本当は嬉しかったって。わたしが、ひとりぼっちじゃないことが、わかって、とても、とても……」

と、胸をはずませ、儚げな様子の中にも、かすかに晴れやかな表情を浮かべたのだった。

「それを伝えれば、鬼一さんは、きっと喜ばれたでしょう」

お秀は晴れやかな表情に、また涙をこぼした。

市兵衛は、もうこれ以上、お秀に伝えることはないことがわかった。

「わたしの役目は、終わりました……」

刀をとり、座を立った。

そのとき、お秀は涙に濡れた顔を市兵衛へ寄こした。

「唐木さん、お父っつあんの遺骨を、回向院のおっ母さんと祖母ちゃんのお墓へ、一緒に埋葬するつもりです。そのとき、唐木さんもきていただけますか」

「必ず」

市兵衛は、お秀へ微笑みかけた。


そしてそれは、数日がたったある日の午後だった。

その年、回向院で催される冬場所の、相撲小屋の丸太を組み始めている同じ回向院の墓地の片隅で、鬼一の埋葬は、ひっそりと行なわれた。

お秀と、白滝の姉さんのお三重、雑司ヶ谷の宗十郎、宗十郎が率いてきた五人の浪人相撲、そして、黒羽織を羽織った市兵衛がいた。

一同は、卒塔婆《そとば》だけの小さな墓の前に集まって、僧侶の読経《どきょう》が流れる中、頭を垂れていた。

焼香の煙がたちのぼり、木々には鳥が飛び交っていた。

穏やかに晴れた晩秋の空には、相撲小屋の丸太を組む職人らの声や木槌の音が、乾いた音を響かせていた。

鬼一の遺骨を母親と女房のお清の墓へ一緒に葬り、僧侶の読経が始まってほどなくしたころだった。

回向院の山門のほうより、巨体をゆらす又右衛門を筆頭に、数人の江戸相撲の力士らが、雪駄を鳴らしてやってくるのが見えた。

お秀のみならず、宗十郎や雑司ヶ谷の浪人相撲らは、又右衛門の大きな体軀が力士らを率い、こちらのほうへやってくるのに驚いていた。

そして、もっと驚いたのは、又右衛門ら数人が続いたあとに、黒羽織の相撲とりらが続々と山門をくぐり、こちらへやってくるのがわかったためだった。相撲小屋を建てる大工らの槌の響きが止み、相撲とりらのあふれる様子に大工らはぼう然と見惚れた。

その集団の先頭を、又右衛門が歩んでいた。

又右衛門らは、墓のそばまでくると、お秀へ深々と腰を折った。

それから、宗十郎や浪人らへも目礼を寄こした。そして、読経の流れる中、墓前でうやうやしく焼香を上げた。

読経が済むと、又右衛門はお秀にもう一度辞宜をした。

お秀は、又右衛門とその後方の墓所からあふれるほどの相撲とりの一群に気圧《けお》され、言葉を失っていた。

「改めやして、あっしは武甲山部屋の又右衛門と申しやす。ここに集まった親方衆や相撲とりは、鬼一さんと面識はありやせんが、土俵の鬼の鬼一の名はみな童のころより知っており、是非《ぜひ》に自分らも弔《ともら》いてえと言ってくださった方々です。それならみなで、とやってまいりやした。鬼一さんのご冥福を、お祈りいたしやす」

「あ、ありがとうございます」

お秀は周りを見廻しながらようやく言った。すると、

「又右衛門さん、ありがとうございやす。こんなにも多くの方々にきていただき、鬼一さんはきっと、喜んでおられやす」

と、宗十郎が咽《むせ》びながら言った。

「宗十郎の親方、礼を言うのはこちらでやす。先だっては、ありがとうございやした。親方のお陰で、鬼一さんと本当の相撲がとれやした。あっしはこの歳にな

って、相撲とは何かということを、あの相撲で鬼一さんに教えられやした。一生の宝物に、なりやした」

それから又右衛門は、お秀へ見かえった。

「お秀さん……」

お秀が、ふ、と潤んだ目を上げた。

「あっしは、鬼一さんの最後の相撲の相手を、務めさせていただきやした。鬼一さんとは二度相撲をとり、二度とも敵いやせんでした。鬼一さんが、あっしとの相撲を最後に亡くなったと聞いたとき、ふと、鬼一さんの甚句《じんく》が、頭に流れやした。下手な甚句でやすが、こちらの墓前に供えさせていただいて、よろしゅうございやしょうか」

「まあ」

お秀が、胸を打たれたように涙のあふれる顔を輝かせた。

一同を見廻した又右衛門が、市兵衛と顔を合わせ、目礼を交わした。

やおら、又右衛門は六尺四寸の巨体を、小さな墓前の前へ進めた。そして掌を合わせて祈ると、目を遊ばせるように空を仰ぎ見た。

すると、墓所にあふれる相撲とりの間に、波打つようなどよめきが起こった。

やがて又右衛門は、その大きな身体から、意外に思えるほどの高く艶やかな節を、せつせつと秋の空に流し始めたのだった。

花のお江戸の鬼一さんは
本所育ちの名力士

十と五尺の土俵の上に
葵瓢《あおいひさご》のみだれ髪

女房恋しや娘が不憫
お江戸を捨てて十五年

旅の空からふりわけ見れば
東風《こち》の吹く空男泣き

江戸に戻った土俵の鬼が

娘に誓う勝ち名乗り
心もゆれる軍配団扇
天下御免の反り返り

終　章　御蔵前《おくらまえ》

　下高田村の南蔵院の一件は、東両国の人宿組合寄親の観音吉五郎が、配下の寄子や無頼の浪人らと徒党を組み、かねてより恨みを抱いていた元相撲とりの鬼一磯之助を襲い、殺害した一件として、江戸町奉行所の掛《かかり》になった。

　寺社奉行にも勘定所配下の陣屋にもかかわりはあったが、東両国の観音吉五郎が起こした一件のため、そのような扱いになった。

　命をとり留めた吉五郎は、父親の仇討、すなわち、十五年前のおぞう甚助が落命した一件の恨みをはらすためと、南蔵院の一件を言いたてた。

　しかし、なんの届けもなく、夜更けに徒党を組みたったひとりの相手を襲い、世間をいたずらに騒がせ、命を奪うふる舞いは不埒千万と、父親の仇討という事情は、いっさい考慮されなかった。

　ただ、観音吉五郎のほかは、吉五郎の手下が二人、助っ人に雇った侍の三人が落命し、生き残った二人は行方をくらましたため、それ以上の詳しい詮議は進まなかった。

唯一、当夜、鬼一の許に駆けつけ、吉五郎ら一味と刃を交わした唐木市兵衛という士によって、吉五郎の一味に、小石川の御徒組旗本竹崎伊之助が加わっていることが判明し、掛の町方は驚いた。

早速、町奉行より徒頭に申し入れがあり、目付によって竹崎家は厳しいとり調べを受けた。名門の竹崎家が、咎めを受け、改易になるかもしれぬという噂が御徒組の間に流れていた、そんな初冬のある日であった。

その日、天王町の蔵宿・橋本屋の客座敷で、市兵衛と橋本屋の主人茂吉が対座していた。茂吉は、煙管を吹かしながら、市兵衛を招き入れてから、先だっての南蔵院の一件の、その後の顚末《てんまつ》をつらつらと話し続けていた。

明障子を少し開けた庭には、冬の光を浴びた枝ぶりのいい松が見えていた。

今朝早く、神田雉子町の市兵衛の店《たな》に橋本屋の使いが訪ねてきて、主人の茂吉が急用のため、本日、おこし願いたいという用件を伝えた。

竹崎伊之助の、橋本屋から借りた金の返済についてだろうと推量したが、その一件はもう、市兵衛がどうこうできる事柄ではなくなっていた。

気は進まなかったものの、顔を出さないわけにはいかなかった。

橋本屋へいき、三度目で見慣れた庭に松が見える座敷に通された。茶菓が出て、ほどなく、茂吉が煙草盆と銀煙管を手にして現われた。

「……と、まあ、そういうわけで、竹崎家へのお咎めは、御徒組組頭の職を解かれた以外にはなく、当主は病死。ご子息に家督を譲るという形で竹崎家の改易はまぬがれたようなのです。あれほどの不埒な騒ぎを起こし、当主すら失いながら、竹崎家が改易にならなかったのは、不幸中の幸い、と申しますか、竹崎家は裏からだいぶ手を廻されたと、噂が伝わっております」

茂吉は、煙管を吹かし、まったく、というふうに首を左右にふった。

「それにしても、竹崎さまは、何をお考えだったのでしょうね。運、と言いますか、悪運でしょうな。その悪運がついにつきた、と言わざるを得ません」

それから、煙管の雁首を灰吹きにあて、吸殻を落とした。

「わたしの思いますには、竹崎さまがこのような結果にならなくとも、遅かれ早かれ、奥方さまとご離縁になったのでは、ありませんかね。竹崎家では、無頼の徒と交わりを持つような竹崎さまをこのままにしておけば、竹崎家にひどい疵をつけかねない、と前からご懸念のようでした。さっさと離縁にしておけばよかったと、悔やんでおられるでしょう」

そこまで言うと、茂吉は、何かを思い出したかのように、くっくっとひとり笑いを始めた。

「ですが、好き勝手に生きて、なんの苦労もせず、自らの無頼なふる舞いの末に命を落とし、見方によっては、竹崎さまは、さほど長くはありませんが、幸せな一生を送られたのかもしれませんよ」

茂吉は、煙管に刻みをつめて、火をつけた。ふう、と煙を吹かし、市兵衛へ流し目をくれた。

「そうそう、それから、観音吉五郎の事情は、唐木さま、ご存じですか」

「ええ、まあ、噂ぐらいは」

「あの男は、まだ起き上がれぬほど手ひどく打ち据えられたそうですね。これも自業自得には、違いありません」

茂吉は、もう一服して、吸殻を灰吹きに落とした。

「吉五郎の人宿組合の寄親は、この一件で、おとり消しになるようです。そりゃあそうですよ。鬼一ひとりを倒すのに、吉五郎は未だ起き上がれぬほどの怪我を負い、ずいぶんと死人を出したのですから。まあ、どうせ柄の悪い無頼な者どもですからね。死のうが生きようが、どうでもいいのですがね」

「橋本屋さん。ご用件、というのはなんでしょうか」

市兵衛は、そこで茂吉のお喋りを制した。

すると茂吉は、ふむ、と頷いて、物思わしげな顔つきを、日の射す明るい障子戸のほうへ遊ばせた。

「じつは、竹崎家の、れいの件なんですがね」

と、茂吉は言った。

市兵衛は、つい先走ってかえした。

「ご主人、竹崎さまの借金返済の件については、もうわたしの出る幕はありません。竹崎家家宰の田所さんが、いっさい仕切られるはずですから、わたしではなく、田所さんと談合なさるべきです」

「違いますよ、唐木さま。竹崎さまの件ではなく、竹崎家のれいの件です。そう申しておるでしょう」

茂吉が、ごく、と喉を鳴らして、ぬるくなった茶を喫した。

「れいの件？　と申しますと」

「ですから、倅順吉の、御徒組のお武家との、養子縁組の話ですよ」

茂吉はそう言って、渋い顔つきになった。

「ああ、れいの……」

と、思わず言った。

「ですが、それも竹崎さまの仲介があってのことで、たち消えになったと思われますが？」

「わたしもそう思っておりました。ところが、先方のお武家より、養子縁組の話はその後どうなったかと、竹崎さまのご葬儀の折り、奥方さまにお問い合わせがあり、家宰の田所さんを介して、またその話が甦ってきたのですよ。つまり、向こうのお武家は、この話に乗り気なんですよ、唐木さま」

「そうですか。それはけっこうなことです。竹崎さまの借金返済の件とは、かかわりがありませんから、田所さんがお相手の武家と仲介なさって、話を進められるわけですね」

「ですからね、肝心要《かなめ》は、お秀ですよ」

茂吉がにやにやしている。

「お秀が、肝心要なのですか」

「いえね。お秀は、順吉の子を身籠っている。先日、白滝にこっそり見にいきましたが、器量はいいし、噂を聞いたところ、気だてもいい。あれから鬼一のことをいろいろと調べましたら、出自はお武家で、なかなか立派な相撲とりだとわかりました。お秀はその鬼一の娘なのですから、素性も悪くはない。ならば、順吉の嫁には、いいではないかと、思っているのですよ」

はあ——と、市兵衛は言うしかなかった。

どういう事情か、この前とは、ずいぶんな変わりようである。

別にかまわないが、と市兵衛は思った。

「順吉がお武家と養子縁組をするなら、お秀も一緒に夫婦として、というわけにはいかないもんでしょうか。何しろ、お秀を嫁にできなきゃあ、おれが家を出て女房と生まれてくる子を守って見せると、順吉が頑固なのですよ。誰に似たのか、わたしには手に負えないのです」

「はあ……」

とまた、市兵衛はこたえるしかなかった。

「こちらも、相応の持参金を用意するのですから、少しはこちらの望みを受けてくれてもいいのではと思うのですよ。ところが、仲介役の竹崎家の田所さんが気むずかしい方で、わたしは苦手なのです。そこで、唐木さま、あなたに橋本屋の代人になっていただいて、田所さんとかけ合いをやっていただけませんか。竹崎さまの代人で、わたしのところへ乗りこんでこられたように」

「しかし、別に代人を立てなくとも、それしきの望みなら、きっぱりと仰ってもよろしいのではありませんか」

「いやいやいや……田所さんはね、一見、道理を心得ておられるように見えますが、存外、血筋や素性などをやかましく言われる方なのです。わたしはどうも、ああいう方が苦手でね」

「そうなのですか。この前は、そんなふうには仰っていませんでしたね」

「おや、そうでしたっけ。まあ、それはそれとして、とに角、唐木さまに引き受けていただかないと、困ります。だいたい、この話のきっかけを作ったのは、唐木さまではありませんか。唐木さまが竹崎さまに入れ知恵なさって、始まった話なのでは？　だったら、唐木さまが最後まで、責任を果たしていただかねば」

「責任を果たせと言われても……橋本屋さんの得になる話ではないかと思ったのですよ」

「それが上方流の、損得勘定なのでしょう？」

「はあ、ええ、まあ……」

「ならば、それを最後まで仕上げるのが、上方流の仕事なのではありませんか。上方流の損得勘定のね」

茂吉は煙管に火をつけ、悠然と一服した。

何がそれはそれとしてだ、何が上方流の損得勘定だ、と市兵衛は思った。

市兵衛は、明障子の隙間から庭の枝ぶりのいい松を眺めた。松には、明るくさわやかな、まだ秋の気配を思わせるような穏やかな日が降っている。

まあ、そうなれば、お秀も案外、幸せになれるかもしれない。それも悪くはないが、と思いつつ、やれやれ、とも思った。

切り取り線

一〇〇字書評

購買動機（新聞、雑誌名を記入するか、あるいは○をつけてください）	
□（　　　　　　　　　　　　　　）の広告を見て	
□（　　　　　　　　　　　　　　）の書評を見て	
□ 知人のすすめで	□ タイトルに惹かれて
□ カバーが良かったから	□ 内容が面白そうだから
□ 好きな作家だから	□ 好きな分野の本だから

・最近、最も感銘を受けた作品名をお書き下さい

・あなたのお好きな作家名をお書き下さい

・その他、ご要望がありましたらお書き下さい

住所	〒				
氏名		職業		年齢	
Eメール	※携帯には配信できません	新刊情報等のメール配信を 希望する・しない			

この本の感想を、編集部までお寄せいただけたらありがたく存じます。今後の企画の参考にさせていただきます。Eメールでも結構です。

いただいた「一〇〇字書評」は、新聞・雑誌等に紹介させていただくことがあります。その場合はお礼として特製図書カードを差し上げます。

前ページの原稿用紙に書評をお書きの上、切り取り、左記までお送り下さい。宛先の住所は不要です。

なお、ご記入いただいたお名前、ご住所等は、書評紹介の事前了解、謝礼のお届けのためだけに利用し、そのほかの目的のために利用することはありません。

〒一〇一‐八七〇一
祥伝社文庫編集長　坂口芳和
電話　〇三（三二六五）二〇八〇

祥伝社ホームページの「ブックレビュー」からも、書き込めます。

http://www.shodensha.co.jp/bookreview/

祥伝社文庫

秋《あき》しぐれ　風《かぜ》の市兵衛《いちべえ》

平成27年10月20日　初版第1刷発行

著　者　辻堂《つじどう》 魁《かい》
発行者　竹内和芳
発行所　祥伝社《しょうでんしゃ》
東京都千代田区神田神保町3-3
〒101-8701
電話　03（3265）2081（販売部）
電話　03（3265）2080（編集部）
電話　03（3265）3622（業務部）
http://www.shodensha.co.jp/

印刷所　堀内印刷
製本所　積信堂
カバーフォーマットデザイン　中原達治

本書の無断複写は著作権法上での例外を除き禁じられています。また、代行業者など購入者以外の第三者による電子データ化及び電子書籍化は、たとえ個人や家庭内での利用でも著作権法違反です。
造本には十分注意しておりますが、万一、落丁・乱丁などの不良品がありましたら、「業務部」あてにお送り下さい。送料小社負担にてお取り替えいたします。ただし、古書店で購入されたものについてはお取り替え出来ません。

Printed in Japan ©2015, Kai Tsujidou ISBN978-4-396-34159-6 C0193

祥伝社文庫の好評既刊

辻堂魁　**風の市兵衛**

さすらいの渡り用人、唐木市兵衛《からきいちべえ》。心中事件に隠されていた奸計《かんけい》とは？　〝風の剣〟を振るう市兵衛に瞠目！

辻堂魁　**雷神**　風の市兵衛②

豪商と名門大名の陰謀で、窮地に陥った内藤新宿の老舗。そこに現れたのは〝算盤侍〟の唐木市兵衛だった。

辻堂魁　**帰り船**　風の市兵衛③

「深い読み心地をあたえてくれる絆のドラマ」と、小椰治宣《おなぎはるのぶ》氏絶賛の〝算盤侍〟の活躍譚！

辻堂魁　**月夜行《つきよこう》**　風の市兵衛④

狙われた姫君を護れ！　潜伏先の等々力・満願寺に殺到する刺客たち。市兵衛は、風の剣を振るい敵を蹴散らす！

辻堂魁　**天空の鷹《たか》**　風の市兵衛⑤

「まさに時代が求めたヒーロー」と、末《すえ》國善己《くによしみ》氏も絶賛！　息子を奪われた老侍とともに市兵衛が戦いを挑むのは!?

辻堂魁　**風立ちぬ（上）**　風の市兵衛⑥

〝家庭教師〟になった市兵衛に迫る二つの影とは？　〈風の剣〉を目指した過去も明かされる興奮の上下巻！

祥伝社文庫の好評既刊

辻堂 魁
風立ちぬ（下） 風の市兵衛⑦
まさに鳥肌の読み応え。これを読まずに何を読む⁉ 江戸を阿鼻叫喚の地獄に変えた一味を追い、市兵衛が奔る！

辻堂 魁
五分《ごぶ》の魂 風の市兵衛⑧
人を討たず、罪を断つ。その剣の名は――〝風〟。金が人を狂わせる時代を、
〈算盤侍〉市兵衛が奔《はし》る！
辻堂 魁
風塵《ふうじん》（上） 風の市兵衛⑨
〈算盤侍〉唐木市兵衛が大名家の用心棒に⁉ 事件の背後に八王子千人同心の悲劇が浮上する。

辻堂 魁
風塵（下） 風の市兵衛⑩
わが一分《いちぶん》を果たすのみ。市兵衛、火中に立つ！ えぞ地で絡《から》み合った運命の糸は解けるか？

辻堂 魁
春雷抄 風の市兵衛⑪
失踪した代官所手代を捜すことになった市兵衛。夫を、父を想う母娘のため、密造酒の闇に包まれた代官地を奔る！

辻堂 魁
乱雲の城 風の市兵衛⑫
あの男さえいなければ――義の男に迫る城中の敵。目付筆頭の兄・信正《のぶまさ》を救うため、市兵衛、江戸を奔る！

祥伝社文庫の好評既刊

辻堂 魁　遠雷　風の市兵衛⑬

市兵衛への依頼は攫われた元京都町奉行の倅の奪還。そして、その母親こそ初恋の相手お吹だったことから……。

辻堂 魁　科野秘帖　風の市兵衛⑭

「父の仇・柳井宗秀を討つ助っ人を」市兵衛の胸をざわつかせた依頼人は武家育ちの女郎だったことから……。

辻堂 魁　夕影　風の市兵衛⑮

兄・片岡信正の命で下総葛飾を目指す市兵衛。親友・返弥陀ノ介の頼みで立ち寄った貸元は三月前に殺されていた！

宇江佐真理　おぅねぇすてぃ

文明開化の明治初期を駆け抜けた、若い男女の激しくも一途な恋……。著者、初の明治ロマン！

宇江佐真理　十日えびす　花嵐浮世困話

夫が急逝し、家を追い出された後添《のちぞ》えの八重《やえ》。実の親子のように仲のいいおみちと日本橋に引っ越したが……。

宇江佐真理　ほら吹き茂平

うそも方便、厄介ごとはほらで笑ってやりすごす。江戸の市井を鮮やかに描く、極上の人情ばなし！

祥伝社文庫の好評既刊

岡本さとる　**深川慕情**　取次屋栄三⑬

破落戸と行き違った栄三郎。男は居酒屋〝そめじ〟の女将お染と話していた相手だったことから……。

岡本さとる　**合縁奇縁**　取次屋栄三⑭

凄腕女剣士の一途な気持ちに、どう応える？　剣に生きるか、恋慕をとるか。ここは栄三、思案のしどころ！

岡本さとる　**三十石船**　取次屋栄三⑮

大坂の野鍛冶の家に生まれ武士に憧れた栄三郎少年が、いかにして気楽流剣客となったか。笑いと涙の浪花人情旅。

坂岡　真　**地獄で仏**　のうらく侍御用箱⑤

愉快、爽快、痛快！　まっとうな人々を泣かす奴らはゆるさねえ。奉行所の「芥溜《あくただまり》」三人衆がお江戸を奔る！

坂岡　真　**お任せあれ**　のうらく侍御用箱⑥

白洲《しらす》で裁けぬ悪党どもを、天に代わって成敗《せいばい》す！　のうらく侍、一目惚れした美少女剣士のために立つ。

坂岡　真　**崖っぷちにて候《そうろう》**　新・のうらく侍

一念発起して挙げた大手柄。だが、そのせいで金公事方が廃止に。権力争いに巻き込まれた芥溜三人衆の運命は⁉

祥伝社文庫　今月の新刊

内田康夫
汚れちまった道　上・下
中原中也の詩の謎とは？　萩・防府・長門を浅見が駆ける。

南　英男
癒着《ゆちゃく》　遊軍刑事《デカ》・三上謙《みかみけん》
政財界拉致事件とジャーナリスト殺しの接点とは⁉

草凪　優／櫻木　充　他
私にすべてを、捧げなさい。
女の魔性が、魅惑の渦へと引きずりこむ官能アンソロジー。

鳥羽　亮
阿修羅《あしゅら》　首斬り雲十郎
刺客の得物は鎖鎌。届かぬ〝間合い〟に、どうする雲十郎！

野口　卓
遊び奉行　軍鶏《しゃも》侍外伝
南国・園瀬藩の危機に立ちむかった若様の八面六臂の活躍！

睦月影郎
とろけ桃
全てが正反対の義姉。熱に浮かされたとき、悪戯したら…。

辻堂　魁
秋しぐれ　風の市兵衛
再会した娘が子を宿していることを知った元関脇の父は…。

佐伯泰英
完本　密命　巻之七　初陣　霜夜炎《そうやほむら》返し
享保の上覧剣術大試合、開催！　生死を賭けた倅の覚悟とは。